U0424193

弄文罹文網　抗世違世情　積毀

可銷骨　空留紙上聲

自題十年前舊作以請

山縣先生教正

魯迅

魯迅

一九三三年三月二日于上海

撄心者说

论鲁迅的政治与美学

董炳月 著

生活·讀書·新知 三联书店

图书在版编目（CIP）数据

撄心者说：论鲁迅的政治与美学 / 董炳月著．—北京：生活 · 读书 · 新知三联书店，2021.10
ISBN 978－7－108－07229－0

Ⅰ．①撄…　Ⅱ．①董…　Ⅲ．①鲁迅研究　Ⅳ．①I210

中国版本图书馆 CIP 数据核字（2021）第 168020 号

策划编辑　叶　彤
责任编辑　黄新萍
装帧设计　康　健
责任印制　徐　方
出版发行　生活·讀書·新知 三联书店
（北京市东城区美术馆东街 22 号 100010）
网　　址　www.sdxjpc.com
经　　销　新华书店
制　　作　北京金舵手世纪图文设计有限公司
印　　刷　三河市天润建兴印务有限公司
版　　次　2021 年 10 月北京第 1 版
2021 年 10 月北京第 1 次印刷
开　　本　635 毫米 × 965 毫米　1/16　印张 18
字　　数　216 千字
印　　数　0,001－3,000 册
定　　价　78.00 元
（印装查询：01064002715；邮购查询：01084010542）

中国社会科学院文学研究所
比较文学与民间文学重点学科
资助出版项目

中国之治，理想在不撄，而意异于前说。有人撄人，或有人得撄者，为帝大禁，其意在保位，使子孙王千万世，无有底止，故性解（Genius）之出，必竭全力死之；有人撄我，或有能撄人者，为民大禁，其意在安生，宁蜷伏堕落而恶进取，故性解之出，亦必竭全力死之。

盖诗人者，撄人心者也。凡人之心，无不有诗，如诗人作诗，诗不为诗人独有，凡一读其诗，心即会解者，即无不自有诗人之诗。无之何以能解？

——鲁迅：《摩罗诗力说》（1907年）

目　录

正　编

副　编

例　言

一　本书使用的《鲁迅全集》为人民文学出版社2005年11月出版的十八卷本。为避免烦琐，引用时只注卷次、页码。

二　本书所收各篇文章均曾在报刊发表。多篇文章发表时因版面限制略有删节，收入本书时恢复了删节部分，且有个别文字调整。

三　引文中引用者省略的部分，用“[前略]”“[中略]”“[后略]”等标注，而不用省略号“……”标注，以避免与引文中固有的省略号混同。

正编

论鲁迅的“南京记忆”

——以其“自我”的形成与表现为中心

鲁迅作为出生在绍兴的破落户子弟，少年时代饱尝了生活的艰辛。祖父犯案入狱，父亲病故，家境败落，备受歧视，艰难的生活在他少年时代的心灵上留下了多重创伤。这样一位破落户子弟，后来能够成长为世界级文化巨人，关键在于他离开了绍兴，生活、成长在南京、东京、仙台、北京、上海等城市之中。如果没有这些城市，或者说如果鲁迅没有走进这些城市，那么，他大概只能在绍兴庸庸碌碌、无声无息地度过一生。比较而言，在鲁迅生活过的多座城市中，南京具有无与伦比的重要性。戊戌年（1898）三月至壬寅年（1902）一月，鲁迅在南京求学近四年。南京是他离开绍兴之后生活的第一座城市，他在这里第一次看到了“世界”，开始学习系统的科学知识，阅读了《天演论》，抄录了祖父的《恒训》，思想与人生观初步形成。他从这里东渡日本留学，回国之后又是在这里进入民国临时政府教育部，并从这里北上，前往其人生大舞台北京。对于鲁迅来说，南京是“青春第一站”，也是“出仕第一站”。2016年有一本鲁迅研究论文集出版——《从南京走向世界：“鲁迅与20世纪中国”青年学术论坛》,[1]“从南京走向世界”——这个概括是写实性的也是象征性的，概括的不仅是鲁迅的生活形态，而且是其生命本质。这里的“世界”是地理空间意义上的，也是知识、思想、精神意义上的。因此，与这个“世界”相对的“南京”，也超越空间性，获得了多重含义。质言之，绍兴出身的破落户子弟周樟寿是“从南京走向‘鲁迅’”。

南京是鲁迅的深刻记忆。成名之后的鲁迅多次写及南京与自己的南京求学生活，但是，相关表述作为一种回忆具有选择性和重构性，因而成为一种“话语”。某些未被表述的史实作为被压抑的记忆，同样深刻地影响着鲁迅。记忆是一种对待历史的态度，处理记忆是一种处理历史与现实之关系的方式，一种认识自我、塑造自我的方式。因此，不仅南京是认识鲁迅成长史的坐标，鲁迅的南京记忆本身也是认识鲁迅思想与精神世界的重要资料。本文以三个文本为中心探讨相关问题，这三个文本是：《呐喊・自序》(1922年)、散文《琐记》(1926年)、家训《恒训》(1899年)。

一 《呐喊・自序》中的“异地”

鲁迅第一篇写及南京求学生活的文章是《呐喊・自序》。写于1922年12月3日，距其1902年从南京赴日留学整整二十年，距其1912年随民国临时政府教育部离开南京前往北京整整十年。《呐喊・自序》第三节写南京求学生活，曰：

> 有谁从小康人家而坠入困顿的么，我以为在这途路中，

① 谭桂林、朱晓进、杨洪承主编，北京：知识产权出版社，2016年5月。

> 大概可以看见世人的真面目；我要到N进K学堂去了，仿佛是想走异路，逃异地，去寻求别样的人们。我的母亲没有法，办了八元的川资，说是由我的自便；然而伊哭了，这正是情理中的事，因为那时读书应试是正路，所谓学洋务，社会上便以为是一种走投无路的人，只得将灵魂卖给鬼子，要加倍的奚落而且排斥的，而况伊又看不见自己的儿子了。然而我也顾不得这些事，终于到N去进了K学堂了，在这学堂里，我才知道世上还有所谓格致，算学，地理，历史，绘图和体操。生理学并不教，但我们却看到些木版的《全体新论》和《化学卫生论》之类了。我还记得先前的医生的议论和药方，和现在所知道的比较起来，便渐渐的悟得中医不过是一种有意的或无意的骗子，同时又很起了对于被骗的病人和他的家族的同情；而且从译出的历史上，又知道了日本维新是大半发端于西方医学的事实。①

这段话鲁迅研究者们耳熟能详，经常引用。但是，结合鲁迅南京求学生活的实际情形来看，其中存在着若干问题。其一，鲁迅用英文字母（N与K）代指南京与其就读的学校，没有写出真实的地名与校名。在这里，南京是作为“N”和“异地”存在的。这是一种回避。其二，所谓“K学堂”，从K的发音与下文所列课程来看，是矿路学堂。就是说，鲁迅写自己学历的时候回避了初到南京时考入的江南水师学堂。这是第二重回避，否定性的回避。其三，鲁迅将“到N进K学堂”置于“困顿”“看见世人的真面目”“走异路，逃异地，去寻求别样的人们”这一脉络之中来叙述，与事实有出入。十八岁的周樟寿去南京求学，主要

---

① 《鲁迅全集》第1卷第437—438页。

原因是“困顿”。1925年5月，即写《呐喊·自序》两年半之后，鲁迅在《俄文译本〈阿Q正传〉序及著者自叙传略》中说：“而我底父亲又生了重病，约有三年多，死去了。我渐至于连极少的学费也无法可想；我底母亲便给我筹办了一点旅费，教我去寻无需学费的学校去，因为我总不肯学做幕友或商人，——这是我乡衰落了的读书人家子弟所常走的两条路。”[①]晚年（1934年）所作《自传》中有同样的表述，所谓“因为没有钱，就得寻不用学费的学校，于是去到南京”。[②]鲁迅自述的“困顿”之外，还有周作人的解说，曰：

> 鲁迅心想出外求学，家里却出不起钱，结果自然只好进公费的水陆师学堂，又考虑路程的远近，结果决定了往南京去。其实这里还有别一个，而且可以算是主要的原因，乃是因为在南京的水师学堂里有一个本家叔祖，在那里当“管轮堂”监督，换句话说便是“轮机科舍监”。鲁迅到了南京，便去投奔他，暂住他的后房。可是这位监督很有点顽固，他虽然以举人资格担任了这个差使，但总觉得子弟进学堂“当兵”不太好，至少不宜拿出家谱上的本名来，因此就给他改了名字，因为典故是出于“百年树人”的话，所以豫才的号仍旧可以使用，不曾再改。[③]

总体看来，鲁迅在《呐喊·自序》中对于自己南京求学生活的叙述是选择性、重构性的。他对城市、学校进行了模糊化处

---

① 《鲁迅全集》第7卷第85页。

② 《鲁迅全集》第8卷第401页。

③ 《鲁迅的青年时代》，周作人著，石家庄：河北教育出版社，2003年6月，第4页。

理，对去南京求学原因的讲述则有“传说化”倾向。[①]“困顿”、不满于“世人的真面目”、“走异路，逃异地”都是事实，但这些事实导致的是否是“去寻求别样的人们”这种思想性、探索性的行为，是个疑问。对于十八岁的贫困青年周樟寿来说，重要的是江南水师学堂不收学费并且发生活费，他到南京投奔（“寻求”）的本家叔祖周椒生和绍兴的保守分子一样保守，并非“别样的人们”。实际上，1922年鲁迅写《呐喊·自序》的时候，对于二十四年前自己是否是“走异路，逃异地，去寻求别样的人们”，并不敢确定。他用“仿佛是想”一语将自己的叙述相对化了。既然是“仿佛”，即并非确凿的事实，是否“想”过，是当时所“想”还是后来所“想”，也是未知数。

那么，鲁迅在《呐喊·自序》中为何要对自己的南京求学生活做掩饰性、选择性、重构性的叙述？——这是《呐喊·自序》的写作目的决定的。《呐喊·自序》是作家鲁迅为自己的第一本小说集写的序，他要在这里塑造自己的作家形象，自然会把个人历史“传说化”。于是就有了“走异路，逃异地，去寻求别样的人们”这种文学性的自我描述。在其“作家传说”中，“弃医从文”是关键，而不学医则无以“弃医”，学医又要有学医的缘由，所以，《呐喊·自序》对于“《呐喊》的来由”的讲述是从其父亲的病开始的，写及南京求学生活的时候，在学校的正式课程之外，突出了课余对生理学著作《全体新论》和《化学卫生论》的阅读。

《呐喊·自序》的逻辑决定着鲁迅对“南京记忆”的选择与

---

① 这里的“传说化”即竹内好论述鲁迅弃医从文时所谓的“传说化”。竹内好怀疑鲁迅自述中所谓在仙台因看日俄战争幻灯片而弃医从文的真实性，称相关叙述为“传说化”。见《近代的超克》，竹内好著，孙歌编，北京：生活·读书·新知三联书店，2005年3月，第53页。

重构。这种重构是在去南京求学二十四年之后进行的，因此融入了鲁迅后来的生活体验。“走异路，逃异地，去寻求别样的人们”这种有志青年的求索意愿，对于身在绍兴的贫困青年周樟寿来说尚属“仿佛是想”，但对于到达南京之后的周树人来说确实存在，并且成为“实践”。这“实践”之中有1898年10月的转考矿路学堂——他在这里知道了赫胥黎、苏格拉底、柏拉图、斯多噶等“别样的人们”，有1902年的东渡日本，还有1911年的第二次离开绍兴。其中，第二次离开绍兴的体验尤其值得注意。1909年8月，鲁迅结束留日生活回国，在杭州的浙江两级师范学堂任教，但不到一年即辞职回到绍兴，担任绍兴府中学堂教员兼监学。对于1898年离开绍兴的鲁迅来说，十多年后的返乡是个“失败”。鲁迅小说《在酒楼上》（1924年）中，吕纬甫与“我”有这样的对话——吕纬甫说：“我在少年时，看见蜂子或蝇子停在一个地方，给什么来一吓，即刻飞去了，但是飞了一个小圈子，便又回来停在原地点，便以为这实在很可笑，也可怜。可不料现在我自己也飞回来了，不过绕了一点小圈子。又不料你也回来了。你不能飞得更远些么？”“我”回答说：“这难说，大约也不外乎绕点小圈子罢。”[①]这个“我”应当理解为离乡十多年之后回到绍兴的鲁迅。《朝花夕拾》中的《范爱农》一篇，写到绍兴的“革命”——“满眼是白旗。然而貌虽如此，内骨子是依旧的”，鲁迅、范爱农等人因批评新政府，甚至受到新都督王金发的手枪威胁。恰在此时许寿裳邀鲁迅去南京，范爱农凄凉地对鲁迅说：“这里又是那样，住不得。你快去吧……。”鲁迅在《范爱农》中写道：“我懂得他无声的话，决计往南京。”鲁迅的这次离绍赴宁，与1898年那一次相比，是自觉的“走异路，逃异地，去寻求别样

① 《鲁迅全集》第2卷第27页。

的人们”。就与故乡绍兴的关系而言，此时思想、事业方面的挫折与少年时代的屈辱感叠加，激化了鲁迅与故乡的矛盾。所以，所谓“走异路，逃异地，去寻求别样的人们”，与其说是1898年十八岁的周樟寿离开绍兴时的意愿，不如说是1922年四十二岁的“鲁迅”对于自己半生道路的表述——文学性的表述。

鲁迅1922年年底写《呐喊·自序》的时候，已经发表了小说《狂人日记》（1918年）、杂文《我们现在怎样做父亲》（1919年），展示了鲜明的反传统姿态——即反叛性的“异”的姿态，因此，当他把南京作为“异地”来叙述的时候，实质上是在确认南京在自己思想形成史上的位置。“异”即“现代”。作为“异地”的现代的南京，即与作为“旧地”的S城绍兴相对立。对于来自绍兴的周樟寿来说，在清末开始现代化的南京就是这样成为“异地”的。无论是对于来自绍兴的十八岁贫困青年周樟寿来说，还是对于中国封建社会的漫长历史来说，洋务运动重镇南京都是“异地”。

二 《琐记》中前行者的心迹

写《呐喊·自序》将近四年之后，1926年10月，鲁迅在散文《琐记》中再一次讲述自己的南京求学生活。《琐记》是系列文章“旧事重提”中的一篇，有回忆录性质，对于南京求学生活的回忆更为细致。

在《琐记》中，鲁迅依然以“叛乡者”的形象出现，将赴宁求学作为对抗故乡的行为来叙述。这种对抗甚至体现在文章结构上。《琐记》首先叙述邻居衍太太的故事，用了四页多的篇幅（在《朝花夕拾》初版本中，《琐记》共占16页）。鲁迅叙述了衍太太的“流言”给自己带来的屈辱感之后，笔锋一转，写道：

> 好。那么，走罢！
>
> 但是，那里去呢？S城人的脸早经看熟，如此而已，连心肝也似乎有些了然。总得寻别一类人们去，去寻为S城人所诟病的人们，无论其为畜生或魔鬼。[①]

这段话是从衍太太引出来的，但表达的是对“S城人”的不满。这“S城人”显然不仅是指衍太太。一个迷信、虚伪、热情、善良、制造流言的乡镇老太太，不具备足以使青年鲁迅离开绍兴的力量。结合《琐记》的上下文来看，“S城人”包括（甚至主要是指）那些笑骂中西学堂的人；结合“旧事重提”系列文章来看，则包括《父亲的病》中贪婪的庸医；结合《呐喊·自序》来看，则包括那些“侮蔑”者。是这许多人迫使青年鲁迅离开了绍兴。如前所述，鲁迅去南京求学的要因之一是贫穷。《琐记》写道：“无须学费的学校在南京，自然只好往南京去。第一个进去的学校，目下不知称为什么了，光复以后，似乎有一时称为雷电学堂，很像《封神榜》上‘太极阵’‘混元阵’一类的名目。总之，一进仪凤门，便可以看见它那二十丈高的桅杆和不知多高的烟通。”南京城的仪凤门与江南水师学堂的桅杆、烟筒，给青年鲁迅留下了深刻印象。当时鲁迅从绍兴去南京，是乘船至下关码头上岸进城。从仪凤门进入南京城之际，他大概会想起自己病故不久、名叫“凤仪”的父亲。

考入江南水师学堂不足半年，鲁迅即转考附设于陆师学堂的矿路学堂。弃学转考的原因，按照《琐记》的叙述有两个：一个是水师学堂等级森严，高年级学生横行无忌；另一个是迷信，淹

---

① 《鲁迅全集》第2卷第303页。本文中《琐记》的引文出自《鲁迅全集》第2卷第301—307页。下不另注。

死过学生的游泳池被填平，上面建了庙，鬼节有和尚来做法事、超度亡灵。鲁迅用“乌烟瘴气”四字概括之。不过，这并非鲁迅转考矿路学堂的全部原因。结合鲁迅其他作品来看，还有学校体制与专业、安全方面的原因。1925年5月13日，鲁迅在《随感录（八）》中写到自己“在N的学堂做学生的时候”，与同学一起讥笑念“钊”为“钧”的新职员，发生冲突，两天之内与十多名同学被连记两小过、两大过，再记一小过就要被开除学籍。[①]这个候补道做校长的“N的学堂”就是江南水师学堂。[②]校方的专横正与《琐记》所写高年级学生的横行相表里。鲁迅考入江南水师学堂后被分在管轮班，他对自己的专业并不满意。1934年他在《自传》中说得明白：“因为没有钱，就得寻不用学费的学校，于是去到南京，住了大半年，考进了水师学堂。不久，分在管轮班，我想，那就上不了舱面了，便走出，又考进了矿路学堂，在那里毕业，被送往日本留学。”[③]他在与杨霁云的谈话中也说过：“只有福建人才可在舱面甲板上工作，外省人一律只好管理机器间。照这样下去，等到船沉了还钻在里面不知道呢！所以我就不干了。”[④]由此可见，不愿今后“上不了舱面”，不愿做沉船时的牺牲品，也是鲁迅改考矿路学堂的重要原因。

在《琐记》中，矿路学堂的学习生活充满朝气。鲁迅的德语学习是在这里开始的，“此外还有所谓格致，地学，金石学，……都非常新鲜”。更重要的是“看新书”，而且看到了《天演论》——鲁迅写道：“看新书的风气便流行起来，我也知道了

① 《鲁迅全集》第3卷第65页。

② 参阅《江南水师学照》，《寻求别样的人们：鲁迅在南京》，徐昭武编著，南京：江苏凤凰文艺出版社，2016年9月，第10页。

③ 《鲁迅全集》第8卷第401页。

④ 杨霁云《琐忆鲁迅》。原载1936年12月5日上海《逸经》半月刊。引自《寻求别样的人们：鲁迅在南京》第14页。

中国有一部书叫《天演论》。星期日跑到城南去买了来，白纸石印的一厚本，价五百文正。”这段记述可以与周作人日记互相印证、互相补充。周作人辛丑年（1901）十二月二十四日的日记是这样的：

> 晴，冷。上午看《今水经》。饭后步行至陆师学堂，道路泥泞，下足为难。同大哥谈少顷，即偕至鼓楼一游。同乡张君协和（邦华，矿生）同去，啜茗一盏而返。予循大路回堂，已四下钟矣。晚饭后大哥忽至，携来赫胥黎《天演论》一本，译笔甚好。夜同阅《苏报》等，至十二钟始睡。①

查旧日历，辛丑年十二月二十四日为公元1902年2月2日，星期日。将周作人日记与鲁迅《琐记》的叙述结合起来，可以对鲁迅当天的活动有比较完整的了解。当天下午，鲁迅先与周作人闲谈，然后邀同学张邦华同至鼓楼喝茶，周作人返校之后，他到城南花五百文钱买了《天演论》，晚饭后至周作人处共读、讨论。当时，五百文对于穷学生鲁迅来说是一笔巨款。《琐记》写到，鲁迅考入水师学堂的时候，“学生所得的津贴，第一年不过二两银子，最初三个月的试习期内是零用五百文”。就是说，鲁迅买《天演论》的钱相当于新生三个月的零用钱。身为穷学生，花巨款买《天演论》，买到之后当晚就去与下午刚见过面的弟弟共读、讨论，可见《天演论》对青年鲁迅的吸引力与冲击力之大。鲁迅在《琐记》中这样记述自己阅读《天演

---

①《周作人日记》（上）影印本。郑州：大象出版社，1996年12月，第278页。原文无标点，引用者标点。“同”原文写作“仝”。周作人在《鲁迅小说里的人物》一书的“附录一”《旧日记里的鲁迅》中引用了这则日记，但引用时有调整。见《鲁迅小说里的人物》，石家庄：河北教育出版社，2003年6月，第295—296页。

论》的感受：“哦！原来世界上竟还有一个赫胥黎坐在书房里那么想，而且想得那么新鲜？一口气读下去，‘物竞’‘天择’也出来了，苏格拉第，柏拉图也出来了，斯多噶也出来了。”即使因为“看新书”被本家叔祖批评为“有点不对了”，他也“仍然自己不觉得有什么‘不对’，一有闲空，就照例地吃侉饼，花生米，辣椒，看《天演论》。”对于整个思想体系深受进化论影响的鲁迅来说，1902年2月2日是个重要的日子。所以，二十四年（1902—1926）过去之后，他依然清楚地记得买书的时间和书款数额。《琐记》写于1926年10月8日，在1926年10月这个时间点上，鲁迅讲述当年购买、阅读《天演论》的体验，是对自己进化观念的确认。这种确认与此前的《狂人日记》（1918年）、此后的《中国新文学大系·小说二集序》（1935年）有关进化论的表述处于同一思想脉络之中。

新课程、“看新书的风气”使鲁迅茁壮成长，但矿路学堂一度面临停办的风险，临近毕业时出路也是个问题。《琐记》写道：

> 毕业，自然大家都盼望的，但一到毕业，却又有些爽然若失。爬了几次桅，不消说不配做半个水兵；听了几次讲，下了几回矿洞，就能掘出金银铜铁锡来么？实在连自己也茫无把握，没有做《工欲善其事必先利其器论》的那么容易。爬上天空二十丈和钻下地面二十丈，结果还是一无所能，学问是“上穷碧落下黄泉，两处茫茫皆不见”了。所余的还只有一条路：到外国去。

这里，鲁迅机智地从三个角度概括了自己在两所学校四年间“上天入地”的学习生活，最后归结于“到外国去”。其概括是否定性的，出国留学也因此带有几分被动性——所谓“所余的还只有一条路”。在《琐记》中，这句“所余的还只有一条路：到外国去”，与前文写及离开绍兴时的那句“好。那么，走罢！”发挥着同样的转折功能，而且前后呼应，形成一个结构，将鲁迅置于“走异路，逃异地，去寻求别样的人们”的旅程中。——这也正是鲁迅希望获得的叙事效果。事实上，在当时洋务运动的大背景下，留学是一件光荣的事，矿路学堂选派学生赴日留学是计划内的正常工作，谈不上“所余的还只有一条路：到外国去”。鲁迅启程东渡之际，同窗好友胡韵仙写送别诗三首相赠，诗序中有“兄有东瀛之行，壮哉大志，钦慕何如”之语，三首诗更是洋溢着理想主义的热情。如第一首：“英雄大志总难侔，夸向东瀛作远游。极目中原深暮色，回天责任在君流。”[①]鲁迅一行赴日留学是1902年4月4日在横滨上岸，驻日公使蔡钧在4月11日写给日本外务大臣小村寿太郎的公函中说：“本大臣兹准南洋咨派矿务毕业学生六名来东研究矿学，该生等均系初到，为谙贵国语言文字，拟先入宏文学堂肄业，俟其通晓语言文字后再行送入别校。”[②]可见，鲁迅用“所余的还只有一条路：到外国去”这种表述，再一次重构了自己的南京求学生活——悲剧性地重构。而且，他对于留学人数的记忆也有误。《琐记》说是五名，实际是六名。

《朝花夕拾》中，鲁迅回忆自己成年之后求学生活的散文有两篇，一篇是《琐记》，一篇是《藤野先生》。留日生活是南京求学生活的延续，因此《藤野先生》是《琐记》的延续。《朝花夕拾》中的文章前后衔接，有连贯性。《父亲的病》《琐记》《藤

---

① 引自周作人壬寅年二月十五日（1902年3月24日）日记。《周作人日记》（上）影印本，第321页。引用者标点。

② 前引《寻求别样的人们：鲁迅在南京》，第53页。

野先生》三篇之间尤其如此。鲁迅1926年10月7日写了《父亲的病》，此文最后是写父亲弥留之际衍太太让“我”在父亲耳边大喊，于是，次日（10月8日）所作《琐记》便从衍太太的故事写起。《琐记》结尾是写自己与三名同学被派往日本留学，于是三天后（10月12日）所作《藤野先生》便叙述留日生活。因此，在《琐记》的延长线上阅读《藤野先生》，某些问题会看得更清楚。《藤野先生》开头的一句是“东京也无非是这样”，这句话中的“也”字是相对于南京而言的。所谓“这样”是“怎样”？接着这句话，鲁迅用厌恶、调侃的笔调叙述清国留学生的辫子、学跳舞，这也就是《琐记》写江南水师学堂时所谓的“乌烟瘴气”。和当年厌恶“乌烟瘴气”、改考矿路学堂一样，鲁迅因厌恶那些“清国留学生”，再次做出了离开的决定——《藤野先生》写道：“到别的地方看看，如何呢？”于是远走仙台，进了仙台医学专门学校。这句“到别的地方看看，如何呢？”和《琐记》中的“好。那么，走罢！”“所余的还只有一条路：到外国去”两句一样，不仅发挥着相同的叙事功能，展现着鲁迅的相同心态，而且同样在塑造鲁迅的前行者形象。这样，在《琐记》和《藤野先生》中，绍兴、南京、东京、仙台这几座城市便同样成为鲁迅走过的“异路”上的坐标。

三 《恒训》中的医学问题

如前文所引，鲁迅在《呐喊·自序》中叙述矿路学堂的学习生活时说：“生理学并不教，但我们却看到些木版的《全体新论》和《化学卫生论》之类了。我还记得先前的医生的议论和药方，和现在所知道的比较起来，便渐渐的悟得中医不过是一种有意的或无意的骗子，同时又很起了对于被骗的病人和他的家族的同情；而且从译出的历史上，又知道了日本维新是大半发端于西方医学的事实。”在《呐喊·自序》的叙述中，鲁迅对医学感兴趣、课外阅读医学书籍，是起因于父亲的病。但事实上这并非全部原因，另一重要原因是《恒训》的影响。

《恒训》是鲁迅祖父周福清1899年2月底至3月初写给子孙的训词，当时他正在杭州的监狱里服刑。同年年底，已经转入矿路学堂的鲁迅完整抄录了这份《恒训》。周福清手书原件已佚，现存国家图书馆的是鲁迅的抄件。抄件最后一行为“己亥十月上浣孙樟寿谨抄于江南陆师学堂”。这里，鲁迅强调自己“孙”的身份，用了家谱上的名字“樟寿”，并且用了“谨”字，可见其对《恒训》的恭敬、重视程度。《恒训》与鲁迅生存方式的复杂关系须专文探讨，这里仅讨论医学问题。

《恒训》第一节（相当于“序言”）曰：“有恒心，有恒业，有恒产。有恒心得见有恒善，圣之基。人而无恒，不可以作巫医。持恒能久，视此训辞。”[①]这是从总体上强调做人、生存的基本原则，即强调“恒”的重要性。更重要的是，周福清将“恒”与“巫医”联系在一起，作为“作巫医”的条件。这里的“巫医”尽管可以引申为“有专门技能的人”，但其本意毕竟是“医”，而且是起源意义上的“医”（“巫医”）。可见，整篇《恒训》是在“医”的比喻性、背景性框架之中阐述生存问题的。因此，正文部分写及医学问题是必然的。《恒训》依据训诫的内容分为九节，依次是：力戒昏聩；力戒烟酒；力戒损友；养生法；病弗延西医；家鉴（含三条“败家之鉴”，即“纵容孩儿”“信妇言”“要好看”）；有良心；有恒业；有积蓄。一目了然，第五节

---

① 本文对《恒训》的引用据前引《寻求别样的人们：鲁迅在南京》一书所收者。同书第128—142页。下不另注。

“病弗延西医”是专论就医问题。本节节题已经表明周福清不信西医，正文部分则对此做了详细说明，曰：

> 中国南人北人，气体不同，服药亦异。北人时服大黄，川、楚人好服附子，南人且不同矣。况远隔数万里之重洋乎？予在都，见病者延洋人医，无不速毙。用冰帽者，其死更速，不知体质不同之理也。[中略]唯跌打骨断诸伤，可用西医，然须慎择，盖洋人在中国者，多庸医也。洋人金鸡哪霜治疮毒，亦不可信。我眼见张姓友，购治项痈，初颇速效，月余复发更甚。仍用中国医，医痊。

周福清对西医的否定是经验主义式的，但“气体”（体质）之说不无科学依据。本节不仅告诫子孙“病弗延西医”，而且提供了若干中医药方，介绍了多种日常养生法。

青年鲁迅作为“孙”、作为“樟寿”，“谨抄”了这份《恒训》，对于其中涉及医学的部分不会熟视无睹。因此可以说，他作为矿路学堂的学生，课余阅读《全体新论》和《化学卫生论》等生理学著作，甚至关心西医与日本明治维新的关系，远因是为父亲治病的痛苦记忆，近因则是祖父《恒训》中的教诲。不过，基于对给父亲治病的那些中医的了解，青年鲁迅对于中西医的态度与祖父相反。他否定中医，但其否定也是经验主义式的。显然是为了给自己的经验主义认识寻找科学依据，他才去阅读生理学著作。此时，所谓的“走异路，逃异地，去寻求别样的人们”，也在医学认识方面通过与祖父的对立获得了具体内容。后来，无论是在《呐喊·自序》中还是在《琐记》中，鲁迅对于中医的批判都意味着对祖父《恒训》中的中西医观的否定。在此意义上，《呐喊·自序》与《琐记》都是《恒训》的对立性文本。鲁迅在

《呐喊·自序》与《琐记》中，用沉默与省略处理了自己南京记忆中的《恒训》。

四　南京作为鲁迅“原点”的多重意义

十八岁的贫困青年周樟寿从绍兴沿着“异路”来到他的第一个“异地”南京，开始了多种维度的自我建构，南京因此成为其生命的原点。在多重意义上都是如此。鲁迅的知识、思想、感情、行为方式等，均处于“南京”的延长线上。在南京被给予的“树人”的名字，无疑影响了其“立人”思想的形成。留日时期他在《文化偏至论》中阐述了“立人”思想，而且终生坚持，持续在不同的脉络中阐述。他在南京学的是开矿，到东京之后撰写了《中国地质略论》，与顾琅合著了《中国矿产志》。这是在继续自己的“矿学”本业，符合政府的要求。如前引清国驻日公使蔡钧给日本外务大臣的公函显示的，政府本来就是派他们去学矿学。他在南京阅读《天演论》、接受了进化论观念，赴日留学之后发扬光大之。在仙台医专读书时依然读《天演论》，[①]甚至翻译有关进化论的著作。[②]弃医从文、从仙台回到东京之后，他在《人间之历史》《摩罗诗力说》等文章中更深入地探讨进化论。五四时期他将进化论转化为独特的“幼者本位”生命伦理观，终生坚持。他在南京开始对西医感兴趣，所以赴日留学、在语言学校（弘文学院）的日语学习结束之后，选择医学专业去了

① 见许寿裳《亡友鲁迅印象记》第三节。《挚友的怀念——许寿裳忆鲁迅》，许寿裳著，马会芹编，石家庄：河北教育出版社，2001年5月，第7页。

② 鲁迅在1904年10月8日从仙台写给蒋抑卮的信中说：“前曾译《物理新诠》，此书凡八章，皆理论，颇新颖可听。只成其《世界进化论》及《原素周期则》二章，竟终止，不暇握管。”见《鲁迅全集》第11卷第330页。据同卷《鲁迅全集》注释，此书译稿尚未被发现。

仙台医专。就性格、行为方式而言，鲁迅南京时期通过转考矿路学堂、批判中医等行为表现出的自主性与叛逆性，在留日生活中再次表现出来。从弘文学院毕业后选择医学，显然违背了留学派遣机构“研究矿学”的本意。入仙台医专就读仅一年半，就擅自退学（退学申请是别人代补的）。《呐喊·自序》中的“走异路，逃异地，去寻求别样的人们”，《琐记》中的“好。那么，走罢！”“所余的还只有一条路：到外国去”，都是以1898—1902年的南京为坐标，被1922年、1926年的鲁迅表述出来。这种“走”的姿态成了鲁迅的基本生命形态，所以，他出国之后从东京走到仙台，从仙台走回东京。回国之后从绍兴走到南京，从南京走到北京。1926年从北京的“走”，则成为鲁迅生命史的巨大转折点。

对于鲁迅来说，南京求学生活如此重要。因此，以这段生活为坐标，鲁迅的人生与思想可以划分为三个时期：前南京时期，南京时期，后南京时期。

如前所述，鲁迅比较完整地写及南京求学生活的文章仅有《呐喊·自序》与《琐记》两篇。南京求学生活的许多内容被他封存在记忆之中，我们只有从周作人、许寿裳、张邦华、许广平等人的回忆中，才能相对完整地看到他当年南京生活的面貌。例如贫困——贫困到缺冬衣、吃辣椒御寒，与旗人的冲突，等等。被封存的记忆更为沉重，与被表述的记忆一起，共同证明着鲁迅“南京记忆”的重要性。

《琐记》写于1926年10月8日，第二年即1927年鲁迅定居上海。同样是在1927年，蒋介石发动“四一二”政变独揽政权，南京国民党政府成立。历史的、现实的、个人的、社会的诸种因素，决定着鲁迅会持续关注南京。鲁迅一贯反专制，定居上海后积极倡导革命文学，成为左翼文坛领袖，与压制左翼文学、进行文化围剿、杀害进步作家的南京政府之间存在着根本性的对立。因此，对于上海时期的鲁迅来说，“南京”成为政治性的城市。鲁迅1928年4月10日所作杂文《太平歌诀》，[1]从有关中山陵的三首民谣批评民众的蒙昧与某些“革命文学家”的自欺欺人；1931年12月发表的《南京民谣》[2]视国民党大员为“强盗”，讽刺其装腔作势、各怀鬼胎；1933年1月26写给日本友人望月玉成的七绝《赠画师》，前两句为“风生白下千林暗，雾塞苍天百卉殚”，讽刺了南京政府的黑暗统治——“白下”即南京。

鲁迅晚年最后一次集中抒写南京与自己的南京记忆，是在1931年6月。6月14日，他给来访的日本友人宫崎龙介及其夫人白莲女士写了两首七绝（两幅字），分别是：

大江日夜向东流，聚义群雄又远游。六代绮罗成旧梦，石头城上月如钩。

雨花台边埋断戟，莫愁湖里余微波。所思美人不可见，归忆江天发浩歌。

宫崎龙介是孙中山革命的支持者、大名鼎鼎的宫崎滔天（1871—1922）的侄子，其父宫崎弥藏也是中国革命的支持者。鲁迅面对宫崎龙介，显然是想起了自己的青春时代——青春时代的南京与东京，于是写下了这两首诗。诗中，现实、记忆、政治、抒情四

① 发表于1928年4月30日《语丝》第4卷第18期。引自《鲁迅全集》第4卷第104—105页。

② 发表于1931年12月25日《十字街头》第2期。引自《鲁迅全集》第7卷第400页。

者完美地融合在一起，长江、石头城、雨花台、莫愁湖等南京标志性景观得到全面呈现。这两首七绝，可以看作晚年鲁迅写给南京的告别诗。

2019年4月17日完稿，于寒蝉书房

（原载《广西师范大学学报》2019年第5期）

论鲁迅对《狂人日记》的阐释

——兼谈《呐喊》的互文性

鲁迅的短篇小说《狂人日记》是中国现代小说史上屈指可数的杰作。这里要强调的是，鲁迅不仅是这篇小说的作者，而且是这篇小说的阐释者。罗兰·巴特所谓“作者已经死去”，是强调作品作为文本的独立性，将作者与其作品的关系相对化，为读者、批评家解释作品提供更大的空间与自由度。但是，鲁迅在《狂人日记》诞生之后却作为作者顽强地“活着”，多次行使作者对自己作品的解释权，于是“作者”与“作品”纠缠在一起，继续保持并深化“共生”关系。1918年5月《狂人日记》在《新青年》第4卷第5号上发表，三个月之后的8月20日，鲁迅在写给许寿裳的信中就谈论《狂人日记》。而且，这次谈论仅仅是个起点。至1935年3月，十七年间鲁迅对《狂人日记》或相关问题的谈论主要有六次——1918年8月在给许寿裳的信中，1922年12月在《呐喊·自序》中，1925年4月在杂文《灯下漫笔》中，1927年9月在通信《答有恒先生》中，1933年3月在自述《我怎么做起小说来》中，1935年3月在《中国新文学大系·小说二集序》中。[1]

---

① 鲁迅在1919年4月16日写给《新潮》杂志编辑孟真（傅斯年）的信《对于〈新潮〉一部分的意见》中，说：“《狂人日记》很幼稚，而且太逼促，照艺术上说，是不应该的。”信载于同年5月《新潮》第1卷第5期。从通信的动因、鲁迅与孟真的关系看，此语为自谦之辞，并未构成对《狂人日记》的阐释，故本文略而不论。

这些谈论有直接的，也有间接的，谈论的内容有主题层面的，也有创作过程、创作方法层面的，为了便于论述，本文通称为“阐释”。不同时期的阐释形成了一个连续性的“《狂人日记》阐释”系列，呈现了鲁迅以“吃人/救人”为主干的思想史。鲁迅在撰写《中国新文学大系·小说二集序》的翌年即1936年去世，因此可以说，《狂人日记》诞生之后，成为鲁迅无法忘却的记忆，伴随了鲁迅近三分之一的人生，直到鲁迅离开人世。如果鲁迅的作家生涯从创作《狂人日记》算起，则可以说《狂人日记》伴随了鲁迅的整个创作生涯。在鲁迅的小说中，这样被鲁迅本人反复、持续阐释的作品并不多。多年之前，已经有鲁迅研究者论述过鲁迅对《狂人日记》的“自评”，可惜只是孤立地论述《中国新文学大系·小说二集序》，[①]对于“自评”的历史性、整体性没有给予足够重视，因此与“自评”包含的多种复杂性擦肩而过。本文试图历史性、整体性地考察鲁迅的“《狂人日记》阐释”，以深入理解《狂人日记》这个文本，进而理解鲁迅的思想脉络。

一　“吃人”的二重性与普遍性

鲁迅在1918年8月20日写给许寿裳的信中谈及《狂人日记》，这样说：

> 《狂人日记》实为拙作，又有白话诗署“唐俟”者，亦仆所为。前曾言中国根柢全在道教，此说近颇广行。以此读史，有多种问题可以迎刃而解。后以偶阅《通鉴》，乃悟中

① 顾农：《读鲁迅对〈狂人日记〉的自评》，《天津师院学报》1981年第2期，第18—22页。

> 国人尚是食人民族，因成此篇。此种发现，关系亦甚大，而知者尚寥寥也。[①]

鲁迅发此言是在创作《狂人日记》仅三个月之后，又是在写给挚友的私信中，因此对于《狂人日记》创作动因与主题的表述最真实。这段话是理解《狂人日记》的基础，由此可知，《狂人日记》的首要问题是吃人，而不是后来研究者们纠缠不清的“狂人”——狂还是不狂？真狂还是假狂？几分清醒几分狂？等等。

那么，何谓“吃人”？无论是从鲁迅的创作动因来看，还是从小说的具体描写来看，“吃人”首先都是事实上的吃人。鲁迅是因为从《资治通鉴》中看到历史上的吃人记载而创作《狂人日记》，[②]所以小说中有历史上的吃人——易牙蒸儿子献给桀纣（实为齐桓公）吃，有医书“本草什么”（实为李时珍《本草纲目》）上记载的吃人——煎食人肉，更有现实生活中的吃人——徐锡林（徐锡麟）被吃，城里杀犯人的时候痨病患者用馒头蘸人血舔。狂人（“我”）是因为恐惧于被吃而精神失常，成为迫害狂，沉溺于恐惧性的幻想。在这个层面上，“狂人”确实是狂人。关于《狂人日记》的主题，汤晨光敏锐地指出：“原初的核心动机是表现人吃人，是揭露存在于中国的食人蛮性，它通过被吃的恐惧感传达出鲁迅对民族摆脱野蛮状态的热望以及对肌体和生命的强烈关注。”[③]这种解释与人们习以为常的“礼教吃人”说形成了鲜明对比。只有这种解释，才符合鲁迅致许寿裳信中的那段话包

① 《鲁迅全集》第11卷第365页。

② 关于《资治通鉴》中的吃人记载，参阅古大勇在《多维视阈中的鲁迅》第4章第3节《“吃人”命题的世纪苦旅：从〈狂人日记〉到〈酒国〉》中的归纳。桂林：广西师范大学出版社，2012年6月，第159页。

③ 引自汤晨光论文《是人吃人还是礼教吃人？——论鲁迅〈狂人日记〉的主题》的“提要”。论文发表于《湖南师范大学社会科学学报》2004年第1期。

含的逻辑。那段话谈到“中国根柢全在道教”与“中国人尚是食人民族”两个问题，从上下文来看两个问题具有同一性，是因果关系（从“以此读史”到“偶阅《通鉴》”）。关于道教与中国的本质性关联，1927年9月鲁迅在杂文《小杂感》（收入《而已集》）中再次强调，说：“人往往憎和尚，憎尼姑，憎回教徒，憎耶教徒，而不憎道士。懂得此理者，懂得中国大半。”[①]彭定安指出：“作为‘中国根柢’和足以‘懂得中国大半’的道教文化的精髓是什么？用鲁迅的概括来表述，就是‘吃人’。道教作为宗教，它的理想不在天上而在人间。它的总目标和最高理想是‘长生久视’。它在现世希图长生不老，它讲求享受、纵欲、自利、夺取、占有、养生，连男女之事，也讲求‘采占之术’、‘采补’、‘夺舍’。”[②]就《狂人日记》而言，道教与吃人行为的同一性，就是吃人者的吃人动机与道教养生思想、迷信思想的一致性。如果仅仅在比喻、象征的意义上理解“吃人”，小说中潜存的道教问题就被排除了。道教与“仁义道德”并无直接关系。值得注意的是，写《小杂感》两年前的1925年，鲁迅在杂文《灯下漫笔》中同样阐述了中国的“吃人”问题（下文会论及）。可见，在鲁迅这里，道教（道士）与“吃人”一直是认识中国历史与文化的两个具有共通性的关键问题。

《狂人日记》发表一年半之后，吴虞在评论文章《吃人与礼教》中谈吃人与礼教的关系，说：“我们中国人，最妙是一面

---

① 《鲁迅全集》第3卷第556页。

② 彭定安：《鲁迅的艺术思维与艺术世界里的中西文化》。出自《鲁迅杂文学概论》，彭定安著，沈阳：辽宁教育出版社，1988年11月，第275页。关于道家与道教的区别，鲁迅的道教认识与道教批判，还可参阅朱晓进《历史转换期文化启示录》第7章《鲁迅的宗教文化观》第7节的论述。《历史转换期文化启示录》，朱晓进著，沈阳：辽宁教育出版社，1992年8月。

会吃人，一面又能够讲礼教。”[①]这是在比喻、象征的意义上理解“吃人”。不言而喻，这种理解能够在《狂人日记》中找到根据——易牙蒸子献齐桓公是“忠”，“割股疗亲”是孝，“吃人”二字是隐藏在“仁义道德”的字缝里。但是，这种“吃人”在《狂人日记》中是引申义，而且首先是作为事实上的吃人被叙述出来的。事实意义上的吃人可以转化为比喻意义（象征意义）上的“吃人”，但其自身并不会因为这种转化而消失。

综合起来看，鲁迅在《狂人日记》中对“吃人”的叙述经过了一个从史实到历史再到文化的转换、升级过程。这个过程呈现为致许寿裳信中的那段话与《狂人日记》之间的距离。《狂人日记》的“吃人”主题因此具有二重性，这种二重性起源于“吃人”的写实意义与比喻意义并存。“仁义道德”与“吃人”的关系也因此变得复杂。在《狂人日记》中，并非所有的吃人行为都是“仁义道德”导致的，“仁义道德”与“吃人”二者的关系首先是对比性的，其次才是因果性的。

鲁迅读《资治通鉴》，发现中国人是“食人民族”，小说中的狂人则是从历史书的字缝里看出满纸写着“吃人”二字。这种同构关系表明：《狂人日记》中的“我”一方面是医学意义上的迫害狂，另一方面在起源上就包含着鲁迅自况的意味，是先觉者。“吃人”这种前提性认识的存在，表明《狂人日记》是一篇“观念小说”。这里的“观念小说”是指为了表现既定的思想观念而创作的小说。鲁迅在《狂人日记》中揭露“历史的吃人”、呈现“吃人的历史”是为了“救人”，所以在小说最后追问“没有吃过人的孩子，或者还有？”并且发出“救救孩子……”的呼喊，建立起一个“吃人/救人”的框架（也是主题）。在这个框架中，

① 1919年11月1日《新青年》第6卷第6号。

“吃人”是显性的、现实性的，“救人”则是隐性的、理想性的。狂人期待“真的人”出现，而所谓“真的人”，正是以是否吃过人为标准来界定的。在小说第十节，狂人对大哥说：“大哥，大约当初野蛮的人，都吃过一点人。后来因为心思不同，有的不吃人了，一味要好，便变了人，变了真的人。”在这个逻辑中，第十二节的那句话才能成立——“有了四千年吃人履历的我，当初虽然不知道，现在明白，难见真的人！”（着重号皆为引用者所加）同样是在这个逻辑中，“救救孩子”不仅意味着不要让孩子被吃掉，更主要的是意味着不要让孩子“吃人”。从鲁迅思想发展的历史脉络来看，《狂人日记》对“真的人”的追求是其留日时期形成的“立人”思想的延续。

1922年《狂人日记》被鲁迅编入小说集《呐喊》，成为《呐喊》中的第一篇小说。通读《呐喊》能够看到，《狂人日记》的“吃人/救人”这一主体结构（框架与主题），也是《呐喊》中多篇作品共有的模式。《呐喊》初版本收录作品十五篇，除去最后一篇后来被鲁迅改题为“补天”并收入《故事新编》的《不周山》，十四篇作品大致可以分为三类。第一类是取材于故乡生活的，《狂人日记》《孔乙己》《药》《明天》《头发的故事》《风波》《故乡》《阿Q正传》《白光》《社戏》等十篇属于此类。第二类是写家庭生活的，有《兔和猫》《鸭的喜剧》两篇（前人已经指出这两篇实为散文而非小说）。第三类是写知识分子心理状态与生活状态的，《一件小事》与《端午节》属于此类（前者亦难称小说）。第一类数量最多，除了充满乡愁与温情的《社戏》，大都包含着“吃人”的主题。其中有事实上的吃人，如《药》，但更多的是抽象的、比喻意义上的“吃人”，即文化、制度、统治者、社会黑暗势力对人的压迫、戕害，如《孔乙己》《明天》《头发的故事》《风波》《故乡》《阿Q正传》《白光》。由此可见，在《呐喊》中，《狂人日记》与其他多篇作品之间存在着互文性，互文关系的焦点就是“吃人”。[①]这种互文关系的形成，取决于鲁迅“记忆的整体性”。鲁迅在《呐喊·自序》的开头对这种整体性进行了说明，曰：

> 我在年轻时候也曾经做过许多梦，后来大半忘却了，但自己也并不以为可惜。所谓回忆者，虽说可以使人欢欣，有时也不免使人寂寞，使精神的丝缕还牵着已逝的寂寞的时光，又有什么意味呢，而我偏苦于不能全忘却，这不能全忘的一部分，到现在便成了《呐喊》的来由。

笔者所谓“记忆的整体性”即这里的“不能全忘的一部分”。《狂人日记》是展现这“不能全忘的一部分”的第一篇作品。鲁迅在《呐喊·自序》中讲述《新青年》编者“金心异”（钱玄同）登门约稿的经过，说：“于是我终于答应他也做文章了，这便是最初的一篇《狂人日记》。从此以后，便一发而不可收，每写些小说模样的文章，以敷衍朋友们的嘱托，积久就有了十余篇。”请注意这段话中的“一发而不可收”。“发”是自《狂人日记》而“发”，“发”的结果是“一发而不可收”——《孔乙己》《药》《故乡》《阿Q正传》等十余篇作品被创作出来。换言之，这些作品是在《狂人日记》的延长线上被创作出来的，同样植根于鲁

① 这里使用的“互文性”概念，“不仅指明显借用前人辞句和典故，而且指构成本文的每个语言符号都与本文之外的其他符号相关联，在形成差异时显出自己的价值。”见《二十世纪西方文论述评》，张隆溪著，北京：生活·读书·新知三联书店，1986年7月，第159页。按照秦海鹰在《人与文，话语与文本》一文中的解释，克里斯特瓦赋予“互文性”概念以三项内容：文本的异质性，社会性，互动性。秦海鹰此文见“欧美文学译丛”第三辑《欧美文论研究》，北京：人民文学出版社，2003年6月。若给该概念下个本土性的定义，即为“不同文本之间的相互关系性”。

迅“不能全忘的一部分”，因此必然与《狂人日记》具有深刻的互文关系。《狂人日记》是鲁迅创作的第一篇白话小说，在小说集《呐喊》中也是占据第一篇的位置。这种序列关系并不仅是时间性的，也体现在作品的主题、内容方面。在小说第十节，狂人说：“从易牙的儿子，一直吃到徐锡林；从徐锡林，又一直吃到狼子村捉住的人。去年城里杀了犯人，还有一个生痨病的人，用馒头蘸血舐。”这里已经为鲁迅创作《药》（以及散文《范爱农》）埋下了伏笔。实际上，在《呐喊》中，《狂人日记》与其他多篇小说的互文关系并不限于“吃人”，而是多方面的。《狂人日记》中的月光、目光、“赵贵翁”等，在其他多篇小说中都能找到重现或变形。

对于鲁迅来说，“吃人/救人”具有历史观、世界观的意义，因此其普遍性并不限于《呐喊》，而是“普遍”到鲁迅的许多作品。限于小说而言，《彷徨》中的作品依然写到现实性的、比喻性的“吃人”。关于这个问题，研究者早已指出。即所谓“《狂人日记》是鲁迅小说创作的反封建主题的纲领性的艺术概括”，“《狂人日记》的封建社会关系的轮廓画，在《呐喊》《彷徨》的不少短篇里，丰富多彩地具现了现实生活的深刻的典型和形象。”[①]

二　第五次觉醒于“吃人”

创作《狂人日记》整整七年之后，1925年4月，鲁迅在杂文《灯下漫笔》中直接讨论“吃人”问题。《灯下漫笔》共两节，相关讨论是在第二节，主要是如下两段：

---

① 《〈呐喊〉〈彷徨〉的思想与艺术》，李希凡著，上海：上海文艺出版社，1981年4月，第10页。

> 所谓中国的文明者，其实不过是安排给阔人享用的人肉的筵宴。所谓中国者，其实不过是安排这人肉的筵宴的厨房。

> 因为古代传来而至今还在的许多差别，使人们各各分离，遂不能再感到别人的痛苦；并且因为自己各有奴使别人，吃掉别人的希望，便也就忘却自己同有被奴使被吃掉的将来。于是大小无数的人肉的筵宴，即从有文明以来一直排到现在，人们就在这会场中吃人，被吃，以凶人的愚妄的欢呼，将悲惨的弱者的呼号遮掩，更不消说女人和小儿。[①]

与《狂人日记》中的“吃人”相比，这里的“吃人”论采取了文明论的视角，而且使用了横向的空间性比喻——《狂人日记》呈现的主要是线性的、历史性的“吃人”，这里则将中国比喻为“安排这人肉的筵宴的厨房”。由于文体的差异（杂文不同于小说），《灯下漫笔》中“救人”的“呐喊”也更直接、更具体——文章最后呼吁：“扫荡这些食人者，掀掉这筵席，毁坏这厨房，则是现在的青年的使命！”《灯下漫笔》第二节本质上是《狂人日记》的杂文版，鲁迅在创作《狂人日记》七年之后又创作了“杂文版《狂人日记》”。此时他不再以“狂人”为代言人，此时他本人已经“狂人化”。

不过，此时鲁迅的“吃人/救人”观念即将发生改变。撰写《灯下漫笔》一年多之后，即1926年夏天，鲁迅决定开始“沉默”，并且给自己设定了两年的沉默期。——他在《答有恒先生》（写于1927年9月4日）中说：“但我的不发议论，是很久了，还是去年夏天决定的，我豫定的沉默期间是两年。”何以决

① 《鲁迅全集》第1卷第228、229页。

定沉默？鲁迅说：“单就近时而言，则大原因之一，是：我恐怖了。而且这恐怖，我觉得从来没有经验过。”何以“恐怖”？鲁迅自云“还没有将这‘恐怖’仔细分析”，但阐明了“已经诊察明白的”两条。第一条是“一种妄想破灭了”。鲁迅说：“我至今为止，时时有一种乐观，以为压迫，杀戮青年的，大概是老人。这种老人渐渐死去，中国总可比较地有生气。现在我知道不然了，杀戮青年的，似乎倒大概是青年，而且对于别个的不能再造的生命和青春，更无顾惜。”这种思想变化过程，通俗地说就是进化论观念的破灭。这与鲁迅在《三闲集·序言》（1932年4月24日作）中的相关表述正相一致。《三闲集·序言》云：“我一向是相信进化论的，总以为将来必胜于过去，青年必胜于老人，对于青年，我敬重之不暇，往往给我十刀，我只还他一箭。然而后来我明白我倒是错了。这并非唯物史观的理论或革命文艺的作品蛊惑我的，我在广东，就目睹了同是青年，而分成两大阵营，或则投书告密，或则助官捕人的事实！我的思路因此轰毁，后来便时常用了怀疑的眼光去看青年，不再无条件的敬畏了。”[①]“在广东”正是1927年上半年，即《答有恒先生》所谓的“近时”。鲁迅进化论观念的破灭，若用《狂人日记》中的话来说，就是“难见真的人！”。这种破灭有个过程，限于小说创作而言，《药》已经表达了对青年人的失望——“二十多岁的人”和“花白胡子”一样愚昧（视革命者为“疯”）。鲁迅感到“恐怖”的第二条原因即与“吃人”有关——他发现自己是做“醉虾”的帮手。且引鲁迅原文：

> 我发见了我自己是一个……。是什么呢？我一时定不

① 《鲁迅全集》第4卷第5页。

> 出名目来。我曾经说过：中国历来是排着吃人的筵宴，有吃的，有被吃的。被吃的也曾吃人，正吃的也会被吃。但我现在发见了，我自己也帮助着排筵宴。[中略]中国的筵席上有一种“醉虾”，虾越鲜活，吃的人便越高兴，越畅快。我就是做这醉虾的帮手，弄清了老实而不幸的青年的脑子和弄敏了他的感觉，使他万一遭灾时来尝加倍的苦痛，同时给憎恶他的人们赏玩这较灵的苦痛，得到格外的享乐。[①]

在这里，问题回到了《狂人日记》，回到了《呐喊·自序》，并且回到了《灯下漫笔》。从1912年5月初随民国临时政府教育部进京到1918年5月开始“大嚷”的六年间，即绍兴会馆时期，是鲁迅自我麻醉的沉默期。关于自我麻醉、沉默的原因，鲁迅在《呐喊·自序》中用“铁屋子”的比喻做说明，曰：“假如一间铁屋子，是绝无窗户而万难破毁的，里面有许多熟睡的人们，不久都要闷死了，然而是从昏睡入死灭，并不感到就死的悲哀。现在你大嚷起来，惊起了较为清醒的几个人，使这不幸的少数者来受无可挽救的临终的苦楚，你倒以为对得起他们么？”前来约稿的“金心异”鼓励他说，“然而几个人既然起来，你不能说决没有毁坏这铁屋的希望”，他才开始“大嚷”（呐喊）、创作了《狂人日记》，并且“一发而不可收”。但是，“大嚷”之后，鲁迅对于这种“惊起熟睡者”的行为仍持怀疑态度。1923年他在讲演《娜拉走后怎样》中说：“人生最苦痛的是梦醒了无路可以走。做梦的人是幸福的；倘没有看出可走的路，最要紧的是不要去惊醒他。”[②]到了写《答有恒先生》这个

---

① 以上引自《答有恒先生》，见《鲁迅全集》第3卷第473—474页。

② 《鲁迅全集》第1卷第166页。

时间点——1927年9月4日，鲁迅的观念开始向九年前的绍兴会馆时期倒退，因为青年人杀戮青年人这种残酷现实打破了他长期怀有的进化论观念。这种现实若用《呐喊·自序》的言辞来表述，即为“铁屋子无法破毁”。进而，他看到被“惊起”的人们在清醒状态下品尝着加倍的痛苦。从逻辑上说，既然打破沉默导致“呐喊”、喊出“吃人”的惊天之语，那么向沉默的回归则导致对“呐喊”行为的怀疑乃至否定。事实正是如此。此时，作为第一声“呐喊”的《狂人日记》被鲁迅相对化了。鲁迅在这篇《答有恒先生》中说：“总而言之，现在倘再发那些四平八稳的‘救救孩子’似的议论，连我自己听去，也觉得空空洞洞了。”[①]不言而喻，这种包含否定意味的相对化，同样适用于他在杂文《灯下漫笔》第二节所发的议论。

许多研究者在分析《狂人日记》“吃人”主题的时候，都注意到了狂人对“吃人”认识的递进、深化过程，并由此分析作品的深刻之处。具体说来，《狂人日记》中“我”对“吃人”的发现有四次，即四个阶段。第一次在小说一至三节，“我”看到了历史上、社会上的“吃人”。第二次在四至十节，“我”发现哥哥吃人、自己原来是“吃人的人的兄弟！”。第三次在第十一节，“我”发现“妹子是被大哥吃了”——家庭内部的“吃人”。第四次在第十二节，“我”发现自己也曾“吃人”，“未必无意之中，不吃了我妹子的几片肉”。小说就是通过这种递进关系，揭示了“吃人”的普遍性，揭示了历史与人生的残酷性、悲剧性。第四次发现尤其惊心动魄。这次发现使小说的主题包含了忏悔、赎罪的内容，变得复杂。

《狂人日记》的创作动因、第一人称的叙述方式、作品中

① 《鲁迅全集》第3卷第476—477页。

"吃人"的普遍性，表明作为"狂人"的"我"在很大程度上可以理解为小说作者鲁迅。不仅如此，"有了四千年吃人履历的我"是历史性、符号化的"吃人者"，是包括鲁迅与"我们"在内的所有人。那么，在《狂人日记》对于"吃人"的发现这种行为的延长线上，鲁迅在《答有恒先生》中对于自己"吃人帮凶"（"做这醉虾的帮手"）身份的发现，则成为关于"吃人"的第五次发现。在此意义上，《答有恒先生》是小说《狂人日记》的续写，也是杂文《灯下漫笔》的续写。这次发现的特殊性，在于它对前四次发现构成了颠覆。鲁迅在《答有恒先生》中说的是：唤醒必然被吃的人，只能让他们品味更大的痛苦，只能让"吃人者"享受更大的快乐。这次发现是基于残酷的事实，并将导致巨大的绝望，使鲁迅本人怀疑自己的启蒙者身份。"叫醒"与任其"熟睡"，哪一个正确？做启蒙者，还是"麻醉自己的灵魂"以"沉入于国民中"或者"回到古代去"（《呐喊·自序》）？此时的鲁迅是倾向于后者的，所以决定沉默。

1927年9月撰写《答有恒先生》的时候，鲁迅的观念在向"绍兴会馆时期"倒退。但是，与绍兴会馆时期相比，此时时代已经剧变，鲁迅亦非当年的鲁迅。鲁迅最终未能沉默，在"革命文学""左翼文学"的新时代发出了新的声音。而且，他还要重新处理《狂人日记》这篇小说，即处理"四平八稳的'救救孩子'似的议论""空空洞洞"等问题。

三 《狂人日记》的域外资源与尼采问题

1933年至1935年，鲁迅对《狂人日记》的阐释进入了新阶段。这个阶段的阐释涉及作品的域外资源，更具体地呈现了鲁迅的小说观念与思想状态。

1933年3月5日，鲁迅撰写了自述文章《我怎么做起小说来》。谈论“怎么做起小说来”自然要“从头说起”，即从自己的第一篇白话小说《狂人日记》和第一本小说集《呐喊》说起。此文正是接着十年前的《呐喊·自序》写的，开头即云：“我怎么做起小说来？——这来由，已经在《呐喊》的序文上，约略说过了。”鲁迅在此文中谈到留日时期翻译、介绍外国文学作品，说：“因为所求的作品是叫喊和反抗，势必至于倾向了东欧，因此所看的俄国，波兰以及巴尔干诸小国作家的东西就特别多。”这段话中的“叫喊”二字是鲁迅思想、鲁迅文学的关键词之一，即鲁迅绍兴会馆时期与“金心异”对话中的“大嚷”，即鲁迅1922年为小说集《呐喊》取的书名，即1927年《无声的中国》（收入《三闲集》）一文主张的“大胆地说话”，等等。对于鲁迅来说，“叫喊”（或“大嚷”“呐喊”“大胆地说话”）是一种青年时代即怀有的持续性的冲动。

关于《狂人日记》,《我怎么做起小说来》一文这样说：

> 但我的来做小说，也并非自以为有做小说的才能，只因为那时是住在北京的会馆里的，要做论文罢，没有参考书，要翻译罢，没有底本，就只好做一点小说模样的东西塞责。这就是《狂人日记》。大约所仰仗的全在先前看过的百来篇外国作品和一点医学上的知识，此外的准备，一点也没有。[1]

这里对《狂人日记》的外国文学渊源、医学要素的说明，与1918年写给许寿裳的信中对于《狂人日记》与《资治通鉴》之关系的说明形成互补。至此，鲁迅对《狂人日记》成因的说明已

① 《鲁迅全集》第4卷第526页。

经比较完整。此文中还有两个问题，虽然并非仅就《狂人日记》而言，但与《狂人日记》直接相关。一个是启蒙主义立场问题。鲁迅说："说到'为什么'做小说罢，我仍抱着十多年前的'启蒙主义'，以为必须是'为人生'，而且要改良这人生。我深恶先前的称小说为'闲书'，而且将'为艺术的艺术'，看作不过是'消闲'的新式的别号。所以我的取材，多采自病态社会的不幸的人们中，意思是在揭出病苦，引起疗救的注意。"[①]《狂人日记》就是"十多年前"创作的，而且是"启蒙主义"之作，"狂人"是"病态社会的不幸的人们中"的一位，"救救孩子"的"救"则是这里的"疗救"。另一个是"画眼睛"问题。鲁迅说："忘记是谁说的了，总之是，要极省俭的画出一个人的特点，最好是画他的眼睛。我以为这话是极对的，倘若画了全副的头发，即使细得逼真，也毫无意思。"[②]《狂人日记》也大量写及眼睛，各种眼睛——人的眼睛，狗的眼睛，"海乙那"的眼睛，死鱼的眼睛，等等。不过，《狂人日记》写眼睛并非为了画出眼睛所有者的"特点"，而是为了表现狂人的"迫害狂"心理，将狂人多疑、惊恐的心理状态对象化。结合《我怎么做起小说来》一文来看，可以说《狂人日记》不仅是鲁迅小说观念的实践之作，而且是重新理解鲁迅小说观念的资料。

撰写《我怎么做起小说来》两年之后，1935年年初，鲁迅在《中国新文学大系·小说二集序》（1935年3月2日完稿）中谈到《新青年》杂志和《狂人日记》等作品，又说：

> 在这里发表了创作的短篇小说的，是鲁迅。从一九一八

---

① 《鲁迅全集》第4卷第526页。
② 《鲁迅全集》第4卷第527页。

> 年五月起,《狂人日记》,《孔乙己》,《药》等，陆续的出现了，算是显示了“文学革命”的实绩，又因那时的认为“表现的深切和格式的特别”，颇激动了一部分青年读者的心。然而这激动，却是向来怠慢了绍介欧洲大陆文学的缘故。一八三四年顷，俄国的果戈理（N. Gogol）就已经写了《狂人日记》；一八八三年顷，尼采（Fr. Nietzsche）也早借了苏鲁支（Zarathustra）的嘴，说过“你们已经走了从虫豸到人的路，在你们里面还有许多份是虫豸。你们做过猴子，到了现在，人还尤其猴子，无论比那一个猴子”的。而且《药》的收束，也分明的留着安特莱夫（L.Andreev）式的阴冷。但后起的《狂人日记》意在暴露家族制度和礼教的弊害，却比果戈理的忧愤深广，也不如尼采的超人的渺茫。此后虽然脱离了外国作家的影响，技巧稍微圆熟，刻划也稍加深切，如《肥皂》,《离婚》等，但一面也减少了热情，不为读者们所注意了。[①]

这段话并非仅就《狂人日记》而言，但包含着有关《狂人日记》的多种信息，需要仔细解读。

这里，鲁迅再一次点明了《狂人日记》的主题——“意在暴露家族制度和礼教的弊害”。这种表述可以理解为致许寿裳信中“吃人”一词的具体化，但与作为事实的吃人有很大距离。如前所述,《狂人日记》首先是在展现中国历史上的吃人蛮性。比较而言，“暴露家族制度和礼教的弊害”的主题相对薄弱。“大哥”对“我”的约束及其吃“妹子”的行为可以看作家族制度的弊害，但小说具体涉及礼教的地方仅有前述忠、孝、仁义道德

① 《鲁迅全集》第6卷第246—247页。

几处。更重要的是，如果限于这种解释，《狂人日记》中下层人（“给知县打枷过的”等人）与“孩子”的吃人则难以解释，吃人行为与尼采借苏鲁支的口说的那句话之间的关系也难以解释。显然，鲁迅的这种表述是“吴虞式的”。吴虞的论述体现了五四时期新文化阵营批判旧制度、旧道德的历史要求，符合读者大众的心理期待，因此成为对于《狂人日记》的基本解释，甚至鲁迅本人也认同并重复了这种解释。比较而言，在鲁迅小说中，典型地“暴露家族制度和礼教的弊害”的，是继《狂人日记》之后创作的《阿Q正传》《白光》《明天》《彷徨》《祝福》《离婚》等作品。因此，鲁迅的“暴露家族制度和礼教的弊害”一语，与其说是对《狂人日记》主题的表述，不如说是对其小说“吃人”母题的表述。鲁迅这样表述的时候，潜意识中存在的大概是自己的多篇小说，因此混淆了《狂人日记》的“吃人”主题与多篇小说的“吃人”母题。鲁迅将《离婚》选入《中国新文学大系·小说二集》，表明他在1935年年初这个时间点上依然注重“暴露家族制度和礼教的弊害”。

这段话中对《狂人日记》与果戈理同名小说、与尼采《苏鲁支语录》（即《札拉图斯特拉如是说》）之关系的说明，是《我怎么做起小说来》一文中所谓“先前看过的百来篇外国作品”的具体化。鲁迅认为自己的《狂人日记》尽管受到果戈理同名小说的影响，但“意在暴露家族制度和礼教的弊害，却比果戈理的忧愤深广”。这种自我评价仅就与果戈理同名小说的比较而言符合事实。果戈理的《狂人日记》是写个人的悲欢——一位九等文官因单相思而发狂、呼唤母亲来救自己，而鲁迅的《狂人日记》是写国家、民族的历史，呼唤将“孩子”从“吃人”的历史循环悲剧中拯救出来。与有关果戈理的部分相比，这段话中有关尼采的部分更为重要——不仅涉及《狂人日记》的主题，并且涉及鲁迅的思想转变及其对尼采的评价。

在这里，鲁迅指明了尼采与《狂人日记》的关系。尼采借苏鲁支的口说："你们已经走了从虫豸到人的路，在你们里面还有许多份是虫豸。你们做过猴子，到了现在，人还尤其猴子，无论比那一个猴子"。狂人劝哥哥不要吃人时则说："有的不要好，至今还是虫子。这吃人的人比不吃人的人，何等惭愧。怕比虫子的惭愧猴子，还差得很远很远。"（《狂人日记》第十节）这意味着狂人说这些话的时候，就是尼采。但并非"超人"意义上的尼采，而是进化论者意义上的尼采。因为这里说的是吃人行为导致进化的停滞。在此意义上，《狂人日记》是一篇表现进化论观念的小说（当然是鲁迅理解的进化论），[①]确实包含着"鲁迅对民族摆脱野蛮状态的热望以及对肌体和生命的强烈关注"（前引汤晨光论文）。众所周知，鲁迅留日时期即受到尼采学说的影响，尼采的"超人"说成为其早期个人主义思想的重要资源。他在《文化偏至论》中论及尼采，说："若夫尼佉，斯个人主义之至雄桀者矣，希望所寄，惟在大士天才；而以愚民为本位，则恶之不殊蛇蝎。意盖谓治任多数，则社会元气，一旦可隳，不若用庸众为牺牲，以冀一二天才之出世，递天才出而社会之活动亦以萌，即所谓超人之说，尝震惊欧洲之思想界者也。"[②]必须注意的是，对于留日时期的鲁迅来说，尼采具有二重含义——既是"超人"（个人主义者），又是进化论者。鲁迅在《破恶声论》中明言："至尼佉氏，则刺取达尔文进化之说，掊击景教，别说超人。"[③]这里将尼采、达尔文并论，"超人"说为进化论学说的

---

① 关于鲁迅对进化论的接受与扬弃，请参阅钱理群的论文《鲁迅与进化论》，见《中国现代文学研究丛刊》1980年第2期。

② 《鲁迅全集》第1卷第53页。这里的"尼佉"即尼采。

③ 《鲁迅全集》第8卷第31页。

次生品。换言之，鲁迅的进化论有多源性，不仅来自达尔文，同时也来自尼采。《文化偏至论》写于1907年，《破恶声论》写于1908年。十年之后，尼采学说又对《狂人日记》产生了影响，不仅赋予狂人以“超人”的气概和思维方式（“重估一切价值”），并且让狂人宣讲进化论。关于前者，研究者早已指出：“《狂人日记》的主题隐喻，实际就是以尼采打倒偶像的‘超人’哲学为其思想框架基础的。”[①]实际上，创作《狂人日记》前后，是鲁迅接受尼采影响的又一高峰期。不仅《狂人日记》打着尼采印记，创作《狂人日记》半年之后，1919年年初，鲁迅在《随感录·四十一》中谈到尼采，说：“尼采式的超人，虽然太觉渺茫，但就世界现有人种的事实看来，却可以确信将来总有尤为高尚尤近圆满的人类出现。”[②]这里所谓“尤为高尚尤近圆满的人类”，可以理解为《狂人日记》中的“真的人”。而且，这样谈论尼采之后，他翻译《札拉图斯特拉如是说》序言的前十节并撰写《译者附记》，一并发表在1920年9月《新潮》月刊第2卷第5期。上引“虫豸”一句即出自序言的第三节。[③]

此外，上引“虫豸”一句，还揭示了《狂人日记》与《阿Q正传》的另一种互文关系。在《阿Q正传》第二章《优胜纪略》中，阿Q被人揪住辫子殴打，不得已捏住辫根求饶，说：“打虫豸，好不好？我是虫豸——还不放么？”这里的“虫豸”并非普通的骂语，而是对于人类进化低级阶段的表述，来自小说作者鲁迅潜意识中的进化论观念。

---

① 姜玉琴：《两种文化的隐喻——鲁迅的“狂人”与尼采的“超人”》。《中国现代文学研究丛刊》2001年第2期。

② 《鲁迅全集》第1卷第341页。

③ 见《鲁迅译文全集》第8卷。北京鲁迅博物馆编，福州：福建教育出版社，2008年4月，第78页。

如鲁迅本人所言，1927年其进化论观念已经“轰毁”。用瞿秋白的话说，鲁迅思想已经“从进化论进到阶级论”（《鲁迅杂感选集·序言》）。确实，鲁迅在1932年4月30日撰写的《二心集·序言》中明确宣布“惟新兴的无产者才有将来”。所以，1935年鲁迅在《中国新文学大系·小说二集序》中，指明了《狂人日记》中的尼采印记之后否定了尼采——将“超人”相对化。他说“后起的《狂人日记》意在暴露家族制度和礼教的弊害，却比果戈理的忧愤深广，也不如尼采的超人的渺茫”，从上下文来看，“渺茫”是作为“忧愤深广”的反义性评价来使用的，意味着虚无缥缈、远不可及。如上面的引文所示，鲁迅1919年在《随感录·四十一》中已经谈及“超人”的“渺茫”，但那时候他说：“就世界现有人种的事实看来，却可以确信将来总有尤为高尚尤近圆满的人类出现”。而1935年在《中国新文学大系·小说二集序》中重提“渺茫”，结论却相反：“尼采教人们准备着‘超人’的出现，倘不出现，那准备便是空虚。但尼采却自有其下场之法的：发狂和死。否则，就不免安于空虚，或者反抗这空虚，即使在孤独中毫无‘末人’的希求温暖之心，也不过蔑视一切权威，收缩而为虚无主义者（Nihilist）。”[①]这里对于尼采的否定，也是对《狂人日记》中作为尼采代言人的狂人的否定（狂人和尼采一样发狂），这种否定与1927年9月《答有恒先生》所言“四平八稳的‘救救孩子’似的议论”“空空洞洞”一脉相承。

四 “吃人/救人”话语的重组

八年前在《答有恒先生》中说过“四平八稳的‘救救孩子’

① 《鲁迅全集》第6卷第262页。

似的议论”“空空洞洞”，进化论观念也已“轰毁”，但1935年鲁迅依然将《狂人日记》选入了《中国新文学大系·小说二集》。鲁迅编“小说二集”的时候选了自己的四篇小说，按照在“小说二集”中的排列顺序，依次是《狂人日记》《药》《肥皂》《离婚》。前两篇选自《呐喊》，后两篇选自《彷徨》。和在《呐喊》中一样，《狂人日记》依然是排在第一篇。《中国新文学大系》的编选本是为了对新文学运动的第一个十年做总结，作品的选择须注意其历史位置，从这个角度说，《狂人日记》“独占鳌头”理所当然。因为它对于鲁迅、对于中国新文学史来说，在许多方面都是“第一”。但是，鲁迅显然没有忘记“空空洞洞”的问题以及进化论问题，他在《中国新文学大系·小说二集序》中指出《狂人日记》与尼采的关联进而否定尼采，显然具有自我反省、自我批评的性质。意识到这个问题之后再看《中国新文学大系·小说二集》的选目与编排，就会发现，鲁迅从《呐喊》中选取《狂人日记》与《药》两篇并非偶然。事实上，这两篇小说的组合重构了“吃人”与“狂人”故事，将“吃人/救人”模式与现实社会中的启蒙与革命问题组合在一起，解决了《狂人日记》“空空洞洞”的问题，并淡化了《狂人日记》的进化论色彩。

如前所述，《狂人日记》写到“去年城里杀了犯人，还有一个生痨病的人，用馒头蘸血舐”，已经包含了《药》的元素。整整一年之后（1919年4月）创作的《药》，作为一篇完整的作品与《狂人日记》之间存在着深刻的互文关系。这种互文关系有两个焦点，一是“吃人”，二是“狂”。前者具体表现为吃人血馒头，一目了然，无须赘述，后者则有比较复杂的表现。

在《药》中，夏瑜母子均与“狂”有关。夏瑜是“疯”，夏母则是“伤心到快要发狂了”。关于夏瑜的“疯”，小说第三节有这样的叙述：华老栓家的茶馆里，康大叔讲夏瑜因鼓动造反被关入监牢之后，还劝牢头红眼阿义造反，对阿义说“这大清的天下是我们大家的”。阿义本想榨取死囚犯夏瑜的财物，一无所获反被动员造反，便打了夏瑜两个嘴巴。夏瑜被打之后说阿义“可怜”。接着是这样一段描写：

> “阿义可怜——疯话，简直是发了疯了。”花白胡子恍然大悟似的说。
>
> “发了疯了。”二十多岁的人也恍然大悟的说。
>
> 店里的坐客，便又现出活气，谈笑起来。小栓也趁着热闹，拼命咳嗽；康大叔走上前，拍他肩膀说：
>
> “包好！小栓——你不要这么咳。包好！”
>
> “疯了。”驼背五少爷点着头说。

这段描写中有四个“疯”字，于是夏瑜成了民众眼中的“狂人”。就是说，《狂人日记》中那种“狂人/民众”隔膜、疏离、对立的结构同样存在于《药》之中。不仅如此，此时的夏瑜化作人血馒头刚刚被小栓吃下去。肺病患者小栓是吃人者，不仅吃了夏瑜，而且身处视夏瑜为“疯”的民众之中。“吃人”与“疯”就是这样缠绕在一起，残酷至极，惊心动魄。大概只有鲁迅，才能用简洁的语言描绘出这样残酷、深刻的场面。众所周知，鲁迅在《药》中用了多种象征符号，符号之一是华老栓、夏瑜两家姓氏的组合构成的“华夏”（中国）。当蘸了夏瑜鲜血的馒头被华小栓吃下去的时候，“中国”真的成了“安排这人肉的筵宴的厨房”（《灯下漫笔》）。事实上《药》确实写到华老栓夫妇在“灶下”（厨房中）烤人血馒头。这样看来，1925年鲁迅写杂文《灯下漫笔》的时候，大概是带着《药》中“灶下”的记忆，因此在文中无意识地说出了《药》的构思。确实，在讲述华、夏两家“吃人/救人”故事的《药》中，“灶下”与“茶馆”均成为吃人的场所，而且是吃启蒙者、革命者。在《药》最后一节（第四节），“发狂”再次出现并且是另一种含义——清明节给夏瑜上坟的夏妈妈“伤心到快要发狂了”。

当《狂人日记》与《药》并置的时候，“狂人”与“吃人”均被重构，启蒙与革命的主题凸显出来，“救救孩子”的呐喊获得了实践性，“空洞”的“仁义道德”问题、进化问题，转换为具体的启蒙者、革命者与民众的关系问题。单就主题而言，可以说，当《狂人日记》与《药》被组合起来的时候，一部新的作品诞生了。

“吃人”与“狂人”这两个焦点之外，从《药》中人物的命名，还能看到《药》与《狂人日记》，甚至与《呐喊·自序》的关联。《药》中红眼阿义的“义”，即《狂人日记》第三节中“仁义道德”的“义”——历史上写满“仁义道德”几个字，而狂人透过字缝看到的是“吃人”二字。康大叔的“康”，则与《呐喊·自序》中的“健全”“茁壮”同义。这位康大叔虽然体格“健全”“茁壮”，却是“愚弱的国民”。这种国民正是鲁迅在《呐喊·自序》中否定并试图进行启蒙的。

1924年，成仿吾曾在《〈呐喊〉的评论》一文中批评《呐喊》，并对其中的小说进行分类、评判，六年之后的1930年1月，鲁迅在《呐喊》第13次印刷的时候偏偏抽去了成仿吾赞扬的《不周山》一篇。由此可见鲁迅有自觉的作品类型意识。作品的选编是一种理解、评价、阐释作品的行为，尤其是在作家选编自己作品的时候。1935年年初鲁迅从《呐喊》中选出《狂人日记》与《药》两篇编入《中国新文学大系·小说二集》，是基于他对这两篇小说的理解与评价。

结语 “此种发现，关系亦甚大”

如前所引，鲁迅在1918年8月20日写给许寿裳的信中谈到“中国人尚是食人民族”的时候，说“此种发现，关系亦甚大”。不过，“关系亦甚大”究竟会大到什么程度？大概鲁迅本人当时也难以充分意识到。“此种发现”促使他创作了短篇小说《狂人日记》，而《狂人日记》的创作成为他思考“吃人/救人”问题的焦点。因此他才会在创作《狂人日记》之后的十七年间，多次阐释这篇小说。“吃人/救人”成为他认识历史、社会、文化的焦点，并且成为他认识自我的焦点。在这种持续的阐释过程中，“狂”获得了正与反、事实与象征等多种意义，“吃人”这种行为也获得了更多符号性、象征性的意义。由于《狂人日记》与鲁迅登上文坛之后长达十七年的人生（几乎占了他五十六年人生的三分之一）密切相关，因此，《狂人日记》与鲁迅本人对《狂人日记》的阐释，成为鲁迅思想意识、文学观念的重要组成部分。“狂人”“吃人”“救救孩子”等作为具有超强“能指”功能的符号，参与了中国现代思想文化的建设，并将继续参与下去。

2018年4月7—9日草就，30日改定

（原载《文学评论》2018年第5期）

幼者本位：从伦理到美学
——鲁迅思想与文学再认识

1918年5月，鲁迅发表白话短篇小说《狂人日记》、登上中国新文坛，而《狂人日记》是以“救救孩子……”一语结尾的。这个结尾，表明了“孩子”对于“狂人”的重要性，意味着《狂人日记》的终极主题并非“狂”，而是“救救孩子”。换言之，鲁迅是带着“孩子”问题登上中国新文坛的。对于鲁迅来说这并非偶然。限于其小说创作而言，六年前的文言小说《怀旧》(1912年)即呈现儿童世界与成人世界的差异与冲突，强调儿童的主体性。就是说，鲁迅的小说创作——无论是文言小说还是白话小说，都是以儿童问题为起点的。于是，创作《狂人日记》的第二年即1919年，鲁迅在《我们现在怎样做父亲》一文中阐述了“幼者本位”的观念。对于鲁迅来说，“幼者本位”是根本性、原理性、结构性的观念，与“立人”“中间物”“进化论”“革命”等重要命题直接相关，深刻地影响着其各类话语活动。本文基于相关文本与鲁迅身处的文化环境，从内涵、与进化论的关系、文学呈现等三个方面，阐述鲁迅的“幼者本位”。

一 “幼者本位”的内涵与成因

鲁迅提出“幼者本位”的观念是在1919年10月所作《我们现在怎样做父亲》一文中，因此，完整地理解“幼者本位”，必须把握此文的整体脉络。鲁迅撰写此文，是参加当时《新青年》的家庭改革讨论。他对中国传统的父权制家庭持鲜明的批判立场，文章开宗明义，曰：“我作这一篇文的本意，其实是想研究怎样改革家庭；又因为中国亲权重，父权更重，所以尤想对于从来认为神圣不可侵犯的父子问题，发表一点意见。总而言之：只是革命要革到老子身上罢了。”[①]这样将“老子”（父亲）作为革命对象之后，鲁迅对“伦常”“旧思想”展开批判，曰：“中国的‘圣人之徒’，最恨人动摇他的两样东西。一样不必说，也与我辈绝不相干；一样便是他的伦常，我辈却不免偶然发几句议论，所以株连牵扯，很得了许多‘铲伦常’‘禽兽行’之类的恶名。他们以为父对于子，有绝对的权力和威严；若是老子说话，当然无所不可，儿子有话，却在未说之前早已错了。”“论到解放子女，本是极平常的事，当然不必有什么讨论。但中国的老年，中了旧习惯旧思想的毒太深了，决定悟不过来。”等等。在此基础上，他提出了“幼者本位”的主张，曰：

> 此后觉醒的人，应该先洗净了东方古传的谬误思想，对于子女，义务思想须加多，而权利思想却大可切实核减，以准备改作幼者本位的道德。[②]

① 《鲁迅全集》第1卷第134页。着重号为引用者所加。本文中《我们现在怎样做父亲》的引文出自《鲁迅全集》第1卷第134—145页。下不另注。

② 《鲁迅全集》第1卷第137页。着重号为引用者所加。

可见，鲁迅的“幼者本位”是一种新的伦理观（道德观）。这种伦理观被作为“东方古传的谬误思想”的对立物而提出，具有鲜明的针对性与批判性。

那么，“幼者本位的道德”具体内容为何？鲁迅说那就是“爱”——特指长者对幼者的“爱”，这种“爱”通过与传统的“恩”相对立而获得意义。鲁迅阐述道：“自然界的安排，虽不免也有缺点，但结合长幼的方法，却并无错误。他并不用‘恩’，却给与生物以一种天性，我们称他为‘爱’。”“这离绝了交换关系利害关系的爱，便是人伦的索子，便是所谓‘纲’。倘如旧说，抹煞了‘爱’，一味说‘恩’，又因此责望报偿，那便不但败坏了父子间的道德，而且也大反于做父母的实际的真情，播下乖剌的种子。”进而，他主张：“所以觉醒的人，此后应将这天性的爱，更加扩张，更加醇化；用无我的爱，自己牺牲于后起新人。”那么，如何“扩张”“醇化”这种“天性的爱”？鲁迅提供了三个途径——理解、指导、解放。“恩”向“爱”的这种转换，是长幼之间伦理关系的方向性转换——由长者对幼者的“恩”转换为长者对幼者的“爱”。在孝道传统悠久的中国，这种“下对上”（报恩）向“上对下”（给予爱而非施恩）的转换具有革命性和颠覆性。这样，通过提出“爱”的范畴并将其与“恩”对立，鲁迅的“幼者本位”伦理观与“东方古传的谬误思想”的对立获得了具体内容。

“幼者本位”尽管是以“幼者”为“本位”，但鲁迅是将这种观念置于生命延续的动态过程之中论述的，因此，“幼者”与“长者”两种身份同时被相对化。鲁迅使用了“经手人”的概念，曰：“所生的子女，固然是受领新生命的人，但他也不永久占领，将来还要交付子女，像他们的父母一般。只是前前后后，都做一个过付的经手人罢了。”“况且幼者受了权利，也并非永久占有，将来还要对于他们的幼者，仍尽义务。只是前前后后，都做一切过付的经手人罢了。”[1] 同一语句的重复，强调的是生命的循环，这种循环赋予“长者”和“幼者”以相同的“经手人”身份。在鲁迅的话语体系中，这里所谓的“经手人”本质上也是一种“历史中间物”。

在《我们现在怎样做父亲》一文中，“幼者”另有一个相关性概念，即“弱者”。文中的“弱者”包括“幼者”，但主要指女性。文章曰：“人类也不外此，欧美家庭，大抵以幼者弱者为本位”。又曰：“便是‘孝’‘烈’这类道德，也都是旁人毫不负责，一味收拾幼者弱者的方法。”[2]这都是将“幼者弱者”作为一个词来使用。从与“孝”“烈”的对应关系来看，这里的“弱者”即女性。

鲁迅的“幼者本位”作为伦理观、道德观是社会性的，但鲁迅的阐述是以其自然观为依据的，因此“幼者本位”具有伦理观与自然观的二重性。关于“幼者本位”的自然依据，鲁迅在《我们现在怎样做父亲》中说：“我现在心以为然的道理，极其简单。便是依据生物界的现象，一，要保存这生命；二，要延续这生命；三，要发展这生命（就是进化）。”他是说自己生命观的“依据”是“生物界的现象”。在前面的引文中，与“恩”相对的“爱”也被他表述为“自然界的安排”“天性”。对于某些父母担心子女解放之后自己“一无所有，无聊之极了”，鲁迅甚至说：“这种空虚的恐怖和无聊的感想，也即从谬误的旧思想发生；倘明白了生物学的真理，自然便会消灭。”这里，“生物学的真理”已经被他看作克服“谬误的旧思想”的有效工具。从伦理观

① 《鲁迅全集》第1卷第136、137页。着重号为引用者所加。

② 《鲁迅全集》第1卷第138页，第142—143页。着重号为引用者所加。

与自然观的二重性来看，鲁迅的“幼者本位”观念是自然的伦理化，也是伦理的自然化。1944年，周作人在长文《我的杂学》中曾提出“伦理之自然化”，曰：“近来我曾说，中国现今紧要的事有两件，一是伦理之自然化，二是道义之事功化。前者是根据现代人类的知识调整中国固有的思想，后者是实践自己所有的理想适应中国现在的需要，都是必要的事。”[①]从其“伦理之自然化”，可见周氏兄弟的伦理道德观念均有“自然”基础，二人在追求自然与伦理的统一方面具有一致性。

从1918年4月创作《狂人日记》到1919年10月撰写《我们现在怎样做父亲》，时间间隔为一年半，这一年半就是“救救孩子”的呼声升华为“幼者本位”观念的过程。在此过程中，鲁迅撰写了多篇讨论家庭伦理、主张儿童解放的杂文。他在《我们现在怎样做父亲》中明言：“对于家庭问题，我在《新青年》的《随感录》（二五，四十，四九）中，曾经略略说及，总括大意，便只是从我们起，解放了后来的人。”这里提及的三篇《随感录》先后发表于1918年9月、1919年1月、1919年2月。

本质上，鲁迅的“幼者本位”观念是社会转型期伦理革命的产物，即与中国传统的“长者本位”观念对抗的产物。《我们现在怎样做父亲》确实使用了“长者本位”一词，曰：“‘父子间没有什么恩’这一个断语，实是招致‘圣人之徒’面红耳赤的一大原因。他们的误点，便在长者本位与利己思想，权利思想很重，义务思想和责任心却很轻。”从对“长者本位”的反动来说，鲁迅的“幼者本位”观念是内发性的，即发生于中国内部伦理革命的过程之中。但另一方面，鲁迅“幼者本位”观念的形成也直接

① 收入《苦口甘口》。周作人著，石家庄：河北教育出版社，2003年6月，第97页。

受到了外来影响。这种影响明确体现在文章的相关表述中。如："人类也不外此，欧美家庭，大抵以幼者弱者为本位，便是最合于这生物学的真理的办法。"又曰："所以一切设施，都应该以孩子为本位，日本近来，觉悟的也很不少；对于儿童的设施，研究儿童的事业，都非常兴盛了。"等等。前者言及欧美，后者言及日本。结合鲁迅的思想发展过程来看，其"幼者本位"更多受到了日本的影响，这种影响至迟在1915年年初翻译日本学者高岛平三郎的文章《儿童观念界之研究》时已经发生。[①]限于《我们现在怎样做父亲》一文而言，直接的影响是来自白桦派作家有岛武郎（1878—1923）的散文《与幼小者》。

《我们现在怎样做父亲》发表于1919年11月《新青年》月刊第6卷第6号，同一期《新青年》的《随感录》专栏还发表了鲁迅的六篇杂文，六篇中即包括《六十三　"与幼者"》。[②]此文文题中的"与幼者"即有岛武郎的散文《与幼小者》，鲁迅称为"小说"。1916年8月有岛妻子病逝，1918年1月有岛在《新潮》杂志上发表此文，在文中对三个孩子讲述母爱，鼓励他们自立，表达了彻底的"幼者本位"思想。杂文《六十三　"与幼者"》的主体部分是摘译《与幼小者》中的话，鲁迅摘译之后发议论，褒扬"觉醒""解放""爱"等，表达对于未来社会中"爱"（并且是"对于一切幼者的爱"）的信念。其"觉醒""解放""爱"等关键词是从有岛散文《与幼小者》中借用或归纳出来的，而且这些关键词同属于《我们现在怎样做父亲》一文。鲁迅阐述"幼

① 译文发表于1915年3月《全国儿童艺术展览会纪要》，收入《鲁迅译文全集》第8卷。福州：福建教育出版社，2008年4月。

② 发表时文题写法为"（六三）与幼者"，与现在《鲁迅全集》中的写法不同。同时发表的另外五篇是《（六一）不满》《（六二）恨恨而死》《（六四）有无相通》《（六五）暴君的臣民》《（六六）生命的路》。

者本位”的时候使用的概念是“幼者”，而非《狂人日记》中的“孩子”，亦非当时通用的“儿童”，这个“幼者”无疑是来自有岛散文《与幼小者》。有岛散文日文原题为“小さき者へ”，[①]直译当为“写给幼小者”或“致幼小者”，鲁迅在《六十三 “与幼者”》中译为“与幼者”，1922年编译《现代日本小说集》的时候改译为“与幼小者”。主题的相同与关键词的共有，证明着有岛散文《与幼小者》对鲁迅《我们现在怎样做父亲》一文的直接影响。《我们现在怎样做父亲》与《六十三 “与幼者”》二文发表在同一期《新青年》杂志上并非偶然。

问题是，鲁迅在《六十三 “与幼者”》开头说：“做了《我们现在怎样做父亲》的后两日，在有岛武郎《著作集》里看到《与幼者》这一篇小说，觉得很有许多好的话。”他是说写《我们现在怎样做父亲》在先，读《与幼小者》在后。根据此语，上述《与幼小者》与《我们现在怎样做父亲》的影响关系即不成立。但是，相信此语，二文主题的一致与关键词的共有即无法解释。事实上，《我们现在怎样做父亲》文后注明的写作时间为“一九一九年十月”，但鲁迅1919年10月的日记中没有相关文章的阅读、写作记录，因此无法确认上面这种表述的真实性。而结合周作人与有岛武郎的关系来看，会发现，鲁迅在撰写《我们现在怎样做父亲》之前应当已经读过《与幼小者》。周作人1919年3月4日日记中有“阅有岛武郎著作集”[②]的记录，当年日记后面所附“八年书目”的“三月”部分，列有有岛的两本书——《生レ出ル悩ミ》和《小サキ者へ》。[③]前者为有岛著作集第六集，1918年9月出版，后者为第七集，1918年11月出版，出版

① 《小さき者へ》，发表于大正七年（1918）一月《新潮》杂志。

② 《周作人日记》（中）。郑州：大象出版社，1996年12月，第14页。

③ 《周作人日记》（中）第78页。

社为丛文阁。后者即鲁迅在《六十三 “与幼者”》中提到的“有岛武郎《著作集》”。周作人“阅有岛武郎著作集”的时间早于鲁迅写《我们现在怎样做父亲》半年之久，当时鲁迅与周作人同住绍兴会馆，一起生活，一起读书写作，并且因周作人热心新村运动而阅读武者小路实笃的著作（当年8月2日开始翻译实笃反战剧本《一个青年的梦》)，而有岛武郎和武者小路同为白桦派的主要作家。所以，鲁迅应当早就读过《与幼小者》并受到感动。所谓“……后两日……看到《与幼者》这一篇小说”，表达的并非事实，而是写作者的矜持。或者，此语中的“看到”应当作为“重读”“细读”来理解。从文章写作和发表情况看，“……后两日……看到《与幼者》这一篇小说”的事实也难以成立。《我们现在怎样做父亲》长达五千余字，不会在一天之内写成。此文与《六十三 “与幼者”》等六篇杂文发表在同一期《新青年》上，证明七篇文章是同时交稿的。

有岛武郎《与幼小者》对鲁迅的影响不限于1919年10月写《我们现在怎样做父亲》《六十三 “与幼者”》的时候，而是至少持续到三年之后的1922年。1922年鲁迅与周作人编译《现代日本小说集》，选译了有岛的《与幼小者》和《阿末的死》两篇作品。就体裁而言，《与幼小者》乃散文而非小说，鲁迅作为小说家不会不清楚这一点，但他仍选译此文。这体现的是他对“幼者”而非对“小说”的重视。《阿末的死》写迫于困苦生活而自杀的底层少女（幼者）阿末的故事，同样表达了“幼者本位”的思想。

有岛散文《与幼小者》对鲁迅的影响，呈现了鲁迅与日本文化、与白桦派的另一种关系。有岛武郎在《与幼小者》中宣扬的那种“爱”，一方面与其所受基督教影响一致，另一方面也与日本固有的“幼者本位”伦理观有关。中日两国伦理观的重大差异之一，即“长者本位”与“幼者本位”的差异。五四时期鲁迅翻译武者小路实笃的《一个青年的梦》，认同的是其反战思想与人道主义精神。而阅读、翻译有岛武郎的《与幼小者》，认同的则是其"幼者本位"观念。鲁迅与白桦派文学的精神联系是多层面的。

鲁迅的"幼者本位"，就是这样一种具有"社会"与"自然"的二重性、以与"恩"相对的"爱"为核心、接受了外来影响的革命性伦理观。

二　进化论与"幼者本位"

《我们现在怎样做父亲》在阐述"幼者本位"的时候多次使用了"进化"一词。"幼者本位"与"进化"的融合，使鲁迅与进化论的关系变得更为复杂。

舶来的进化论曾经对清末民初的中国知识界产生巨大影响，但是，这种影响的发生取决于中国自身面临的问题，中国知识人对进化论的接受是功利性、阐释性的，因而是重构性的。鲁迅亦然。他在不同语境中对进化论的表述不尽相同。

关于清末中国知识界对进化论的多样化、自主性理解，这里看看两个经典性的阐释文本。一个是吴汝纶（1840—1903）为严译《天演论》写的序（即《天演论》的《吴序》），一个是《新尔雅》。

《天演论·吴序》写于1898年夏（即序后所署"光绪戊戌孟夏"），序中有言曰：

> 天演者、西国格物家言也。其学以天择物竞二义。综万汇之本原。考动植之蕃耗。言治者取焉。因物变递嬗。深研乎质力聚散之义。推极乎古今万国盛衰兴坏之由。而大归

> 以任天为治。赫胥黎氏起而尽变故说。以为天不可独任。要贵以人持天。以人持天。必究极乎天赋之能。使人治日即乎新。而后其国永存。而种族赖以不坠。是之谓与天争胜。[1]

这里，吴汝纶指出了“天演”包含的“天择”与“物竞”两种基本含义，阐述了“天演”学说由自然科学向社会科学的转化，进而强调了“人”对于“天”的主动性。这种解释是其身处时代的历史需要决定的，“天”这一中国传统文化中的固有概念被纳入进去。

《新尔雅》为留日生汪荣宝、叶澜合编，上海明权社光绪二十九年（1903）六月发行，是理解清末新名词、新观念、新思想的名著。同年《浙江潮》所载该书广告曰：“凡一种科学，必有专门名词，即所谓术语是也。近来译书叠出，取用名词，率仍和译之旧。读者望文生义，易致误解。留东同人，有鉴于此，特就所学分科担任，广蒐术语，确定界说。”[2]该书的《释群》部分列有“人群之进化”的条目。所谓“群”即当时英文“society”的中文译词，在现代汉语中，这个词被日语借词“社会”取代。《释群》的《第一篇　总释》开头曰：“二人以上之协同生活体。谓之群。亦谓之社会群学。研究人群理法之学问。谓之群学。亦谓之社会学。”[3]这里已经将“群”与“社会”二词并用。《释群》部分的“人群之进化”条目为：

---

① 《天演论》第1页。赫胥黎原著，严复译述。商务印书馆发行，中华民国十九年（1930）十二月初版。

② 《浙江潮》第七期书后所载《国学社出版书目广告》。癸卯七月二十一日（公元1903年9月11日）出版发行。引用者标点。

③ 《新尔雅》第63页。标点符号依照原文。

人群之递嬗推迁。变更不已。谓之人郡之进化。有增进之进化。有减退之进化。增进之进化三。加速度。遗传。及度制三理法是。减退之进化。出乎淘汰。天择物竞。优胜劣败者。谓之自然淘汰。用意识选择而淘汰者。谓之意识淘汰。生殖上之意识淘汰。谓之雌雄淘汰。本理想而行淘汰者。谓之理想淘汰。人之所以为人者。谓之人格。人类最高之道德。次第进于实现之范围。谓之人道之发达。人类活动机缄之渐次发达。谓之自由之开展。

右释人群之进化。[①]

该条目将“进化”置于“人群”的范畴内进行解释，分为“增进”与“减退”两种方向相反的“进化”，而且将“增进之进化”分为加速度、遗传、度制三种。进而，“天择物竞，优胜劣败”这一进化论的基本界说被从“淘汰”的角度解释，而“淘汰”又被分为“自然淘汰”与“意识淘汰”。这样，“进化”一词便包含了十分复杂的内容。

上述二例表明，清末中国知识人在进化论的影响下建构着自己的进化观。进化观的这种复杂性也体现在汉字表记的变化上。严复用“天演”这两个汉字翻译英文的“evolution”一词，但“天演”后来被日本人翻译“evolution”一词时使用的“進化”（しんか）一词取代，于是“天演论”变为“进化论”。刘东认为：严复在中文世界里从一开始就是把evolution翻译成“天演”，亦即“自然的演化”（natural evolution），这比后来通行的“进化”二字更准确，也不易产生误解。[②]

---

① 《新尔雅》第70—71页。标点符号依照原文。“巳”“郡”“缄”当依次为“已”“群”“械”之误。原书为竖排本，故曰“右释”。

② 刘东：《进化与革命——现代中国的思想变迁》。载《读书》2016年12月号。

青年鲁迅身处清末进化论话语的这种复杂状况之中。《天演论》他在南京求学时已经熟读，《新尔雅》为留日生所编，他熟悉的《浙江潮》杂志上也有文章将“进化”与“历史”并而论之——这就是署名“大陆之民”的文章《最近三世纪大势变迁史》。文章第一节为“十八世纪”，开头即云：“进化者，自然之大势。历史者，进步之潮流也。观夫川流，犹是水也，而昨日与今日异。观夫生物，同是种也，而此性与彼性异。水滞而不流则腐败，种执而不变则僵萎。吾故曰：过去者，现在之母，将来者，将来之产儿也。”[①]在这种表述中，“进化”与“历史”、“自然”与“进步”获得了同一性。

鲁迅最初阐述有关进化论的问题，是1907年在东京撰写的《人之历史——德国黑格尔氏种族发生学之一元研究诠解》中。文章第一节有言：“中国迩日，进化之语，几成常言，喜新者凭以丽其辞，而笃故者则病侪人类于猕猴，辄沮遏以全力。”[②]他指出了进化论的流行及其引起的观念冲突，进而论述了进化论学说的形成过程，将进化论作为人类史问题来讨论。“人类进化之说，实未尝渎灵长也，自卑而高，日进无既，斯益见人类之能，超乎群动，系统何昉，宁足耻乎？黑氏著书至多，辄明斯旨，且立种族发生学（Phylogenie），使与个体发生学（Ontogenie）并，远稽人类由来，及其曼衍之迹，群疑冰泮，大闳犁然，为近日生物学之峰极。”[③]鲁迅在南京时期已经熟读《天演论》，但此文论述的却是德国生物学家、自然主义哲学家海克尔（1834—1919，鲁

① 《浙江潮》第3期第73页。癸卯三月三十日（公元1903年4月17日）。引用者标点。

② 原载1907年12月《河南》月刊第1号，收入《坟》。引自《鲁迅全集》第1卷第8页。

③ 引自《鲁迅全集》第1卷第8页。

迅写作“黑格尔”）的生物进化论学说。由此可见鲁迅洞察了进化论自身的复杂性。翌年即1908年，他在论文《破恶声论》中批评主张“国民”或“世界人”者滥用“科学”“进化”“文明”等词而不求甚解，曰：

> 至所持为坚盾以自卫者，则有科学，有适用之事，有进化，有文明，其言尚矣，若不可以易。特于科学何物，适用何事，进化之状奈何，文明之谊何解，乃独函胡而不与之明言，甚或操利矛以自陷。

“科学”“适用”“文明”等暂且不论，“进化之状奈何”一语表明了青年鲁迅对于“进化之状”的持续思考。同样是在这篇《破恶声论》中，鲁迅指出了在尼采那里进化论与个人主义的关联，曰：“至尼佉氏，则刺取达尔文进化之说，掊击景教，别说超人。”当时鲁迅是主张个人主义的，但他明确反对社会达尔文主义，说：“盖兽性爱国之士，必生于强大之邦，势力盛强，威足以凌天下，则孤尊自国，蔑视异方，执进化留良之言，攻小弱以逞欲，非混一寰宇，异种悉为其臣仆不慊也。”[①]这里所谓的“进化留良之言”，显然是指社会达尔文主义的主张。《人之历史——德国黑格尔氏种族发生学之一元研究诠解》《破恶声论》二文的相关论述，表明鲁迅的进化论话语从一开始就呈现出具有时代特色的复杂性。

留日期间的1907年、1908年是鲁迅集中思考进化论的时期，十年过后的1919年则是鲁迅集中思考进化论的另一时期。无独

① 原载1908年12月《河南》月刊第8号，收入《集外集拾遗补编》。引自《鲁迅全集》第8卷第28页，第31页，第34—35页。

有偶，这一时期新文化倡导者们同样热衷于谈论“进化”，清末“进化之语，几成常言”的状况再次出现，或者说一直在延续。以发表《我们现在怎样做父亲》一文的1919年11月《新青年》第6卷第6号为例，该期所载胡适《我对于葬礼的改革》、厨川白村《文艺的进化》等文，均涉及“进化”，甚至以“进化”为理论根据。胡适文章的“结论”部分说：“人类社会的进化，大概分两条路子：一边是由简单的变为复杂的，如文字的增添之类；一边是由繁复的变为简易的，如礼仪的变简之类。”这里谈的是原理性的“进化”——即“进化”已经变为普遍性的原理。厨川白村的论文为朱希祖所译，文题已经表明了著者与译者共有的“文艺进化观”。

那么，鲁迅《我们现在怎样做父亲》一文中的“进化”所指为何？且看文中写及“进化”的三段话：

> 我现在心以为然的道理，极其简单。便是依据生物界的现象，一，要保存这生命；二，要延续这生命；三，要发展这生命（就是进化）。

> 生命何以必需继续呢？就是因为要发展，要进化。个体既然免不了死亡，进化又毫无止境，所以只能延续着，在这进化的路上走。

> 有了子女，即天然相爱，愿他生存；更进一步的，便还要愿他比自己更好，就是进化。[①]

① 《鲁迅全集》第1卷第135页，第136—137页，第138页。着重号为引用者所加。

第一段所谓的“进化”即生命的延续与发展，是鲁迅对“进化”的一般性理解，可称之为“生存发展进化观”，其中包含着强韧的生命意志。第二段话是讲个体生命的消灭与“进化的路”的延续，于是自然引出第三段中的子女问题，在家庭伦理关系之中表述“进化”，即所谓愿子女“比自己更好”。无论哪一种进化，都是以“幼者”为前提和主体的，因此，鲁迅的这种进化观可以定义为“幼者本位进化观”。即通过“幼者本位”的伦理革命与家庭变革，获得新的、圆满的生命形态，从而完成进化，持续进化。在“幼者本位进化观”中，“幼者本位”具有手段和目的的二重性。

可见，《我们现在怎样做父亲》一文既是阐述“幼者本位”伦理观的文本，又是阐述“进化观”的文本。撰写此文的1919年，鲁迅在其他杂文中也多次阐述其进化观。例如，他在年初发表的《随感录四十九》中说：“我想种族的延长，——便是生命的连续，——的确是生物界事业里的一大部分。何以要延长呢？不消说是想进化了。但进化的途中总须新陈代谢。所以新的应该欢天喜地的向前走去，这便是壮，旧的也应该欢天喜地的向前走去，这便是死；各各如此走去，便是进化的路。”[①]与《我们现在怎样做父亲》发表在同一期《新青年》上的杂文《(六六）生命的路》，依然深受海克尔的影响，将“生命的路”作为“人类进化乃至宇宙进化总过程的喻说”。[②]

接受进化论的影响且将其伦理化，强调生命意志、生存权利，纳入“爱”（对幼者、弱者的爱）的精神——1919年的鲁迅就这样建构起自己的“幼者本位进化观”。这种进化观是“幼者”

---

① 发表于1919年2月15日《新青年》第6卷第2号。引自《鲁迅全集》第1卷354—355页。着重号为引用者所加。

② 参阅张丽华在《鲁迅生命观中的“进化论”——从〈新青年〉的随感录（六六）谈起》中的论述。《汉语言文学研究》（开封）2015年第2期。

与“进化”两种观念相融合的产物，对于鲁迅来说这种融合由来已久。在本文开头提及的《怀旧》与《狂人日记》这两篇创作时间相隔六年的小说中，“儿童”与“进化”已经是并存的主题。小说中“儿童”的重要位置已如前所述，这里看看其中的“进化”问题。《怀旧》中有这样一段——“我”（九岁幼童）讲述秃先生（仰圣先生）的家族史，曰：

> 人谓遍搜芜市，当以我秃先生为第一智者，语良不诬。先生能处任何时世，而使己身无几微之痏，故虽自盘古开辟天地后，代有战争杀伐治乱兴衰，而仰圣先生一家，独不殉难而亡，亦未从贼而死，绵绵至今，犹巍然拥皋比为予顽弟子讲七十而从心所欲不逾矩。若由今日天演家言之，或曰由宗祖之遗传；顾自我言之，则非从读书得来，必不有是。非然，则我与王翁李媪，岂独不受遗传，而思虑之密，不如此也。[①]

这里对于家族史延续的讲述，与七年后《我们现在怎样做父亲》一文对于“发展生命”的讨论具有逻辑的同一性，而且直接借用“天演家”的语言来讲述。实质上这是一段生命进化论。《狂人日记》中的进化论投影在小说第十节显然呈现，狂人告诫大哥时所说的“有的不吃人了，一味要好，便变了人，变了真的人”，谈的就是进化论问题。《怀旧》与《狂人日记》中并存的“儿童”与“进化”，到《我们现在怎样做父亲》中融合为“幼者本位进化观”。

对于鲁迅来说，植根于进化论的“幼者本位进化观”是生命哲学也是历史哲学，他终生信奉。撰写《我们现在怎样做父亲》

① 《怀旧》。引自《鲁迅全集》第7卷第228页。

十多年之后，1930年7月，周建人辑译的生物科学文集《进化和退化》出版，鲁迅在为该书写的“小引”中依然重视进化论，称之为“自然大法”，并将其与中国人的命运并而论之。[①]1934年9月，鲁迅在《中国语文的新生》一文中批判反对大众语和拉丁化的保守分子，依然将进化论作为理论根据之一，为了“生存”不惜废除汉字。他说：

> 反对，当然大大的要有的，特殊人物的成规，动他不得。格理莱倡地动说，达尔文说进化论，摇动了宗教，道德的基础，被攻击原是毫不足怪的；但哈飞发见了血液在人身中环流，这和一切社会制度有什么关系呢，却也被攻击了一世。然而结果怎样？结果是：血液在人身中环流！
>
> 中国人要在这世界上生存，那些识得《十三经》的名目的学者，“灯红”会对“酒绿”的文人，并无用处，却全靠大家的切实的智力，是明明白白的。那么，倘要生存，首先就必须除去阻碍传布智力的结核：非语文和方块字。如果不想大家来给旧文字做牺牲，就得牺牲掉旧文字。[②]

这里谈及的进化论对于宗教与道德之基础的“摇动”，不是曾经发生在《我们现在怎样做父亲》一文中吗？在《我们现在怎样做父亲》中，“进化”的观念动摇了儒教伦理，动摇了“恩”与“孝”的道德。这段引文中“倘要生存”的“生存”，即《我们现在怎样做父亲》中的“生存”。

既然如此，1932年鲁迅本人关于进化论的言论，1933年瞿

① 《鲁迅全集》第4卷第255页。

② 《鲁迅全集》第6卷第119页。

秋白所谓“鲁迅从进化论进到阶级论”的概括，均须重新认识。1932年4月，鲁迅在《三闲集·序言》中说：“我一向是相信进化论的，总以为将来必胜于过去，青年必胜于老人，对于青年，我敬重之不暇，往往给我十刀，我只还他一箭。”“我有一件事要感谢创造社的，是他们‘挤’我看了几种科学底文艺论，明白了先前的文学史家们说了一大堆，还是纠缠不清的疑问。并且因此译了一本蒲力汗诺夫的《艺术论》，以救正我——还因我而及于别人——的只信进化论的偏颇。”[①]这里所谓的“进化论”乃“将来必胜于过去，青年必胜于老人”的观念，不同于《我们现在这样做父亲》一文阐述的“幼者本位进化观”（“生存发展进化观”）。这段话与其说表明了鲁迅的进化论被“救正”，不如说呈现了鲁迅进化观的复杂性。如前人指出的：“鲁迅曾说，马克思主义著作救正了他‘只信进化论的偏颇’，但没有说他完全否定了进化论。”[②]1933年瞿秋白所谓的“鲁迅从进化论进到阶级论，从绅士阶级的逆子贰臣进到无产阶级和劳动群众的真正的友人，以至于战士”，[③]是基于瞿秋白本人政治身份的表述，而且该表述本身有逻辑问题。前人已经指出：“‘进化论’和‘阶级论’也不完全是同一范畴的概念。‘进化论’是从社会发展的纵向过程上讲的，‘阶级论’是在社会结构的横断面上说。”[④]

实际上，早在1937年，胡风（1902—1985）在讨论“鲁迅精神”的时候就强调鲁迅在面对进化论时的主体性，说：

---

① 《鲁迅全集》第4卷第5、6页。

② 王富仁：《中国鲁迅研究的历史与现状（连载二）》。《鲁迅研究月刊》1994年第2期。

③ 《鲁迅杂感选集》第20页。上海青光书局1933年7月出版，上海文艺出版社1981年4月重印。着重号为原文所有。

④ 王富仁：《中国鲁迅研究的历史与现状（连载二）》。《鲁迅研究月刊》1994年第2期。

> 但如果他只是进化论和阶级论底介绍者或宣传者，也就不怎样为奇，但他同时是最了解中国社会，最懂得旧势力底五花八门的战术的人，他从来没有打过进化论者或阶级论者的大旗，只是把这些智慧吸收到他的神经纤维里面，一步也不肯放松地和旧势力作你一枪我一刀的白刃血战。[①]

胡风是说：鲁迅只是将进化论或阶级论的智慧“吸收到他的神经纤维里面”，而未曾简单地打进化论或阶级论的旗号。《我们现在怎样做父亲》中的“幼者本位进化观”，可以作为胡风的论据。鲁迅永远不可能否定或抛弃这种进化观。因为否定或抛弃，即意味着背离幼者本位、阻碍生存发展、终结生命进程。

三 “幼者”的叙事与美学

“幼者本位”是鲁迅的“哲学”，因此普遍存在于鲁迅各种类型的话语活动之中。其杂文多涉儿童问题，其译著中多有外国儿童文学作品（如《小约翰》《爱罗先珂童话集》），其文学作品中多有儿童登场。杂文已如上文所述，译著姑且不论，本节以鲁迅的文学作品（小说、散文、散文诗）为对象，讨论儿童（“幼者”）作为一种角色发挥的功能及其对作品美学面貌的影响。

鲁迅文学作品中的儿童，据其存在方式可以分为两类。一类兼有叙述者与小说人物两种身份——《怀旧》（1912年）与《孔乙己》（1919年）两篇中的“我”是代表，另一类是单纯的小说人物即叙述对象——如《故乡》中的少年闰土、《祝福》中的阿

---

① 胡风：《关于鲁迅精神的二三基点》。见《六十年来鲁迅研究论文选》（上），李宗英、张梦阳编，北京：中国社会科学出版社，1982年9月，第217页。

毛、《白光》中的学童、《过客》中的女孩。这两类儿童均与鲁迅的“幼者本位”观念保持着深层的关联，只是关联的方式不同。就前者而言，儿童的叙事角度同时也是一种价值层面的立场，就后者而言，儿童的命运决定着相关作品的意义结构和美学面貌。

《怀旧》与《孔乙己》是鲁迅从儿童视角叙事的代表性作品。前者采用私塾九岁幼童的视角，后者采用咸亨酒店少年伙计的视角。从功能、技巧的角度说，这种视角能够更合逻辑、更自然地叙述故事。但是，另一方面，成年人作家鲁迅在用这种视角叙事的时候，是往来于现实的成年世界与虚拟的少年世界之间，模仿儿童、将自我儿童化，叙事过程中他认可了儿童的价值判断。在价值观层面上，《怀旧》中的九岁幼童与《孔乙己》中的少年伙计就是鲁迅本人。这种包含着价值判断层面认同性立场的叙述方式，可以称为“认同性叙事”。

在《怀旧》中，“我”一方面批判僵化的教育方式对儿童天性的压抑，另一方面通过私塾教师仰圣先生与财主金耀宗的关系来讽刺传统的伦理观。小说开头写道：

> 吾家门外有青桐一株，高可三十尺，每岁实如繁星，儿童掷石落桐子，往往飞入书窗中，时或正击吾案，一石入，吾师秃先生辄走出斥之。桐叶径大盈尺，受夏日微瘁，得夜气而苏，如人舒其掌。家之阍人王叟，时汲水沃地去暑热，或掇破几椅，持烟筒，与李妪谈故事，每月落参横，仅见烟斗中一星火，而谈犹弗止。[1]

这里描绘的环境弥漫着自然气息，“我”身处其中、希望听老人

① 《鲁迅全集》第7卷第225页。

讲故事，秃先生却“以戒尺击吾首”，逼迫“我”去读《论语》。“我”因此希望秃先生或病或死。“弗病弗死，吾明日又上学读《论语》矣。”“我”戏称老师“秃先生”，对老师读《论语》的状态做了充满童趣的讽刺性描写：“先生又近视，故唇几触书，作欲啮状。人常咎吾顽，谓读不半卷，篇页便大零落；不知此咻咻然之鼻息，日吹拂是，纸能弗破烂，字能弗漫漶耶。”“但见《论语》之上，载先生秃头，烂然有光，可照我面目；特颇模糊臃肿，远不如后圃古池之明晰耳。”这里，私塾先生的迂腐与“顽童”的活泼顽皮形成对照与对立。小说中仰圣先生与金耀宗的友好关系，是建立在“不孝有三，无后为大”这种传统的伦理观上的。二人的名字本身即包含着反讽意味。对于他们来说，生儿育女仅仅是为了传宗接代，儿童的天性并不被他们理解。九岁幼童“我”的这种价值观、伦理观、批判立场，完全属于鲁迅本人。仅就“幼者本位”的文化立场与价值观来看，《怀旧》十分“现代”。如果它不是用文言而是用《狂人日记》的那种白话写作，它就会当之无愧地成为中国现代小说的起点。

在《孔乙己》中，“我”不仅讲述孔乙己的故事，而且对孔乙己怀着悲悯与同情。“我”与孔乙己之外，这篇小说中的人物可以分为两类。一类是雇用孔乙己抄书的“何家”与丁举人，属于鲁镇的上层社会，另一类是出现在咸亨酒店的人，即掌柜的、顾客（包括“长衫主顾”与“短衣主顾”）。两类人分属不同的阶级，但均与孔乙己保持着对立、分离的关系——前者雇用、殴打孔乙己，后者取笑孔乙己。相形之下，唯有“我”对孔乙己怀着同情。孔乙己最后一次到咸亨酒店，是因腿被打断、坐在蒲包上用两只手“走”着去的。掌柜的向他讨欠款，围观的人取笑他，而“我温了酒，端出去，放在门槛上”。“我”这样做，是因为孔乙己与“我”同属“弱势群体”，曾经带给“我”少有的快乐。小说写道：“我从此便整天的站在柜台里，专管我的职务。虽然没有什么失职，但总觉有些单调，有些无聊。掌柜是一副凶脸孔，主顾也没有好声气，教人活泼不得；只有孔乙己到店，才可以笑几声，所以至今还记得。”《孔乙己》回忆性的结构方式与笔调，同样体现了孔乙己在“我”心中的位置——二十多年之后依然没有忘却。小说的最后一段只有一句话：“我到现在终于没有见——大约孔乙己的确死了。”这句话中的“现在”是小说的叙事时间，即鲁迅写这篇小说的1918年冬天。在《孔乙己》中，儿童对于孔乙己的价值不仅在于少年伙计“我”的同情与尊重，还在于围着孔乙己吃茴香豆的“邻舍孩子”。孔乙己对那些孩子有爱心，才会分茴香豆给他们吃，而且用戏剧化的言行让孩子们“在笑声里走散”。鲁迅写《孔乙己》是怀旧，是展示并思考旧知识分子的命运。在此过程中，无意中突显了“幼者”的价值。

作为叙述对象正面出现在鲁迅文学作品中的儿童，往往从根本上决定着作品的性质、意义结构或美学面貌。且看鲁迅的三个短篇名作——《药》（1919年）、《明天》（1919年）、《祝福》（1924年）。《药》讲述的是两个死亡故事——华小栓吃人血馒头治肺病未果而亡，夏瑜因宣传革命被杀、成为做人血馒头的材料。《明天》与《祝福》分别呈现农村妇女单四嫂子和祥林嫂的悲惨人生。三篇小说叙述的都是悲剧故事，而悲剧之所以成其为悲剧，关键在于“幼者”（儿童或青少年）之死。在《药》中是华小栓和夏瑜的死（“华夏”之死）。在《明天》中是宝儿的死，宝儿病死使单四嫂子失去了最后的希望。在《祝福》中是阿毛的死，儿子阿毛死于狼口，彻底改变了祥林嫂的生活，使她一步步走向绝路。如同在《我们现在怎样做父亲》中幼者与女性具有“弱者”的同一性，在《明天》和《祝福》中，幼者（儿童）和弱者（女性）均为悲剧人物。与《药》《明天》《祝福》这种悲剧作品相反，在具有正剧、喜剧色彩的作品中，儿童这种角色则是希望与美好的符号。《故乡》（1921年）中的少年闰土健康、快乐，给同为少年的“我”带来美好的幻想，而在二十余年过去、闰土变成“木偶人”并与我“隔了一层可悲的厚障壁”之后，承担着“将来”这种希望的，依然是儿童——“我”八岁的侄儿宏儿和闰土的儿子水生。在散文《社戏》中，纯真、健康、快乐的乡村儿童给生活涂上了亮丽的玫瑰色。

在散文诗集《野草》中，儿童这种角色的重要意义同样存在，而且更深刻、更具本质性。作品中儿童的命运、位置、功能各不相同，作品因此具有不同的性质与色调。《秋夜》中打枣的孩子、《雪》中堆雪人的孩子很快乐，《求乞者》中在风沙扑面的街头行乞的孩子很不幸。《风筝》《过客》《颓败线的颤动》诸篇中的儿童，则与鲁迅的幼者本位、生命意识保持着深刻的关联。《风筝》写的是二十年前的旧事，同样是“怀旧”，而且同样是强调儿童天性的可贵。二十年前，“我”将病弱的小兄弟即将完工的风筝踏坏，而人到中年之后，“我不幸偶尔看了一本外国的讲论儿童的书，才知道游戏是儿童最正当的行为，玩具是儿童的天使。于是二十年来毫不忆及的幼小时候对于精神的虐杀的这一幕，忽地在眼前展开，而我的心也仿佛同时变了铅块，很重很重的堕下去了”。此文写于1925年1月24日，有自传性，延续了六年前所作《我们现在怎样做父亲》的主题。鲁迅确实曾在1915年3月《全国儿童艺术展览会纪要》发表其所译日本高岛平三郎所作《儿童观念界之研究》。[1]由此可见其“幼者本位”观念形成的脉络。《过客》中有三个人物：老翁、女孩、过客。西行的过客问：“你可知

① 收入前引《鲁迅译文全集》第8卷。

道前面是怎么一个所在么？”老翁的回答是“坟”，女孩的回答则是：“那里有许多许多野百合，野蔷薇。”同样的“前面”，在老翁与少女那里含义相反。《过客》中的三个人物可以理解为人生的三个阶段——少年、中年、老年，而过客西行的路也正与日出日落同一方向，是“生命的路”。在《过客》中，鲁迅将美、爱、希望寄托在了“女孩”身上。在《颓败线的颤动》中，儿童扮演的是另外一种角色。牺牲自己、养育女儿的老妇人，年老之后为女婿、女儿所厌弃，但给她致命一击的是女儿最小的孩子——那孩子将干芦叶钢刀一样挥向空中，喊了一声“杀”，于是老妇人陷入彻底的绝望，绝望到无言、平静，走出家门，走向深夜的荒野……。在此意义上，这个小孩子是《狂人日记》中“吃过人的孩子”，有待于“拯救”。总体看来，《野草》中潜藏着鲁迅的“幼者本位”哲学。

在鲁迅杂文中被正面探讨的“幼者本位”观念，就是这样形象地、符号化地潜存于其小说、散文、散文诗中，决定着作品的性质与意义结构，转化、升华为美学问题。

结语　“救救孩子……”的余音

鲁迅的《狂人日记》用“救救孩子……”一语结尾，而这个结尾的结尾是“……”。怎样理解这个“……”，因人而异，言人人殊。是呐喊的余音？是无力的乞求？是欲言又止？是“救救孩子”的复杂性？怎样理解，与国语建设初期标点符号的用法有关，并且与鲁迅的话语体系有关。结合鲁迅同一时期的话语系统来看，可以认为这个“……”是有待建构的空间。创作《狂人日记》之后，鲁迅在这个空间中展开了多种话语活动，于是“幼者本位”出现了。基于“幼者本位”的立场，鲁迅终生关心儿童问题。1933年8月12日他写了杂文《上海的儿童》，指出：“顽劣，钝滞，都足以使人没落，灭亡。童年的情形，便是将来的命运。”进而批判“为儿孙作马牛”与“任儿孙作马牛”的错误观念。[①]1936年3月11日，鲁迅在病中给杨晋豪写信，谈少年读物与儿童文学问题，说：“关于少年读物，诚然是一个大问题；偶然看到一点印出来的东西，内容和文章，都没有生气，受了这样的教育，少年的前途可想。”[②]这些，均为对“救救孩子……”的回答，亦即“幼者本位进化观”的潜流。给杨晋豪写这封信的时候，鲁迅距自己生命的终点仅半年。

把目光投向青年时代的鲁迅，能够看到，“幼者本位”的主张存在于鲁迅的“立人”思想体系之中。1907年，留学日本的鲁迅在《文化偏至论》中提出“立人”主张，曰：“是故将生存两间，角逐列国是务，其首在立人，人立而后凡事举；若其道术，乃必尊个性而张精神。”[③]而“幼者本位”，则是在伦理体系之内“立人”。1919年年初，鲁迅在杂文《随感录四十》中说：“可是东方发白，人类向各民族所要的是‘人’，——自然也是‘人之子’——我们所有的是单是人之子，是儿媳妇与儿媳之夫，不能献出于人类之前。”“旧账如何勾消？我说，‘完全解放了我们的孩子！’”[④]此文写于《文化偏至论》十二年之后，《我们现在怎样做父亲》十个月之前，同时包含着“立人”与“幼者本位”两种主张。前一段话强调的是“人”，后一段话是对《狂人日记》结尾那句“救救孩子……”的重复，即“幼者本位”的间接表达。

① 《鲁迅全集》第4卷第581页。
② 《鲁迅全集》第14卷第43—44页。
③ 《鲁迅全集》第1卷第58页。
④ 此文发表于1919年1月15日《新青年》第6卷第1号。引自《鲁迅全集》第1卷第338、339页。

必须看到，鲁迅一方面呼唤“救救孩子……”、主张“幼者本位”，但另一方面，对于“救救孩子”这一历史任务的艰巨性，对于确立“幼者本位”的困难程度，他同样有清醒的认识。他甚至看到了幼者的“恶”。《颓败线的颤动》中，那个把干芦叶钢刀一样挥向天空、大声喊“杀”的小孩子的出现并非偶然。《狂人日记》（1918年4月）中已经存在着“恶狠狠的看”狂人的孩子、吃过人的孩子，《长明灯》（1925年3月）中的“赤膊孩子”将苇子瞄准“疯人”、嘴里发出一声“吧！”，《孤独者》（1925年10月）中也有小孩子“拿了一片苇叶指着”魏连殳喊“杀”。《颓败线的颤动》写于1925年6月29日，即写于《长明灯》和《孤独者》之间，三篇作品中出现的同样有“杀意”、同样以苇叶（苇子）为“凶器”的小孩子，体现了鲁迅对同一问题的持续思考。鲁迅在《狂人日记》中将这类儿童的出现解释为“娘老子教的”，在《孤独者》中解释为“环境教坏的”。在此意义上，鲁迅的一切批判话语，都是在发挥“救救孩子……”、实现“幼者本位”的功能。

2019年3月20日完稿

（原载《齐鲁学刊》2019年第2期）

启蒙者的世俗化转向
——鲁迅《端午节》索隐

一　引言：节日与鲁迅的时间感觉

节日在鲁迅的小说叙事中承担着重要功能。《头发的故事》（1920年）、《端午节》（1922年）、《祝福》（1924年）诸篇皆如此。这三篇小说所述故事的时间背景分别是双十节、端午节、春节，作品的意涵通过故事与节日的"张力"（紧张关系）得以凸显，节日反衬、强化了故事的讽刺性或悲剧性。《头发的故事》的主体是前辈先生N在双十节即中华民国国庆节这一天就头发问题对"我"发的议论（实质是鲁迅的自我对话），批评了国民们国家意识的薄弱，表达了对历史、国家、个人命运的特殊理解。《端午节》展现方玄绰的"卑屈"生活——过节却陷入经济与精神的双重困境。《祝福》讲述祥林嫂在众人"祝福"（过年）时悲惨的死与半生的不幸，小说中的"我"对祥林嫂故事的讲述也是以"祝福"为背景——"我"在送灶日傍晚的爆竹声中回到故乡，第二天出门访友路遇祥林嫂、被问及死后魂灵有无的问题，第三天听到祥林嫂的死讯，于是陷于回忆、开始叙述。就是说，在《祝福》中，"祝福"在"故事"（祥林嫂的悲剧）与"叙事"（"我"的讲述）两个层面均发挥功能。余世存考察中国古代文学作品对节日的书写，指出："古典作家对传统中国人生活是写实的，尤其是他们引入了大量的节日，几乎无节不成书，节日期间社会整体的狂欢和个别家庭的生离死别形成强烈的反差，由此生发出古代小说叙事的'乐中悲'模式。"[①]上述鲁迅小说中存在着同样的"乐中悲"模式。余世存批评中国现当代作家缺乏对节日等中国传统文化的自觉性，而视鲁迅为"少数例外"，说："五四新文化运动以来的知识人多如作家一样，把时间数字化、西方化了，大部分人已经跟传统中国文化隔膜，自然也跟现实隔膜。当然有少数例外，比如鲁迅作品里就有过大量的悼亡，有过对节日的观察。他的名篇《孔乙己》里就有传统节日的元素：'自此以后，又长久没有看见孔乙己。到了年关，掌柜取下粉板说，"孔乙己还欠十九个钱呢！"到第二年的端午，又说"孔乙己还欠十九个钱呢！"到中秋可是没有说，再到年关也没有看见他。'"[②]这种评价与引录颇有启发性。《孔乙己》结尾处的这段话，完整地体现了鲁迅对时间和季节的感觉。这段话涉及年关、端午、中秋三个节令，而且始于年关、终于年关，两个年关之间是完整的"年"的时间循环。这种以节日为坐标的时间感觉，是鲁迅后来创作《头发的故事》《端午节》《祝福》等小说的文化心理基础。《孔乙己》写于1918年年底，后三篇写在其后五年多的时间里。

节日在鲁迅的小说叙事中发挥功能并形成模式，是因为鲁迅自觉地将节日作为认识世界、认识人生的"时间之场"。《头发的故事》写作、发表的时间差，凸显了鲁迅的这种自觉性。

---

① 见《节日之书》序言《在节日里活出中国》。《节日之书》，余世存著，北京：北京时代华文书局，2019年1月，第14页。

② 见《节日之书》序言《在节日里活出中国》。《节日之书》，第19—20页。

此篇发表于1920年10月10日上海《时事新报·学灯》，所述故事也是发生在10月10日。小说开头曰："星期日的早晨，我揭去一张隔夜的日历，向着新的那一张上看了又看的说：'阿，十月十日，——这里却一点没有记载！'"查旧日历，1920年双十节确为星期日。但是，10月10日写的文章不可能发表在当天的报纸上。就是说，《头发的故事》开头的时间是虚拟的。据鲁迅日记，此篇写于1920年9月末。鲁迅9月29日日记中有"午后寄时事新报馆文一篇"的记录，此"文"即《头发的故事》。三天前即9月26日的鲁迅日记为："晴。星期，又旧历中秋，休息。晚微雨。无事。"27日日记为："昙。补中秋假。上午朱可铭来。晚雨。"[①]《头发的故事》应为这两天所写。写于26日即星期日的可能性更大。显然，鲁迅是在双十节到来之前通过想象置身双十节、撰写了《头发的故事》，特意在双十节这一天发表。《祝福》的写作时间1924年2月7日，为农历甲子年正月初三，时值春节。不仅是二十世纪二十年代初创作小说的时候，后来鲁迅也一直保持着对节日的敏感，并且在杂文中阐发节日的意义。创作《祝福》约两年后的1926年2月5日，鲁迅写了杂文《送灶日漫笔》，通过"二十三夜的捉弄灶君"讽刺中国式的"瞒和骗"。[②]这一天正是乙丑年腊月二十三，即送灶日。此文和《祝福》一样，也是从"远远近近的爆竹声"写起。1933年5月初所作《"多难之月"》讽刺当局对民众的压制，且感慨曰："时势也真改变得飞快，古之佳节，后来自不免化为难关。"[③]在

① 《鲁迅全集》第15卷第411页。

② 《送灶日漫笔》，发表于1926年2月11日《国民新报副刊》，收入《华盖集续编》。引自《鲁迅全集》第3卷第265页。

③ 《"多难之月"》，发表于1933年5月8日《申报·自由谈》。收入《伪自由书》。引自《鲁迅全集》第5卷第135页。

1934年2月15日所作《过年》一文中，鲁迅通过过年表明自己的政治态度与阶级立场，曰："悲愤者和劳作者，是时时需要休息和高兴的。"文章最后说："我不过旧历年已经二十三年了，这回却连放了三夜的花爆，使隔壁的外国人也'嘘'了起来：这却和花爆都成了我一年中仅有的高兴。"[①]这里，鲁迅为了强化与国民党当局的对立姿态（当局禁止市民燃放爆竹），甚至虚构了自己的"过年史"——鲁迅本人并非"不过旧历年已经二十三年"。

鲁迅有多篇讲述"节日故事"的小说，而本文讨论的是《端午节》。在鲁迅小说中，《端午节》并非上品。与《孔乙己》《药》《故乡》《祝福》等杰作相比，《端午节》的结构、语言、人物塑造均有不足。杂文元素的介入，虚构与纪实的并存，所指与能指的错位，妨碍了作品美学风格的统一。小说名之曰"端午节"，但所述故事止于五月初四晚上，改题为"端午节前"更恰当。由于种种原因，如研究者所说，"这篇小说很少被谈论，在目前许多现代文学史中几乎是被遗忘的"。[②]不仅如此。1935年李长之甚至斥之为"沉闷又平庸"。[③]不过，《端午节》自有其特殊性。这篇小说创作于五四新文化运动退潮期，包含着鲁迅的自我认识与反省、鲁迅与同时代人的对话，涉及鲁迅小说创作史、思想发展史上的某些大问题。尤其是其创作心理的隐秘、复杂，在鲁迅小说中屈指可数。

---

① 《过年》，发表于1934年2月17日《申报·自由谈》。收入《伪自由书》。引自《鲁迅全集》第5卷第463、464页。

② 彭明伟：《爱罗先珂与鲁迅1922年的思想转变——兼论〈端午节〉及其他作品》，《鲁迅研究月刊》2008年第2期。

③ 《鲁迅批判》，李长之著，北京：北京出版社，2011年2月，第103页。

二 "讽刺小说"的文体

《端午节》写于1922年6月，此时鲁迅已经建立了"讽刺小说"文体观。1921年年底开始连载的《阿Q正传》是为《晨报副刊》"开心话"栏目而写，自然包含滑稽、讽刺的成分，但那种讽刺与文体意义上的"讽刺小说"不同。鲁迅的"讽刺小说"文体观，是通过对《儒林外史》的阐述建立起来的，具有内在规定性。从1920年8月开始，鲁迅在北京大学、北京高等师范学校兼课，因讲授中国小说史而研读《儒林外史》，给予高度评价且名之曰"讽刺小说"。"讽刺小说"的观念与《儒林外史》这部作品均影响到《端午节》的创作，《端午节》因此成为《儒林外史》式的讽刺小说。孙伏园、周作人对《端午节》主人公姓名的解释是梳理这种影响关系的线索，而一旦将《端午节》放在这种影响关系之中来解读，更多、更大的问题便浮现出来。

《端午节》主人公方玄绰，是一位"在北京首善学校""兼做教员"的下级官员。"绰"字有"chāo""chuò"二音，此处念"chuò"。在《端午节》的文脉中，该"绰"字意思是"阔绰"（或"绰号"）。鲁迅写《端午节》的时候任教育部佥事、科长，且在北京大学兼课，就身份的一致性而言，方玄绰是其自况。那么，鲁迅为何给小说主人公取名"方玄绰"？答案在钱玄同与《儒林外史》。对此，孙伏园和周作人各有解释。

孙伏园被鲁迅作为方玄绰的"一个学生"写进了《端午节》，他在《〈端午节〉》一文中解释"方玄绰"之名的由来，说：

> 《儒林外史》上有一段宴会的场面，席间有"凤四老爹"和方氏弟兄（方五先生和方六先生）等人。席上的情节这里不详说了。

民国十年左右北平的某一次宴会，与《儒林外史》的一次宴会颇有相似处，主要的是也有“凤四老爹”这一角。席间有周氏兄弟二人，钱玄同先生照例很敏捷的说“那么你们二位便是方五先生和方六先生了！”

“方玄绰”的意思便是：“方”五先生者，是钱“玄”同先生给他们所起的“绰”号。那么，“方玄绰”不是鲁迅先生自己是谁呢？[①]

周作人的解释是：

我们先看主人公的姓名，名字没有什么意义，姓则大概有所根据的。民六以后，刘半农因响应文学革命，被招到北京大学来教书，那时他所往来的大抵就是与《新青年》有关系的这些人，他也常到绍兴县馆里来。他住在东城，自然和沈尹默、钱玄同、马幼渔诸人见面的机会很多，便时常对他们说起什么时候来会馆看见豫才，或是听见他说什么话。他们就挖苦他说是像《儒林外史》里那成老爹，老是说那一天到方家去会到方老五，后来因此一转便把方老五当作鲁迅的别名，一个时期里在那几位口头笔下（信札），这个名称是用得颇多的。[②]

孙伏园、周作人是说：方玄绰乃鲁迅自况，“方玄绰”之名源于《儒林外史》中的方五先生（或方老五），乃钱玄同等人所命名。

---

① 孙伏园：《〈端午节〉》。《鲁迅研究月刊》1994年第8期。

② 《呐喊衍义》第73节《方玄绰》。见《鲁迅小说里的人物》，周作人著，石家庄：河北教育出版社，2003年6月，第149页。

不过，二人的说法差异明显——孙伏园所述典故具体，所涉人物为凤四老爹；周作人所述典故欠具体，所涉人物为成老爹。孰真孰假无法（也无须）鉴别。也许当时《新青年》同人们多用《儒林外史》中的人物关系比喻圈内人际关系，两种说法都有根据。而结合《儒林外史》的相关章节来看，二人的叙述都不准确。在《儒林外史》中，凤四老爹出现在第四十九回《翰林高谈龙虎榜，中书冒占凤凰池》的后半部分，他武功高强，机智幽默，行侠仗义，屡出奇招，至第五十二回《比武艺公子伤身，毁厅堂英雄讨债》结尾处退场。此间并无孙伏园所说方五先生或方六先生出场（这两个人物也许是钱玄同虚构的）。成老爹出现在第四十六回《三山门贤人饯别，五河县势利熏心》的后半部分，在第四十七回《虞秀才重修玄武阁，方盐商大闹节孝祠》中因吹牛撒谎说“后日是方六房里请我吃中饭”，被虞华轩设计捉弄。“方六房”指方老六方杓，是开典当行的富豪，并非周作人所说的“方老五”。换言之，两种解释均不符合《儒林外史》的实际。

不过，孙、周的回忆与解释在证明“方玄绰”之名与钱玄同、与《儒林外史》有关系这一点上毕竟是相同的，因此是可靠的。至于这种“关系”的真相，因鲁迅本人未做说明，只应结合鲁迅与钱玄同、与《儒林外史》的关系，回到《端午节》中去分析。

鲁迅与钱玄同相识于留日时期，两人1912年、1913年相继到北京之后继续交往，新文化运动时期属同一阵营、并肩战斗，[①]1920年8月开始鲁迅又在钱玄同任职的北京大学、北京高等师范学校兼课，故有上述被钱玄同比喻为《儒林外史》中的“方五先生”（或被钱玄同等人称为“方老五”）的事情发生。1921

① 参阅施晓燕《从〈钱玄同日记〉看〈新青年〉时期钱氏对鲁迅的影响》。收入《纪念〈新青年〉创刊100周年学术研讨会论文集》，上海鲁迅纪念馆编，上海：上海社会科学院出版社，2016年。

年前后，鲁迅因讲授中国小说史与钱玄同在《儒林外史》上发生交集，对于鲁迅来说，《儒林外史》与钱玄同是相关性的问题。1920年，上海亚东书局出版汪原放标点的《儒林外史》，钱玄同受胡适之托写序。该标点本《儒林外史》及钱玄同序文，均为鲁迅讲授中国小说史的参考资料。鲁迅在《中国小说史略》的《清之讽刺小说》一章中，介绍吴敬梓著述的时候加注说“(详见新标点本《儒林外史》卷首)”，讨论“制艺”(八股文)与“举业”时引用了钱玄同《〈儒林外史〉新叙》引用过的《儒林外史》中的一段(第十三回中马二先生的相关言论)，阐述《儒林外史》第四十八回呈现的良心与礼教之冲突时，在括号中说明曰“(详见本书钱玄同序)”。[①]对于《儒林外史》，鲁迅关注的问题之一是吴敬梓对人物姓名的设计。他引用了《儒林外史》第十三回马二先生的“举业论”之后，指出：“《儒林外史》所传人物，大都实有其人，而以象形谐声或廋词隐语寓其姓名，若参以雍乾间诸家文集，往往十得八九(详见本书上元金和跋)。此马二先生字纯上，处州人，实即全椒冯粹中，为著者挚友”。[②]这里，鲁迅将吴敬梓的命名法归纳为“象形谐声”与“廋词隐语”两种，并指出“马二”是“冯”字“象形”(二马)之后的字序颠倒。鲁迅本人也乐于给人取绰号，开始小说创作之后，则自觉地将小说人物的姓名符号化，使其具有文化与修辞的成分。[③]

综合多方面的因素来看，鲁迅写《端午节》的时候，是借鉴《儒林外史》的命名法，将“方”姓与“钱玄同”之名结合，演绎为“方玄绰”，作为小说主人公的名字，以表达特定含义并

---

① 《鲁迅全集》第9卷第229、232页。

② 《鲁迅全集》第9卷第230页。

③ 许祖华：《鲁迅小说风俗化人名的修辞意义》。收入《鲁迅与越文化》，李露儿编，北京：中国文联出版社，2016年9月。

向钱玄同“复仇”。就是说，“方玄绰”之名并非如孙伏园所说意味着鲁迅接受了“钱‘玄’同先生给他们所起的‘绰’号”，相反，是鲁迅调侃性地演绎了钱玄同的姓名。在五四时期的文化名流中，钱玄同以名号繁多著称。他把自己的文化观念、思想方法乃至国家认同都融入了不同的名号。[①]对此，鲁迅当然十分熟悉。早在留日时期，在东京与钱玄同等人一起听章太炎讲学，他就给钱取名“爬来爬去”。[②]鲁迅书信、作品中，对钱玄同姓名的调侃更非个例。在《呐喊·自序》中钱玄同是“金心异”（借用林纾的命名），1932年鲁迅编《两地书》的时候，又将致许广平信中的“钱玄同”改为“金立因”——“途次往孔德学校，去看旧书，遇金立因，胖滑有加，唠叨如故，时光可惜，默不与谈”[③]。“金”字为自“金钱”二字的互换，属于“廋词隐语”，“立因”的字形则与“玄同”接近，属于“象形谐声”的“象形”。

“方玄绰”的“方”来自《儒林外史》，其与钱玄同的关系则可以通过其含义作进一步确认。理解这种含义须进入《端午节》的文本，把握《端午节》中的“金钱”问题。

《端午节》的出场人物有两个——方玄绰与其妻方太太。“方太太”是叙述者给予方妻的称谓，对于方玄绰来说，妻子并无称谓，只是说话时的一个“喂”字。小说中方太太的出场就是由这个“喂”引导的——某日晚餐前，方玄绰看着餐桌上的菜，不满地问：“喂，怎么只有两盘？”接下来小说的叙述是：

---

① 相关问题可参阅张荣华的论文《钱玄同的名、字、号》。原载2009年9月《近代史资料》第119辑，收入《中国近代思想家文库·钱玄同卷》，张荣华编，北京：中国人民大学出版社，2015年2月。

② 许寿裳：《亡友鲁迅印象记》。见《挚友的怀念——许寿裳忆鲁迅》，马会芹编，石家庄：河北教育出版社2001年5月，第16页。

③ 1929年5月25日致许广平信。《两地书·一二六》，见《鲁迅全集》第11卷第307页。

他们是没有受过新教育的，太太并无学名或雅号，所以也就没有什么称呼了，照老例虽然也可以叫“太太”，但他又不愿意太守旧，于是就发明了一个“喂”字。太太对他却连“喂”字也没有，只是脸向着他说话，依据习惯法，他就知道这话是对他而发的。

由此可见，名号问题是《端午节》的叙事焦点之一，鲁迅自觉地通过称谓展示小说人物的价值观、心态乃至相互关系。这个“喂”字传达出方玄绰的男性中心意识，否定了方太太的家庭地位与独立人格。《端午节》中另一个更重要的人名是“金永生”。金永生其人并未出场，是方玄绰与“喂”谈钱的时候提及的，曰：“向不相干的亲戚朋友去借钱，实在是一件烦难事。我午后硬着头皮去寻金永生，谈了一会，他先恭维我不去索薪，不肯亲领，非常之清高，一个人正应该这样做；待到知道我想要向他通融五十元，就像我在他嘴里塞了一大把盐似的，凡有脸上可以打皱的地方都打起皱来，说房租怎样的收不起，买卖怎样的赔本，在同事面前亲身领款，也不算什么的，即刻将我支使出来了。”这段“旁知观点”的叙述（即通过小说人物的口叙述另一小说人物的故事）告诉读者：金永生是财主，出租房屋且做买卖。唯其是财主，故称“金永生”。“金永生”之名显然是寓意性的。因此，向“金永生”借钱的“方玄绰”即相应地具有寓意性，须与“金永生”一样置于金钱、财富的脉络之中来解释——“方”即“孔方兄”（钱）的“方”，“绰”即“阔绰”“绰绰有余”的“绰”。名曰“方玄绰”而迫于贫困、出门借债，是为“玄”（靠不住）。这样，“方玄绰”的“方玄”二字即与“钱玄同”的“钱玄”二字相通，“绰”字也并非如孙伏园所说是“绰号”的“绰”。姓名与身份、与经济状况的关系，表明“方玄绰”之名不仅与“钱玄同”有关，而且具有符号性和讽刺性。对于鲁迅来说，这种讽刺性是《儒林外史》式的。

小说人物的命名方式与姓名本身体现的讽刺性，只是《端午节》与《儒林外史》的共通点之一。更重要的是，《端午节》的基本立场、叙述方式、对主人公身份的呈现都是《儒林外史》式的。讨论这些问题，要回到《中国小说史略》的《清之讽刺小说》一章。该章题为“清之讽刺小说”，实际是专论《儒林外史》。这意味着，对于鲁迅来说“讽刺小说”即“《儒林外史》式的小说”。在鲁迅的论述中，“讽刺小说”是一个具有系统性内涵的文体概念。

《清之讽刺小说》一章从“寓讥弹于稗史”的晋唐、明代作品谈起，批评其“词意浅露，已同嫚骂，所谓‘婉曲’，实非所知”，接着说：“迨吴敬梓《儒林外史》出，乃秉持公心，指擿时弊，机锋所向，尤在士林；其文又慼而能谐，婉而多讽：于是说部中乃始有足称讽刺之书”。[①]这段话中的文学史视角与对《儒林外史》的定位，意味着“讽刺之书”（“讽刺小说”）是一种高层次文体。几乎是与《中国小说史略》（1923—1924年）同时，鲁迅在《中国小说的历史的变迁》中论述清代小说流派的时候，也论及《儒林外史》，说：“讽刺小说是贵在旨微而语婉的，假如过甚其辞，就失了文艺上底价值，而它的末流都没有顾到这一点，所以讽刺小说从《儒林外史》而后，就可以谓之绝响。”[②]可见，在鲁迅心目中，《儒林外史》作为“讽刺小说”不仅是“空前”的而且是“绝后”的。

那么，《儒林外史》何以“足称讽刺之书”？上引鲁迅的论述包含三个方面的内容：一是“秉持公心，指擿时弊”，这是基

① 《鲁迅全集》第9卷第228页。
② 《鲁迅全集》第9卷第345页。

本立场问题；二是“机锋所向，尤在士林”，这是描写对象问题；三是“感而能谐，婉而多讽”，这是笔法、表现形式问题。三者之中鲁迅尤重第三者即笔法、表现形式，因此他批评《儒林外史》之前的作品“词意浅露，已同嫚骂，所谓‘婉曲’，实非所知”。因为同样的原因，他引录《儒林外史》第四回对范进居丧期间吃虾丸子的描写，盛赞曰：“无一贬词，而情伪毕露，诚微词之妙选，亦狙击之辣手矣。”[①]将这种作品论作为文体论来阅读，《儒林外史》的三项内容即为“讽刺小说”的三个标准。以此衡量《端午节》，《端午节》即成为“讽刺小说”的范本。它对“差不多”现象、欠薪等社会问题（“时弊”）的揭露是出于公心；其主人公方玄绰在大学执教、写文章、念新诗，属于“士林”中人；对方玄绰懦弱品格、虚荣心态的展示也是“感而能谐，婉而多讽”。方玄绰揣测了店家急于收账的心理而令小厮去赊莲花白，自己动过买彩票的念头而妻子提议买彩票时却斥为“无教育的”——此类写法是标准的“无一贬词，而情伪毕露”。鲁迅在《清之讽刺小说》中概括马二先生言行时所谓的“迂儒之本色”一语，用于方玄绰亦恰当。

上述多方面的一致，意味着鲁迅是自觉地将《端午节》写成《儒林外史》式“讽刺小说”。明白这一点，才能理解《端午节》在叙述方玄绰身份时出现的重点偏移与逻辑漏洞。方玄绰出场的时候是“在北京首善学校的讲堂上”阐述其“差不多说”，即他是作为大学教师出场的。小说后半部分又写到他在上海出版白话诗集，给“首善之区”的报馆写稿，躺在床上念《尝试集》，……俨然“知识分子”。实际上方玄绰的本业是做官，大学教职不过是兼职。因此，小说第五节中“因为方玄绰就是兼做官僚的”这

① 《鲁迅全集》第9卷第231页。

种叙述喧宾夺主，不合逻辑。在当时的社会体制下，官员可以兼职做教员，而教员难以到衙门兼职做官。鲁迅本人就是为官兼做教员的。鲁迅为何这样叙述？结合其《儒林外史》论与“讽刺小说”观念来看，应当说这样叙述是为了让方玄绰成为“士林”中人，是为了把《端午节》写成“现代版《儒林外史》”。后来的鲁迅研究者大都把方玄绰作为知识分子来认识，这种认识证明着鲁迅叙事策略的成功，同时证明着《端午节》的“现代版《儒林外史》”属性。

在1922年6月这个时间点上，《儒林外史》对鲁迅小说创作的影响并不限于《端午节》，而且影响到《白光》。《白光》重新阐释了《儒林外史》的科举主题，同时旁证了《端午节》与《儒林外史》的关系。鲁迅写毕《阿Q正传》当在1922年1月，此后近半年间他没有写小说。到了1922年6月，一个月之内即写了《端午节》《白光》两篇。《白光》与《儒林外史》的相通在于主题。鲁迅在《清之讽刺小说》一章中强调《儒林外史》“攻难制艺及以制艺出身者亦甚烈”（“制艺”即八股文，指科举考试），并引录了《儒林外史》第十三回中马二先生关于“举业”的言论。而《白光》正是以科举考试为题材，展现科举制度对士人的戕害。《白光》与《儒林外史》第三回《周学道校士拔真才，胡屠户行凶闹捷报》所述故事的内在结构完全相同——“发榜+发疯”，不同只在于故事——《儒林外史》中的范进“中了”之后高兴过度而发狂，《白光》中的陈士成落榜之后悲伤过度而发狂。陈士成姓名中的“士”应当理解为鲁迅论述《儒林外史》时所谓“士林”的“士”，名曰“士成”而一无所成，有讽刺之意。这正是《儒林外史》与《端午节》的命名法。

在鲁迅小说创作史上，《端午节》作为“《儒林外史》式讽刺小说”是个新起点。写《端午节》同月鲁迅写了《白光》，其后三年间又写了《在酒楼上》《幸福的家庭》《肥皂》《高老夫子》《孤独者》等篇，这些以新旧“士人”为主人公的小说构成了“现代版《儒林外史》”系列。《端午节》《白光》之后的作品中也有《儒林外史》的印记——如研究者已经指出的，《肥皂》对于四铭看儿子学程吃菜心场景的描绘，可能是受到《儒林外史》中范进吃虾丸子场面的启发。[①]

对于鲁迅来说，“讽刺小说”当然不仅是文体问题，而且是价值观问题。“讽刺”什么？这就涉及作品的内涵了。

三 贫困与经济权思想

《端午节》的主题之一是人与金钱的关系。这种关系引导着故事的发展，决定着故事的结构。按常规，节日到来之际衙门和学校会发薪水，方玄绰可以自豪地拿着钞票回家。小说写道：“照旧例，近年是每逢节根或年关的前一天，他一定须在夜里的十二点钟才回家，一面走，一面掏着怀中，一面大声的叫道，‘喂，领来了！’于是递给伊一叠簇新的中交票，脸上很有些得意的形色。”但是，今年情况不同。端午将至，却领不到薪水，入不敷出、债主临门，方玄绰陷入困境。经济与精神的双重困境，系统地体现在家庭、职场、社会三个层面。在家中他失去了妻子的敬畏。“到了阴历五月初四的午前，他一回来，伊便将一叠账单塞在他的鼻子跟前，这也是往常所没有的。”妻子向他要钱、发牢骚的时候甚至不正眼看他。在职场（方玄绰的“职场”由衙门和学校两处构成），“手握经济之权的人物”或者摆出一副

① 《鲁迅文化血脉还原》，杨义著，北京：北京师范大学出版集团，合肥：安徽大学出版社，2013年4月，第116页。

阎王脸、将下属当奴才看，或者说“教员一手挟书包一手要钱不高尚”，索薪大会的代表发薪水，也惩罚性地要求“亲领”（亲自去领）——通常薪水是由会计礼貌地送上门的。社会上，商店的伙计不再尊重他，金永生不借钱给他，孩子读书的学校屡次催交学费，等等。《端午节》就是这样全方位、多层面地展现了金钱对人的压迫。困境中的方玄绰发出哀叹：“我钱也不要了，官也不做了，这样无限量的卑屈……”

“无限量的卑屈”属于方玄绰，也属于鲁迅。考察鲁迅当时的生活状况可知，他是基于自己的贫困生活与“端午节体验”创作《端午节》，塑造了卑屈者方玄绰的形象。关于《端午节》的创作动因，先行研究或从鲁迅与爱罗先珂《知识阶级的使命》一文的对话关系来解释，或从鲁迅翻译森鸥外小说《游戏》时受到的启示解释。[①]这些解释有助于揭示《端午节》的多元性、复杂性，但脱离了鲁迅的主体性与生存状态，因此难以从根本上阐释《端午节》的创作动因与相关思想问题。

1922年6月，即创作《端午节》的时候，鲁迅已经和家人入住八道湾两年半。1919年12月迁居北京、入住八道湾是周家的大事。1920年（庚申）春节是周家进京后的第一个春节，鲁迅2月19日的日记中有这样的记录：“旧历除夕也，晚祭祖先。夜添菜饮酒，放花爆。”[②]可见，“从小康人家而坠入困顿”的绍兴周家在北京迎来中兴。美中不足的是，鲁迅的生活由此陷入贫困，甚至举债度日。相关情况孙瑛专著《鲁迅在教育部》的《欠薪和

① 藤井省三：《中国现代文学和知识阶级——兼谈鲁迅的〈端午节〉》，《中国现代文学研究丛刊》1992年第3期；彭明伟：《爱罗先珂与鲁迅1922年的思想转变——兼论〈端午节〉及其他作品》，《鲁迅研究月刊》2008年第2期；崔琦：《从〈游戏〉到〈端午节〉——试论鲁迅翻译与创作之间的互文性》，《中国现代文学研究丛刊》2016年第3期。

② 《鲁迅全集》第15卷第396页。

借债》一节早有论述，[1]王锡荣专著《日记的鲁迅》则专列《举债生活》一章，系统考察鲁迅日记中的债务记录。王锡荣将鲁迅陷于贫困的原因归纳为三个：买房，教育部欠薪，家人生病。迫于贫困，鲁迅从1920年8月开始去八所大学、中学兼课，甚至借过高利贷。[2]这里要强调的是：1922年，经济压力改变了鲁迅历年的端午节生活方式。

鲁迅1912年5月5日随民国临时政府教育部进京，至1922年6月，在北京过了十一个端午节。[3]端午节是当时的法定假日，现存历年的鲁迅日记都有记录，叫法有"旧历端午""旧端午""旧端午节"诸种。综合起来看，鲁迅端午节的生活有三个方面的内容：休息，读书，会友。此日来往最多的是挚友许寿裳（许季市），1912、1914、1915、1916四年的端午节均与许聚餐，或收到许赠送的菜肴。1914年端午节（西历5月29日）的日记中记有："午季市贻烹鹜、盐鱼各一器。下午许季市来，赠以《绍兴教育会月刊》第八期一册。"此时鲁迅住在绍兴会馆，许寿裳赠以美味的午餐（应当是遣用人送来的），下午又来访。鲁迅1912至1921年的十篇端午节日记中，1915年的（西历6月17日）最长、最详细，且引于此：

> 十七日　晴。旧端午，夏假。上午得二弟所寄桃花纸百枚，十二日付邮，许季上托买。寄二弟信并与二弟妇笺（四十一）。下午许季市来，并持来章师书一幅，自所写与；又《齐物论释》一册，是新刻本，龚未生赠也；又烹鹜一

---

① 《鲁迅在教育部》，孙瑛著，天津：天津人民出版社，1979年8月，第71—74页。

② 《日记的鲁迅》，王锡荣著，北京：人民文学出版社，2018年9月，第155—160页。

③ 值得注意的是，1914年和1922年均闰五月，理论上这两年都有两个端午节。

器，乃令人持来者。夜雨。[①]

这种端午节生活可谓从容、优雅、温馨。

但是，1922年的端午节变了。鲁迅1922年日记遗失，现存许寿裳手抄的鲁迅1922年日记片段中5月部分仅22日、25日两天，未涉端午节（31日），因此鲁迅本年端午节的生活只能通过第二手资料来了解。马蹄疾综合多方面资料，将鲁迅此日的日记复原为："三十一日，晴。旧历端午。午后往高师讲。伏园来。"[②]此日为周三，据1921年秋鲁迅日记，鲁迅每周三下午确实要去高师上课。高师课程表是1921—1922年度的，含1922年端午节。周作人当天的日记为："三十一日，晴。上午幼渔来。下午得燕大博君函，伏园、仲宸、小峰来。旧端午。"[③]无家宴记录亦未涉鲁迅，可见鲁迅当日确实出门讲课去了。

1922年端午节，进京后的第十一个端午节，鲁迅终于失去历年端午节的清闲，出门讲课（打工赚钱）。显然是基于这种新鲜体验，他创作《端午节》，以表现人与金钱的关系、金钱对人的压迫，确认自己的"卑屈"生活。换言之，《端午节》首先是鲁迅个人贫困生活的产物。无独有偶，同月创作的《白光》同样表现了人与金钱的关系，对人的金钱欲有更充分的描写。陈士成得知自己落榜，回到家里因绝望而发狂，恍惚之中想起幼年时祖母告诉他祖宗埋银子于老宅下，想起那个隐藏着藏宝处线索的谜语——"左弯右弯，前走后走，量金量银不论斗"，于是"白光

---

① 《鲁迅全集》第15卷第175页。

② 马蹄疾：《一九二二年鲁迅日记疏正》。收入《鲁迅研究资料》第23辑。北京鲁迅博物馆编著，北京：中国文联出版公司，1992年3月，第322页。

③ 《周作人日记》（中）第241页。郑州：大象出版社，1996年12月。原文无标点，引用者标点。

如一柄白团扇，摇摇摆摆的闪在他房里了”。“白光”即银钱之光，引导陈士成掘宝、夜间走到城外落水而死。就是说，1922年6月，鲁迅用《端午节》和《白光》两篇小说表现了新旧知识分子（士人）与金钱的关系。意味深长的是，如同方玄绰是鲁迅的自况，陈士成身上同样打着鲁迅的印记。陈士成落水而死、变为浮尸之后，小说的描写是：“那是一个男尸，五十多岁，‘身中面白无须’，浑身也没有什么衣裤。”这里的“身中面白无须”一语加了引号。为何加引号？鲁迅可能是想告诉读者此语来自县委员的验尸公告，但是，此语恰恰是二十年前矿路学堂毕业证对鲁迅外貌的描述。1902年1月（光绪二十七年十二月）鲁迅从矿路学堂毕业，“执照”（毕业证）上就写着：“学生周树人现年十九岁身中面白无须浙江省绍兴府会稽县人。”[①]这句话包含姓名、年龄、外貌、籍贯四项内容，外貌描述则含身高、脸色、面部特征三个方面，这种描述应当是发挥后来证件上的照片功能，以防冒名顶替。鲁迅毕业证上的“身中面白无须”一语，在鲁迅毕业二十年后被鲁迅用以描述《白光》中陈士成的形象。这样，陈士成与“白光”的关系在某种程度上可以理解为鲁迅与“白光”的关系。

不仅是《端午节》《白光》，实际上，“钱”以多种形式或隐或显地普遍存在于《呐喊》《彷徨》的多篇小说之中。《孔乙己》《药》《明天》《阿Q正传》《祝福》《幸福的家庭》诸篇的主人公均为穷人（缺钱）。鲁迅对金钱的描写别致、充满生活实感。孔乙己买酒的时候“排出九文大钱”，一个“排”字传达出读书人的矜持、迂腐，也传达出每个大钱的沉重（来之不易）。

---

① 见《寻求别样的人们：鲁迅在南京》，徐昭武编著，南京：江苏凤凰文艺出版社，2016年9月，第127页。

华老栓凌晨出门买人血馒头，接过华大妈“在枕头底下掏了半天”才掏出来的一包洋钱，“抖抖的装入衣袋，又在外面按了两下”。“掏”“抖”“按”传达出穷人对钱的珍惜——珍惜到近于恐惧。阿Q“中兴”之后回到未庄，财大气粗——“天色将黑，他睡眼蒙胧的在酒店门前出现了，他走近柜台，从腰间伸出手来，满把是银的和铜的，在柜上一扔说，‘现钱！打酒来！’穿的是新夹袄，看去腰间还挂着一个大搭连，沉钿钿的将裤带坠成了很弯很弯的弧线。”这里，钱是阿Q内在的心理支撑，并且是未庄人眼中外在的景象，钱的重量被从内与外两种视角确认。在《孔乙己》和《祝福》中，钱的数额发挥着潜在的叙事功能。《孔乙己》最后写到孔乙己欠酒店十九个钱，“十九个钱”如何解释？余世存认为：“从节日的角度来看鲁迅的这一段话，可以说是一则寓言，即知识人还欠我中国人‘十九个钱’。或者有人问十九意味着什么，熟悉庄子的人，熟悉中国文化的人一定明白，十九是一个时间尺度。”[1]这种解释将“十九个钱”作为象征符号，丰富了《孔乙己》的文化内涵，但与小说的写实手法有距离。“十九个钱”应当放在《孔乙己》的“价格体系”中来解释。小说开头写到酒是四文钱一碗，盐煮笋或茴香豆一文钱一碟。孔乙己出场时要两碗酒、一碟茴香豆，所以“排出九文大钱”。最后一次来酒店只喝了一碗酒，所以“从破衣袋里摸出四文大钱”。因此，“十九个钱”应当解释为：正常生活状态下的孔乙己来过两次，每次两碗酒、一碟茴香豆，计十八文钱。多出的一文钱是一碟茴香豆的价格，可以理解为两次中的某一次孔乙己来喝酒的时候买茴香豆给孩子们吃了。这样一来，小说的结尾即与小说中间部分孩子们吃茴香豆的情节发生关联、

① 《节日之书》序言《在节日里活出中国》。《节日之书》，第20页。

形成呼应。《祝福》尤其如此。在鲁四老爷家帮工的祥林嫂被婆家劫走的时候，“清算了工钱，一共一千七百五十文”。为何是一千七百五十文？祥林嫂的工钱是每月五百文，一千七百五十文是三个半月的工钱，这与祥林嫂做用人的时间（“冬初”至“新年才过”的“此后大约十几天”）相吻合。捐门槛的“大钱十二千”是祥林嫂整整两年的工钱，存够十二千大钱的时间，正是“有一年的秋季”祥林嫂第二次来鲁镇至帮工第三年的冬至之前。钱的数额中隐藏着相应的时间，表明鲁迅在《祝福》中写及钱的时候认真计算过。

以人与金钱的关系为重要内容的《端午节》和《白光》，处于上述作品的系列之中。不同只在于，这两篇更多包含着鲁迅本人的贫困体验。

《端午节》写毕，而鲁迅的贫困和卑屈并未结束。四年之后的1926年7月，他再次撰文讲述发薪与贫困。文章即《记“发薪”》。此文非小说亦非杂文，而是“记叙文+议论文”的体裁。鲁迅在文中讲述“亲领”欠薪的过程，谈论人与钱的关系等问题，自嘲曰“精神上的财主”“物质上的穷人”。重要的是，此文与《端午节》直接相关。鲁迅在文中说：“‘亲领’问题的历史，是起源颇古的，中华民国十一年，就因此引起过方玄绰的牢骚，我便将这写了一篇《端午节》。”文章后半部分有这样一段：“翻开我的简单日记一查，我今年已经收了四回俸钱了：第一次三元；第二次六元；第三次八十二元五角，即二成五，端午节的夜里收到的；第四次三成，九十九元，就是这一次。”这里再次写到端午节（1926年的），而且端午节依然与薪水联系在一起。鲁迅在《记“发薪”》前半部分还说：“我曾经说过，中华民国的官，都是平民出身，并非特别种族。”“一切脾气，却与普通的同胞差不多，所以一到经手银钱的时候，也还是照例有一点借此威风一下的嗜好。”[1]这是重述《端午节》开头的“差不多”说，这里的“我”也就是方玄绰。

《记“发薪”》是《端午节》的对应性文本，二者主题相同、文章结构相似。将二者并读，才能理解鲁迅的贫困、鲁迅从经济出发对社会问题、人生问题的思考。二文的写作时间相隔四年多——1922年6月至1926年7月，正是在此期间，鲁迅阐述了其“经济权”思想。1923年12月26日他在北京女子高等师范学校发表讲演《娜拉走后怎样》，说：“梦是好的；否则，钱是要紧的。”“所以为娜拉计，钱，——高雅的说罢，就是经济，是最要紧的了。自由固不是钱所能买到的，但能够为钱而卖掉。人类有一个大缺点，就是常常要饥饿。为补救这缺点起见，为准备不做傀儡起见，在目下的社会里，经济权就见得最要紧了。”[2]在此文中，经济权是女性解放、人的解放的前提条件。——鲁迅同时指出这并非唯一的条件。这种经济权思想之中，无疑存在着鲁迅本人的贫困体验。在此意义上，《娜拉走后怎样》同为《端午节》的延伸文本。

实际上，生活中的鲁迅长期保持着对金钱的敏感并思考相关问题。鲁迅日记多有金钱往来的记录，而且经常把钱写作“泉”。“泉”为钱币的古称，意为金钱像泉水一样流动（货币流通），但也应包含着泉水一样“源源不断”的祈愿。鲁迅甚至编写过《泉志》，考察中国历代钱币的种类、形状、币值等问题。[3]这种金钱观念的形成，无疑是基于其少年时代的贫困生活体验，且应与其祖父《恒训》中“持家”的教诲有关——《恒训》“有积蓄”一

① 《记“发薪”》。《鲁迅全集》第3卷第373、368页。

② 《娜拉走后怎样》。《鲁迅全集》第1卷第167、168页。

③ 华容：《鲁迅编制〈泉志〉》。见《鲁迅研究资料》第16辑第185页。北京鲁迅博物馆鲁迅研究室编，天津：天津人民出版社，1987年1月。

节曰："赚钱固难，积钱更难。如有钱乱用，一朝失业，饥寒随之，不可不虑"。[①]鲁迅的异于常人之处，在于从金钱、贫困引申出普遍性的思想问题。不仅是经济权思想，甚至《灯下漫笔》（1925年）对于中国人"奴隶"身份的发现，也是基于他本人用中交票兑换银元的体验。

1907年，留学日本的青年周树人曾在《文化偏至论》中提出"掊物质而张灵明，任个人而排众数"的文化主张。十六年之后，《娜拉走后怎样》则把"物质"（钱与经济）放在首位，并将"物质"与"人类"相联系。这是颠覆性的转换。转换的思想基础之中存在着鲁迅本人的贫困生活体验。当贫困成为思想的起点，"物质"便从思想中浮现出来。这转换也是鲁迅晚年接受阶级论的思想基础。甚至应当说，体验贫困、关注底层的鲁迅从来都是朴素的阶级论者。

四　与胡适的对话

胡适在《端午节》中占有重要位置。《端午节》是从"方玄绰近来爱说'差不多'这一句话"写起，第三节开头则说："他将这'差不多说'最初公表的时候是在北京首善学校的讲堂上"。研究者已经指出："这'差不多说'应是鲁迅从胡适著名的《差不多先生传》挪用来的。"[②]在《端午节》后半部分，胡适的《尝试集》登场，登场之后至小说结束共出现四次，而且小说是结束于《尝试集》——斥责了"无教育的"妻子之后，"方玄绰也没有说完话，将腰一伸，咿咿呜呜的就念《尝试集》。"《端午节》

---

① 《寻求别样的人们：鲁迅在南京》，第140页。

② 彭明伟：《爱罗先珂与鲁迅1922年的思想转变——兼论〈端午节〉及其他作品》，《鲁迅研究月刊》2008年第2期。

始于胡适、终于胡适，胡适是《端午节》中结构性的存在。

意识到胡适的重要性之后重读《端午节》，会看到方玄绰的二重面影——是鲁迅也是胡适。

《端午节》问世之后，方玄绰常常被看作鲁迅的自况。收录了《端午节》的小说集《呐喊》出版不久，创造社的成仿吾在《〈呐喊〉的评论》中就说："我读了这篇《端午节》，才觉得我们的作者已再向我们归来，他是复活了，而且充满了更新的生命。""无论如何，我们的作者由他那想表现自我的努力，与我们接近了。"[①]成仿吾此文并非专论鲁迅小说中的人物，而是将《呐喊》所收作品区分为"再现的"与"表现的"两类，否定了《狂人日记》《孔乙己》《阿Q正传》等"再现的"作品，而将《端午节》作为鲁迅"表现自我"的作品来肯定。既然是"表现自我"，那么主人公方玄绰就成了鲁迅的"自我"。孙伏园则断言："《端午节》是鲁迅先生的自传作品，几乎有百分之八十以上是作者自己的材料。"[②]并且举出鲁迅爱喝莲花白（一种酒）等多种证据。周作人从思想与身份的一致性强调方玄绰的鲁迅自况性质。[③]这些看法都有根据。前文所论贫困生活状态的一致亦为根据之一。

不过，结合《端午节》的具体描写来审视方玄绰，胡适的身影便清晰地浮现出来。胡适1919年在《新生活》周刊发表《差不多先生传》时身为北京大学教授，因此，《端午节》前四节中在北京首善学校的讲堂上发表"差不多说"的方玄绰，完全是胡适的化身。第五节写及方玄绰"兼做官僚"，鲁迅的身影才浮现

① 成仿吾：《〈呐喊〉的评论》。作于1923年12月2日。《使命》第179、180页。创造社出版部，1927年。

② 孙伏园：《〈端午节〉》。载《鲁迅研究月刊》1994年第8期。

③ 参阅《呐喊衍义》的《七三　方玄绰》《七四　官兼教员》两篇。《鲁迅小说里的人物》，周作人著，石家庄：河北教育出版社，2003年6月，第149—152页。

出来。换言之，事实上发表“差不多说”者乃胡适而非鲁迅，小说前四节中的方玄绰只能是胡适。方太太出场时，小说又介绍道：“他们是没有受过新教育的，太太并无学名或雅号。”结合鲁迅本人的夫妻关系来看，所谓“没有受过新教育”“并无学名或雅号”适合鲁迅原配夫人朱安（1879—1947）。但是，结合胡适的夫妻关系来看，此语同样适合胡适原配夫人江冬秀（1890—1975）。在小说上下文中，“他们”是指方玄绰与方太太，但这种表述不合逻辑、流于暧昧。做官且在大学兼课的方玄绰应当受过新式教育，“差不多说”的提出也显示了其教育程度。所以，用这个“他们”指称朱安与江冬秀二人才恰当。更重要的是，在《端午节》后半部分，作为白话诗人的方玄绰与胡适更相似。且看小说的具体描写——方玄绰躺到床上准备读《尝试集》的时候，太太对他哭穷，让他写稿赚钱。夫妇二人的对话中有这样两句：

> “你不是给上海的书铺子做过文章么？”
>
> “上海的书铺子？买稿要一个一个的算字，空格不算数。你看我做在那里的白话诗去，空白有多少，怕只值三百大钱一本罢。收版权税又半年六月没消息，‘远水救不得近火’，谁耐烦。”

对话表明方玄绰是白话诗人、出版过诗集。将白话诗人方玄绰看作鲁迅自况也有根据。《狂人日记》发表于1918年5月《新青年》杂志第4卷第5号，在同一期《新青年》上，鲁迅还用“唐俟”的笔名发表了《梦》《爱之神》《桃花》等三首白话诗。白话小说家鲁迅与白话诗人鲁迅是同时登上五四新文坛的。鲁迅晚年在将那些白话诗编入《集外集》的时候说：“我其实是不喜欢做新诗的——但也不喜欢做旧诗——只因为那时诗坛寂寞，所以打打边鼓，凑些热闹；待到称为诗人的一出现，就洗手不作了。”[①]在此意义上，鲁迅让方玄绰作为白话诗人在《端午节》中登场，是确认自己的白话诗人身份。但是，方玄绰在“上海的书铺子”出版过诗集，而鲁迅未曾出版过诗集。方玄绰与妻子对话时手拿《尝试集》，而《尝试集》正是“上海的书铺子”（上海亚东图书馆）出版的。就是说，方玄绰被暗示为《尝试集》作者。《尝试集》是新文学史上的第一部白话诗集，广为人知，因此它出现在《端午节》中的时候，读者自然会将方玄绰看作《尝试集》的读者。但是，如果看到方玄绰身影后的胡适，那么“方玄绰”就是在读自己的《尝试集》（解闷或自我欣赏）。实际上，方玄绰读自己的白话诗集《尝试集》这种解释完全符合《端午节》的叙事逻辑。我们读《端午节》的时候认为方玄绰在读胡适的《尝试集》，是因为胡适的《尝试集》这个事实成了我们阅读《端午节》的障碍。对于不了解胡适的《尝试集》这个事实的读者来说，这个障碍并不存在。

鲁迅说过：“作家的取人为模特儿，有两法。”所谓两法，“一是专用一个人，言谈举动，不必说了，连微细的癖性，衣服的式样，也不加改变”；“二是杂取种种人，合成一个”。他说自己“是一向取后一法的”。[②]此语也适合方玄绰形象的塑造——方玄绰这一形象至少有鲁迅本人与胡适两个模特儿。这样看来，《端午节》中“他们是没有受过新教育的”那种暧昧、不合逻辑的表述，流露出了鲁迅在看待自己与胡适二人家庭生活时的隐秘心理。

鲁迅创作《端午节》的时候，胡适是文化界、教育界的风云

① 《〈集外集〉序言》。《鲁迅全集》第7卷第4页。

② 《〈出关〉的“关”》。收入《且介亭杂文末编》。《鲁迅全集》第6卷第537、538页。

人物，在文学、思想、学术诸领域均有建树。其“差不多说”与《尝试集》在《端午节》中登场是鲁迅的选择，这种选择取决于当时鲁迅的改造国民性思想与对《尝试集》删改过程的参与。在这两个问题上，鲁迅通过多面人方玄绰与胡适进行了深层的对话与互动。

关于《端午节》对胡适“差不多说”的挪用，彭明伟指出：“胡适藉差不多先生来批评中国人做事马虎、不精确的态度，但鲁迅赋予了‘差不多说’更深的意义。”[①]确实如此。但“更深的意义”是怎样的意义，须结合当时鲁迅的思想实际来分析。要言之，这种意义就是对国民性批判思想的深化。胡适的“差不多说”是批评中国人共有的行为方式、生活态度，而鲁迅在《端午节》中则赋予“差不多说”以具体的社会内容，将其转化为更有社会性、历史性的“异地则皆然”（或“古今人不相远”“性相近”）思想。在这种转换过程中，方玄绰带着胡适的“差不多”界说成为鲁迅的代言人。1919年，鲁迅在《人心很古》《“圣武”》《暴君的臣民》（均收入《热风》）等“随感录”中都论及“异地则皆然”的思想。《暴君的臣民》曰：“暴君治下的臣民，大抵比暴君更暴；暴君的暴政，时常还不能餍足暴君治下的臣民的欲望。”[②]方玄绰表达了类似的认识——所谓“现在社会上时髦的都通行骂官僚，而学生骂得尤利害。然而官僚并不是天生的特别种族，就是平民变就的。”鲁迅创作《端午节》一年半之后，1923年12月26日在讲演《娜拉走后怎样》中表达了类似的观点，曰：“被虐待的儿媳做了婆婆，仍然虐待儿媳；嫌恶学生的官吏，每是先前痛骂官吏的学生；现在压迫子女的，有时也是十年前的家

---

① 彭明伟：《爱罗先珂与鲁迅1922年的思想转变——兼论〈端午节〉及其他作品》，《鲁迅研究月刊》2008年第2期。

② 《鲁迅全集》第1卷第384页。

庭革命者。"[1]1925年3月在与徐炳昶的通信中依然说："大约国民如此，是决不会有好的政府的；好的政府，或者反而容易倒。也不会有好议员的；现在常有人骂议员，说他们收贿，无特操，趋炎附势，自私自利，但大多数的国民，岂非正是如此的么？"[2]《端午节》前四节中方玄绰阐述"异地则皆然"的言论有鲜明的杂文色彩，从小说艺术的角度看，这有碍于《端午节》美学风格的统一。鲁迅小说的杂文化（杂感化）倾向是鲁迅研究的课题之一，[3]《端午节》表明，这杂文化的成因之一是小说人物为作者代言（狂人、方玄绰以及《头发的故事》中的N皆然）。对于拥有小说圣手、杂文圣手两种身份的鲁迅来说，小说的杂文化与杂文的小说化都具有必然性。从积极的方面说，杂文的小说化正是鲁迅杂文成其为"文学"的要因之一。

《尝试集》在《端午节》中登场的背景是此前鲁迅参与删减《尝试集》。1920年3月《尝试集》初版发行，9月即再版。年底，胡适为了优化《尝试集》，开始删减其中自己不满意的作品，并分别征求任叔永、陈衡哲、鲁迅、周作人、俞平伯等人的意见。鲁迅1921年1月15日写给胡适的信，就是谈《尝试集》的删节问题。[4]鲁迅建议删除的共六篇，但其建议胡适并未全部接受。1922年10月《尝试集》出版增订四版，胡适在《尝试集·四版自序》中介绍了删诗过程。从鲁迅的信与胡适《尝试集·四版自序》来看，鲁迅的意见涉及诗歌的内容与形式两个层面。《尝试集》初版本中的《江上》一诗共四句，曰："雨脚渡江来，山头

---

① 《鲁迅全集》第1卷第169页。

② 《通讯》。收入《华盖集》。《鲁迅全集》第3卷第22—23页。

③ 参阅朱晓进《鲁迅小说中的杂感化倾向》,《鲁迅研究月刊》1993年第10期；甘智钢《论鲁迅小说中的杂文化倾向》,《中国文学研究》2007年第1期。

④ 相关问题可参阅陈平原《经典是如何形成的——周氏兄弟等为胡适删诗考》。《鲁迅研究月刊》2001年第4期、5期连载。

冲雾出。雨过雾亦收，江楼看落日。”鲁迅主张删除这一首，但未说明原因。按照笔者的理解，原因在于此诗形式上是传统的五言诗，而且不合韵律、意象陈旧、内容单薄。胡适说写此诗时“印象太深了，舍不得删去”。[①]鲁迅信中有一条意见是：“《周岁》可删；这也只是寿诗之类。”[②]这是从内容出发的，即反对“寿诗”的形式主义与套话。

“删诗”背景的存在，意味着鲁迅在《端午节》中写及《尝试集》是继续一年半之前与胡适的对话，表达对白话诗的认识。这是怎样的认识？孙伏园认为：“《尝试集》是中国第一本白话诗集，胡适之先生所作，那时出版不久。鲁迅先生所以对于《尝试集》三致意四致意者，我想是含有提倡的意思。一方面与上面所讲主人翁著白话诗稿只值三百大钱一本之事相呼应，以示方玄绰乃一爱念爱写白话诗之人。”这种解释充满善意，却未必符合鲁迅的本意。结合方玄绰的身份、处境、白话诗论来分析，毋宁说鲁迅在《端午节》中调侃了《尝试集》，将白话诗的价值相对化了。

小说非杂文，乃寓臧否于故事，因此，分析鲁迅的《尝试集》认识须回到《端午节》之中。《尝试集》在《端午节》中登场的情形意味深长。五月初四傍晚，方玄绰回到家中，因未领到薪水、未借到钱、无法还债而闷闷不乐。郁闷之中他灵机一动，让小厮去街上赊一瓶莲花白（酒）。“他知道店家希图明天多还账，大抵是不敢不赊的，假如不赊，则明天分文不还，正是他们应得的惩罚。”接下来的描写是：

---

① 《尝试集·四版自序》。《尝试集》第6页。“中国现代文学作品原本选印”，北京：人民文学出版社，1984年2月。

② 鲁迅书信《210115致胡适》。《鲁迅全集》第11卷第388页。

> 莲花白竟赊来了，他喝了两杯，青白色的脸上泛了红，吃完饭，又颇有些高兴了。他点上一枝大号哈德门香烟，从桌上抓起一本《尝试集》来，躺在床上就要看。

这位贫困、软弱、虚荣的方玄绰，在“卑屈”的生活状态下读《尝试集》,《尝试集》成为其消遣、解闷的工具。《尝试集》与莲花白、哈德门香烟一起登场，意味着白话诗与烟、酒发挥着近似的功能。1927年鲁迅在《革命时代的文学》中说：“文学文学，是最不中用的，没有力量的人讲的”。[①]而此前五年的《端午节》，已经通过方玄绰这个人物间接表达了相同的观点。如果像孙伏园那样做正面解释、说鲁迅这样写是提倡白话诗、认可《尝试集》的价值，那也是一种失意前提下的、无可奈何的价值。不仅如此，在上文所引与太太的对话中，方玄绰用金钱估量白话诗的价值——诗集空白多、字数少、稿费低，一本“只值三百大钱”。这样，写诗成为赚钱谋生的手段，而且这手段近于无效——“远水救不得近火”。白话诗与白话诗人，就这样被世俗化、庸俗化了。当然，这种调侃并非仅仅针对胡适与其《尝试集》。对于曾经写过白话诗的鲁迅来说，这种调侃也是一种自嘲。

从“差不多说”到《尝试集》，与胡适的对话、互动，丰富了方玄绰这一形象的文化内涵，同时使《端午节》与五四时期重大的思想课题、文学课题发生了深刻关联。

还应注意，鲁迅在《端午节》中就《尝试集》展开的潜对话，是与胡适的对话也是与钱玄同的对话。因为钱玄同曾经给《尝试集》写序。《〈尝试集〉序》写于1918年1月10日，发表于同年2月《新青年》杂志第4卷第2号，两年后出版的《尝试

① 此文收入《而已集》。引自《鲁迅全集》第3卷第436页。

集》收录了该序。钱玄同高度评价《尝试集》，因此《端午节》通过调侃《尝试集》与钱玄同建立了另一种关系。前文说过，钱玄同写序的新标点本《儒林外史》是鲁迅撰写《中国小说史略》中《清之讽刺小说》一章的参考资料，而钱玄同是受胡适之托为《儒林外史》新标点本写序。可见，在《端午节》中，无论是潜在的《儒林外史》还是显在的《尝试集》，都同时与鲁迅、胡适、钱玄同三者有关。《端午节》因此包含了丰富的对话关系。

结语　“呐喊”之后，“彷徨”之前

在中国四大传统节日中，与读书人直接相关的是端午节。端午节包含纪念屈原的内容，某种意义上是知识人展示节操与家国情怀的日子。鲁迅历来景仰屈原。1907年在日本写《人间之历史》《摩罗诗力说》等文，就将屈原纳入重大历史、文学问题的论述之中。[①]1920年秋开始讲授中国小说史，《中国小说史略》第二章《神话与传说》引证了屈原《天问》及王逸《楚辞章句》对《天问》的注解。1926年出版的小说集《彷徨》，目录之前印着屈原《离骚》中的两段：“朝发轫于苍梧兮，夕余至乎县圃；欲少留此灵琐兮，日忽忽其将暮。”“吾令羲和弭节兮，望崦嵫而勿迫；路漫漫其修远兮，吾将上下而求索。”《彷徨》无序文，就其体例、结构而言，对于《彷徨》来说，这两段相当于《呐喊》的“自序”。即，鲁迅在《彷徨》开头处借用《离骚》的诗句抒怀，请屈原做代言人。鲁迅如此景仰屈原，屈原应当进入了其端午节感觉。这样一来，他在端午节展示方玄绰的卑屈、平庸、软

① 相关问题参阅许寿裳《亡友鲁迅印象记》第二篇《屈原和鲁迅》。收入《挚友的怀念——许寿裳忆鲁迅》。

弱，就不仅是表示讽刺，而且是用端午节强化这讽刺。在《端午节》中，方玄绰阐述其“差不多说”的时候，“又常常喜欢拉上中国将来的命运之类的问题，一不小心，便连自己也以为是一个忧国的志士：人们是每苦于没有‘自知之明’的”。“忧国之士”一词出现在题为“端午节”的小说中并非偶然，将其替换为“屈原”十分恰当。从方玄绰的平庸生活与端午节崇高性的反差来看，《端午节》的讽刺不仅是表现手法层面的，而且是意义结构层面的。《端午节》确实内含着完整的“讽刺结构”——小说前四节中的方玄绰在大学讲台上阐述“差不多”思想，貌似愤世嫉俗，而在教室之外的现实生活中却经常展示自己的“差不多”。他向金永生通融五十元钱遭拒绝感到不快，而“去年年关”同乡向他借十元钱他也曾推托，虽然那时他口袋里有钱。他和商人金永生“差不多”。太太提议买彩票被他斥为“无教育的……”，而他本人当天下午在街上看到卖彩票的广告也动过心。他和“无教育”的家庭主妇“差不多”。在“差不多”之中，官员、大学教师与商人、家庭主妇的差异消失了。这种讽刺手法，亦即《儒林外史》的“无一贬词，而情伪毕露”。所幸，方玄绰本人意识到了这种“差不多”。

在很大程度上，方玄绰是鲁迅的自况，于是这种讽刺成了鲁迅的自我认识与自我反省。鲁迅1918年投射在《狂人日记》中的“自我”是启蒙者，而1922年投射在《端午节》中的“自我”是“卑屈”地活在世俗生活中的弱者。《端午节》中的这个“自我”是鲁迅同时也是胡适，甚至有钱玄同的影子，于是，一定程度上，方玄绰同时成为三位新文化运动元勋在五四落潮期的“变身”。这样，鲁迅通过《端午节》的创作、方玄绰形象的塑造，展开了对于新文化主体的再认识。方玄绰这种贫困、软弱、虚荣的凡人，不可能拥有五四时期鲁迅、胡适、钱玄同等人拥有的那种启蒙的能力与热情。1935年年初，鲁迅在《中国新文学大系·小说二集序》第三节写及落潮期的北京知识界，说："在北京这地方，——北京虽然是'五四运动'的策源地，但自从支持《新青年》和《新潮》的人们，风流云散以来，一九二〇至二二年这三年间，倒显着寂寞荒凉的古战场的情景。"[①]写《端午节》的鲁迅与《端午节》中的方玄绰，都身处这"寂寞荒凉的古战场"。早在1923年，茅盾就敏锐地指出："至于比较的隐藏的悲观，是在《端午节》里。'差不多说'就是作者所以始终悲观的根由。而且他对于'希望'的怀疑也更深了一层。"[②]

《端午节》被收入小说集《呐喊》，但它并非"呐喊"之作，而是叹息、呻吟之作。按照《呐喊·自序》的叙述，始于《狂人日记》的"呐喊"是止于1919年6月创作的《明天》。确实如此。不仅如此，写于1922年年底的《呐喊·自序》，亦须结合此前半年创作的《端午节》才能得到全面理解。二者共通之处颇多。《呐喊·自序》从幼年的贫困写起，并且确切地写到二十四年前去南京读书时母亲筹备的"八元的川资"，这种叙述应当是基于《端午节》表现的那种贫困体验。不仅如此，《呐喊·自序》开头写及的"质铺"的柜台与侮蔑，在后来的《记"发薪"》中又被表述为"明明有物品去抵押，当铺却用这样的势利脸和高柜台"。[③]《呐喊·自序》中钱玄同作为"金心异"出现，即"方玄绰"的再现。《呐喊·自序》写及弃医从文的转变时说"善于改变精神的是，我那时以为当然要推文艺"，这个"那时"是相对

---

① 《鲁迅全集》第6卷第253页。

② 雁冰（茅盾）《读〈呐喊〉》。原载1923年10月8日《时事新报》副刊《文学》第91期。引自《六十年来鲁迅研究论文选》（上），李宗英、张梦阳编，北京：中国社会科学出版社，1982年9月，第15页。

③ 《鲁迅全集》第3卷第368页。

于1922年的“现时”而言的。对于1922年端午节的方玄绰来说，作为新文学象征的白话诗廉价到不成其为谋生手段。《呐喊·自序》中的自我反省——所谓“看见自己了：就是我决不是一个振臂一呼应者云集的英雄”，早已通过方玄绰这一“卑屈”形象的塑造体现出来。

就这样，1918年开始“呐喊”的鲁迅，经过1922年《端午节》的叹息、呻吟，1926年陷于“彷徨”。所幸，这一过程并非悲剧性的，鲁迅在此过程中重建了价值观、重获了主体性。

2020年4月13日草就，20日改定

（原载《文学评论》2020年第6期）

1926年：鲁迅国民性话语的展开
——以“马上日记”为中心

一　引言：“日记”的可能性

这里所说的“马上日记”，是指鲁迅1926年7月上旬至8月中旬在《世界日报副刊》和《语丝》周刊上发表的十二篇“日记”。“日记”上的日期分别是6月25、26、28、29日，7月1日—8日。即6月下旬四篇，7月上旬八篇。这些“日记”本是因《世界日报副刊》编者刘半农约稿而写，在《世界日报副刊》上发表时题为“马上日记”。同时《语丝》周刊编者李小峰也向鲁迅约稿，于是鲁迅以“政党会设支部，银行会开支店”[①]为由，中途将几篇“日记”在《语丝》周刊发表，题为“马上支日记”。具体说来，12篇中的前三篇（6月25、26、28日）和后两篇（7月7、8日）是《马上日记》，当中七篇（6月29日、7月1—6日）是《马上支日记》。当年10月，鲁迅将这些“日记”编入杂文集《华盖集续编》，分其为三大篇，即我们现在从《鲁迅全集》中看到的《马上日记》（前三篇）、《马上支日记》（中七篇）、《马上

① 《马上支日记》小序。《鲁迅全集》第3卷第339页。这里的“支店”为日语借词，意思是“支行”。

日记之二》(后两篇)。要言之，这些“日记”的写作、发表过程曲折，题目不一致。为了便于论述，本文将三者统称为“马上日记”。用引号而不用书名号，是为了与前三篇“日记”的总题“《马上日记》”相区别。

“马上日记”名曰“日记”实为杂文，因此上文给“日记”二字加了引号。相应地，为了便于论述，下文把每篇日记的日期作为篇名使用。发表《马上日记》之前，鲁迅在7月5日《世界日报副刊》上发表了《马上日记豫序》(收入《华盖集续编》时改题为《豫序》)。该序即“马上日记”系列的开篇。鲁迅在该序中说：答应了刘半农的约稿之后，“想来想去，觉得感想倒偶尔也有一点的，平时接着一懒，便搁下，忘掉了。如果马上写出，恐怕倒也是杂感一类的东西。于是乎我就决计：一想到，就马上写下来，马上寄出去，算作我的画到簿”。[1]可见，所谓“马上日记”就是对自己感想的即时(马上)记录。在鲁迅的“文体探索史”上，“马上日记”的写作具有多重意义。结合八年前创作的《狂人日记》来看，写“马上日记”是在继续探索日记文体的可能性。小说可以写成日记体，杂文同样可以。在此意义上，《豫序》与十二篇“日记”的结构关系，《狂人日记》小序与小说正文的结构关系——这两种结构关系是相同的。鲁迅在通过二者之间的张力，表达、强化、丰富作品的主题。《豫序》也是鲁迅的“日记论”。鲁迅在该序中介绍了“日记的正宗嫡派”、自己日记的流水账写法、同乡李慈铭的“以日记为著述”，然后说明“马上日记”的构想。结合鲁迅从前的《随感录》《忽然想到》等杂文系列来看，“马上日记”这个题目本身则再次确认了杂文这种新兴文体的本质——即时性、现实性、针对性、个人性。“随

① 《马上日记·豫序》。《鲁迅全集》第3卷第326页。

感”“忽然想到”“马上”等词语表达的是短暂的时间状态，“感”与“想”都有特定的主体，相应地，“录”或“记”这种书写行为受到时间与主体的制约，会对文体形式提出要求。

包含《豫序》在内，“马上日记”的时间跨度为十四天（6月25日至7月8日）。尽管和从前的《随感录》《忽然想到》一样是系列杂文，但“马上日记”的写作时间集中，话题有连续性，因此整体性强。十二篇“日记”中最突出的问题，是中国人的国民性。鲁迅在《七月二日》《七月四日》两篇“日记”中，通过对日本学者安冈秀夫（1873—？）专著《从小说看来的支那民族性》的介绍、阐发或驳斥，正面论述了中国人的国民性。相关问题鲁学界早有、多有研究，但是，研究者忽视了鲁迅无意之中设置的“时间陷阱”，因此未能全面认识安冈秀夫，错过了对“马上日记”中的国民性问题做整体把握、进而重新认识1926年鲁迅国民性话语的机会。

二 “马上日记”中的国民性文本系列

在“马上日记”中，安冈秀夫《从小说看来的支那民族性》（下文简称《支那民族性》）最初出现于《马上支日记》第三篇《七月二日》。《七月二日》开头曰：“午后，在前门外买药后，绕到东单牌楼的东亚公司闲看。这虽然不过是带便贩卖一点日本书，可是关于研究中国的就已经很不少。因为或种限制，只买了一本安冈秀夫所作的《从小说看来的支那民族性》就走了，是薄薄的一本书，用大红深黄做装饰的，价一元二角。”[1]继而介绍

---

[1] 《鲁迅全集》第3卷第343—344页。本文出自“马上日记”系列的引文见《鲁迅全集》第3卷第325—364页。为避免烦琐，下文不再另注。

《支那民族性》的基本内容，就“体面”问题进行发挥。《七月四日》则是讨论《支那民族性》所述中国菜与“淫风炽盛”问题。这样，《支那民族性》引发的国民性问题从两篇“马上日记”中凸显出来。

但是，鲁迅实际购买《支那民族性》一书不是7月2日，而是6月26日。且看鲁迅6月26日的日记：

> 二十六日　晴。午后访品青并还书。访寿山，不值。往东亚公司买《猿の群から共和国まで》一本，《小説から見たる支那の民族性》一本，共泉三元八角。访小峰，未遇。访丛芜。下午得朋其信。得季野信。得李季谷信片。[①]

6月26日，鲁迅不仅买了《支那民族性》，而且买了另一本日文书《猿の群から共和国まで》(《从猿群到共和国》)。《从猿群到共和国》为丘浅次郎（1868—1944）所著，根据李冬木的研究，丘浅作为日本现代进化论思想家，曾经对鲁迅的进化论观念产生影响。[②]《支那民族性》的书名鲁迅日记多写了一个“る”。书名在日文原版中就不统一。该书为套盒精装，封套、封面、内封第二页为“小説から見た支那の民族性”，内封第一页和书后版权页为“小説から見た支那民族性”，前者比后者多了一个“の”，即前者为“支那の民族性”，后者为“支那民族性”。书名准确翻译当为“从小说看到的支那民族性”或“由小说所见支那民族性”。

一个日期不确，相关日期自然受连累。6月26日的事情被写

① 《鲁迅全集》第15卷第625页。

② 《鲁迅精神史探源：“进化”与“国民”》，李冬木著，台北：秀威资讯科技，2019年5月，第51—163页。

在《七月二日》中，《六月二十六日》中所述织芳送"方糖"（柿霜糖）的故事也不是发生在6月26日——查鲁迅日记可知，那是6月24日的事。可见，"马上日记"中有的日期不准确。造成这种情形的原因，就在于"日记"的杂感文性质。"感"不会随时都有，提炼"感"、将"感"形于辞章也未必是当日能够完成的。对于鲁迅来说，"马上日记"的日期并不重要，重要的是"感"与对"感"的表达。于是，他在《六月二十六日》中写6月24日的事情，在《七月二日》中写6月26日的事情。按照鲁迅在《豫序》中的说明，即使是其生活日记（非"马上日记"）中的时间，也"不很可靠"——所谓"一行满了，然而还有事，因为纸张也颇可惜，便将后来的事写入前一天的空白中"。不仅如此，鲁迅在《豫序》中还说："因为这是开首就准备给第三者看的，所以恐怕也未必很有真面目，至少，不利于己的事，现在总还要藏起来。愿读者先明白这一点。"结合"马上日记"的具体记述来看，此言不虚。"马上日记"中多次出现的许广平，就是被"藏"在"H""景宋"等名称后面的。写"马上日记"时鲁迅与许广平的关系已经很密切（两个月之后二人一同离京南下），但鲁迅在"日记"中欲言又止。逻辑上，有"藏"即有"显"。"马上日记"因此具有了"创作"的主观性与目的性。

鲁迅购买《支那民族性》是6月26日而非"七月二日"——研究者已经注意到这个事实，[①]但没有深究其意义。"6月26日"这个购书时间非常重要。结合这个时间考察"马上日记"，会发现：《七月二日》之前的五篇"日记"均写于6月26日之后，五篇中的《六月二十五日》《六月二十八日》《七月一日》三篇均包

---

① 黄乔生在《中国菜与性及与中国国民性之关系略识——从鲁迅〈马上支日记〉中的两段引文说起》一文中已经指出这一点。文载《鲁迅研究月刊》2009年第1期，收入《字里行间读鲁迅》，黄乔生著，北京：生活·读书·新知三联书店，2017年3月。

含着对国民劣根性的讽刺与批判。

据鲁迅日记，刘半农是在6月18日晚上登门约稿。鲁迅答应写稿，但当时并不知道写什么，而且他当时正在治胃病。“想来想去”之后决定写《马上日记》，6月25日撰写了《豫序》。《豫序》明言拟写的《马上日记》“现在还没有，想要写起来”，并说“如果写不出，或者不能写了，马上就收场”。26日鲁迅出门买书(《支那民族性》与《从猿群到共和国》)、访友，27日请医生为母亲治病,28日出门为自己取药并托李小峰将《豫序》寄给刘半农。结合这些情况来看,《马上日记》的第一篇《六月二十五日》是写于6月29日。本篇日记写到十天前生病，而许寿裳领做医生的侄儿登门为鲁迅治病正是6月19日。“日记”写于6月29日却署“六月二十五日”，显然是为了与《豫序》结尾处的“一九二六年六月二十五日，记于东壁下”衔接。第二篇“日记”记述6月24日的事情却署“六月二十六日”，同样是为了使“日记”具有连续性。

那么,《七月二日》之前的三篇“日记”是怎样表现国民性的?

先看《六月二十五日》。本篇第一段只有一个“晴”字——这样写显然是为了呈现日记的文体形式，第二段就写“生病”：

> 生病。——今天还写这个，仿佛有点多事似的。因为这是十天以前的事，现在倒已经可以算得好起来了。不过余波还没有完，所以也只好将这作为开宗明义章第一。谨案才子立言，总须大嚷三大苦难：一曰穷，二曰病，三曰社会迫害我。那结果，便是失掉了爱人；若用专门名词，则谓之失恋。

这里，病不仅是病，并且是文化与身份的符号——“生病”成为确认“才子”身份的一种形式。鲁迅并非自命“才子”，而是用这种嘲讽的方式引出自己的病与相关的治疗、买药问题。对于整个“马上日记”系列来说，“生病”具有结构性的意义。《六月二十八日》《七月二日》《七月八日》诸篇均写及治病或者买药。这篇《六月二十五日》用“生病”“开宗明义”之后，主要记录了三件事：梁启超请西医做肾切除手术，引起该用西医还是该用中医的争论；许寿裳领Dr.H.为我开药方、药房为我配药水；有人胡乱标点古文（抄录了四节）。三件事看似互无关联，但同样包含着对国民劣根性的批判，而且这种批判符合鲁迅一贯的国民性认识。现代医学（西医）曾经是鲁迅的专业，深刻地影响到鲁迅的文化观念。在这篇“日记”中，鲁迅从梁启超治病引起的中西医之争，得出了“西方的医学在中国还未萌芽，便已近于腐败”的结论。这种结论与鲁迅此前阐述的“染缸说”正相一致。一年多之前，1925年3月18日，鲁迅在致许广平信中说：“中国大约太老了，社会上事无大小，都恶劣不堪，像一只黑色的染缸，无论加进什么新东西去，都变成漆黑。”[①]药房配药时违反药与水的比例，则是鲁迅厌恶的“马马虎虎”（不认真）。鲁迅视之为“特别国情”，批评曰：“这是人的问题。做事不切实，便什么都可疑。吕端大事不胡涂，犹言小事不妨胡涂点，这自然很足以显示我们中国人的雅量，然而我的胃病却因此延长了。”古文标点者胡乱标点古文，正与药房的人胡乱配药相同。鲁迅对于懒惰、巧滑、马虎这种国民劣根性的批判，将随意配药、胡乱标点古书这两件事统一起来。众所周知，鲁迅终生批判“马马虎虎”这种国民劣根性。

《六月二十八日》重复了《六月二十五日》的文章模式——

① 《两地书·四》。《鲁迅全集》第11卷第20页。

记述的事项之间无直接关联，但同样在展示、讽刺国民劣根性。鲁迅在本篇中记述一天出门的见闻感受：上午出门买药，看到街上挂满五色国旗、军警林立，有车队驶过。买药时他自带了药瓶，药房伙计却装糊涂、企图多收五分瓶钱，导致他“下等脾气又发作了”。离开药房时伙计依然客气地打招呼：“回见。不喝水么？”他也“不喝了。回见”。写到这里，鲁迅议论道：“我们究竟是礼教之邦的国民，归根结蒂，还是礼让。”离开药店之后去访友，晚上回到家读报，方知上午看到的车队是吴佩孚进北京。报纸上说吴佩孚27日已到长辛店，之所以在那里住一宿等到28日入京，是因为幕僚张其锽算了一卦，“谓二十八日入京大利，必可平定西北。二十七日入京欠佳。吴颇以为然”。本篇“日记”展示的“礼让”与迷信，都是鲁迅眼中的国民劣根性。尤其是对于虚礼，同年年底，鲁迅在散文《范爱农》（11月18日作）中又进行了戏剧性的讽刺——一群中国人刚到日本，坐火车互让座位，“甲要乙坐在这位上，乙要丙去坐，揖让未终，火车已开，车身一摇，即刻跌倒了三四个”。[①]后来，“不喝水么/不喝了”成为鲁迅笔下“礼让”的符号。1935年所作历史小说《采薇》，开头就写及“礼让”。“伯夷是向来最讲礼让的”，因此，即使是坐在台阶上晒太阳的时候，亲弟弟叔齐来找他，他也“便在抬头之前，先站起身，把手一摆，意思是请兄弟在阶沿上坐下”。兄弟二人从养老堂逃往首阳山，途中遭华山大王小穷奇等五个强盗打劫，搜身时叔齐反应迟钝，小穷奇警告曰：“如果您老还要谦让，那可小人们只好恭行天搜，瞻仰一下您老的贵体了！”这里，老人的胆怯、迟钝被调侃为“谦让”（礼让）。兄弟二人太穷，强盗们一无所获，二人离去的时候，强盗们却垂首站在路边，同声问

① 《范爱农》。《鲁迅全集》第2卷第324页。

道："您走了？您不喝茶了么？"伯夷和叔齐也且走且答："不喝了，不喝了……"[①]《采薇》写于1935年，但构思是鲁迅写"马上日记"这一年即1926年的年底在厦门完成的。设计《采薇》中的这个分别场景时，鲁迅大概记起了《六月二十八日》中的相同场景。鲁迅否定的当然不是礼让，而是"虚礼"——贪小钱未果、打劫落空之后的"礼让"。

《六月二十九日》的主体部分是有关《水浒传》的三条资料考证，但开头意味深长。鲁迅在本篇开头写自己早晨被苍蝇在脸上爬来爬去爬醒，然后回忆起两年前的夏天路过S州时所见客店里的苍蝇、大街上安睡的孩子。曰："但我经过街上，看见一个孩子睡着，五六个蝇子在他脸上爬，他却睡得甜甜的，连皮肤也不牵动一下。在中国过活，这样的训练和涵养功夫是万不可少的。与其鼓吹什么'捕蝇'，倒不如练习这一种本领来得切实。"如果了解史密斯的中国人论并记得鲁迅与史密斯的关系，就能看到这段描写中的国民性印记。亚瑟·亨·史密斯在《中国人气质》第十一章《麻木不仁》中，把善于睡眠作为中国人"麻木"的表征之一。他写道："就睡眠而言，在前此已经说明的一些方面，中国人同样与西方人有所区别。一般说来，他可以在任何一个地方睡觉，那些可以把我们逼疯的干扰却丝毫不会打扰他们。""横卧在三辆手推车之上，像蜘蛛一样脑袋朝下，嘴巴大张，口里含着一只苍蝇——如果以在这样的环境下入睡的能力为标准，通过考试招募一支军队的话，那么在中国会轻易地募到数以百万计，哦不，数以千万计的人。"[②]读过《中国人气质》并且正在思考国民性问题的鲁迅，这样写自己的睡眠状态与苍蝇的

---

① 《采薇》。《鲁迅全集》第2卷第408、418、419页。

② 《中国人气质》，[美]亚瑟·亨·史密斯著，张梦阳、王丽娟译，兰州：敦煌文艺出版社，1995年9月，第66页，后文注释所引该书皆为此中文版。

关系，大概是与史密斯进行“潜对话”。国民劣根性批判者鲁迅，与那种符号性的“睡眠”无缘。无独有偶，在《七月四日》即讨论中国菜与“嗜笋”那篇“日记”的开头，鲁迅再次写到自己早晨被苍蝇爬醒。

在上述三篇“日记”的延长线上，《七月二日》《七月四日》两篇“日记”出现了。五篇“日记”构成了一个思考、展示、批判国民性的文本系列。国民性问题在前三篇“日记”中是潜在的——潜在于鲁迅讲述的日常生活、社会事件之中，在后两篇中是显在的——被鲁迅用“国民性”“民族性”等概念通过与安冈秀夫等人的对话正面讨论。

“马上日记”共十二篇，《七月四日》之前的占了八篇。从八篇“日记”各自所占篇幅来看，可以说这八篇的主题就是国民性。八篇“日记”中，直接展示国民性问题的《六月二十五日》《六月二十八日》《七月二日》《七月四日》四篇都很长，而前两篇之间的《六月二十六日》（无27日）很短，后两篇之间的《七月三日》同样很短。《六月二十六日》约五百字，鲁迅在本篇中用轻快的笔调介绍“方糖”（柿霜糖）的功效、讲述自己吃“方糖”的故事，近于“闲笔”。显然，本篇是《六月二十五日》与《六月二十八日》之间的过渡。《七月三日》约四百字，开头就说“热极，上半天玩，下半天睡觉”，然后就身材高、文章长、挂国旗发几句议论，“闲笔”色彩更浓，显然也是在《七月二日》和《七月四日》之间发挥过渡作用。这样看来，鲁迅是为了避免国民性主题过于集中，为了保持“日记”的文体形式，所以写了《六月二十六日》和《七月三日》这两篇“串场演出”式的短“日记”进行调节。

要言之，安冈秀夫《支那民族性》一书对于“马上日记”的影响并非始于《七月二日》，而是始于第一篇即《六月二十五日》。正因为如此，6月25日写《马上日记豫序》时尚不知道“记”什么的鲁迅，才会从第一篇“日记”开始就展示国民性，并且持续展示，最后在《七月二日》中用虚拟的方式“购买”六天前已经购买的《支那民族性》，将国民性问题推到前台。

回到最初写及《支那民族性》的《七月二日》。在本篇“日记”中，鲁迅接着本节开头引用的对购买《支那民族性》过程的交代，写道：

> 傍晚坐在灯下，就看看那本书，他所引用的小说有三十四种，但其中也有其实并非小说和分一部为几种的。蚊子来叮了好几口，虽然似乎不过一两个，但是坐不住了，点起蚊烟香来，这才总算渐渐太平下去。
>
> 安冈氏虽然很客气，在绪言上说，“这样的也不仅只支那人，便是在日本，怕也有难于漏网的。”但是，“一测那程度的高下和范围的广狭，则即使夸称为支那的民族性，也毫无应该顾忌的处所，”所以从支那人的我看来，的确不免汗流浃背。只要看目录就明白了：一，总说；二，过度值重于体面和仪容；三，安运命而肯罢休；四，能耐能忍；五，乏同情心多残忍性；六，个人主义和事大主义；七，过度的俭省和不正的贪财；八，泥虚礼而尚虚文；九，迷信深；十，耽享乐而淫风炽盛。

“傍晚坐在灯下，就看看那本书”，当然是6月26日即买书当天的事。第二节介绍的是《支那民族性》一书前四页的内容。原著第一至第二页为“本书引用书目”，第三页为《卷头附言》（即鲁迅所谓“绪言”），第四页为目录。目录实质上是对“支那民族性”的体系性表述。结合这个目录来看，鲁迅在《六月二十八日》中记述的自带药瓶买药、药房伙计企图多收五分钱、离店时互相“礼让”、吴佩孚算命进京等故事，几乎是“过度的俭省和不正的贪财”“泥虚礼”“迷信深”（目录七、八、九）等国民劣根性的寓言。《七月二日》在整体介绍《支那民族性》一书之后，着重讨论安冈所述第一种“支那民族性”（即“过度值重于体面和仪容”),《七月四日》则是讨论《支那民族性》最后一章所述“耽享乐而淫风炽盛”问题。可见，两篇正面讨论国民性的“马上日记”与《支那民族性》一书的对话是结构性的。

在《七月四日》结尾处，鲁迅说，“从小说来看支那民族性，也就是一个好题目”，这不仅意味着对于国民性的强调，同时意味着方法论的认同——就是将小说作为研究国民性的材料、媒介。从这个角度看“马上日记”，会看到同样的方法论运用。《六月二十五日》结尾处所列四条胡乱标点的古文，第四条即出自《水浒续集两种序》,《六月二十九日》的主体部分则是对《水浒传》相关资料的考释。此外，还应注意的是,《七月二日》《七月三日》两篇“日记”结尾处均讽刺性地写及“马厂誓师再造共和纪念”。“共和”作为词语，与“小说”“民族性”（国民性）一样，同样是6月26日鲁迅所购两本日文书《支那民族性》与《从猿群到共和国》书名中的关键词。也许，两本书都影响到了“马上日记”的写作。

三　对话结构的形成与对话

鲁迅是在特殊的个人背景上与《支那民族性》一书相遇的。这“特殊的个人背景”，即中国小说史研究的学术背景与国民性思考的思想背景。这种背景决定着鲁迅必然关注《支那民族性》并对话性地思考相关问题。从1920年8月开始，鲁迅在北京大学、北京高等师范学校讲授中国小说史，1923年12月、1924年6月先后出版了《中国小说史略》上、下册。始于留日初期的国民性思考，五四时期因为写小说、写杂文而进一步加强，1925年前后则是鲁迅更多思考国民性的时期。他在1925年3、4月间与许广平的通信中，数次谈及国民性，曰："此后最要紧的是改革国民性，否则，无论是专制，是共和，是什么什么，招牌虽换，货色照旧，全不行的。"[①]"中国国民性的堕落，我觉得并不是因为顾家，他们也未尝为'家'设想。最大的病根，是眼光不远，加以'卑怯'与'贪婪'，但这是历久养成的，一时不容易去掉。"[②]因为翻译厨川白村《出了象牙之塔》等书，日本的国民性问题也进入鲁迅的视野，促使他思考"中国的改革"。他在1925年12月3日所作《出了象牙之塔·后记》中说："历史是过去的陈迹，国民性可改造于将来，在改革者的眼里，以往和目前的东西是全等于无物的。"[③]1926年1月鲁迅在杂文《学界的三魂》中论述的国魂、匪魂、民魂等三种"魂"，同属国民性问题。小说史研究者鲁迅、国民性思考者鲁迅——这位鲁迅在东单牌楼的东亚公司看到日本人所著《从小说看来的支那民族性》的时候，必然是"眼睛一亮"的。所以，他买回家之后"傍晚坐在灯下"就开始阅读。

鲁迅一定会觉得这本书他买对了。对于他来说，《支那民族性》一书提供了系统性的、具有历史纵深感的中国国民性体系。所谓"系统性"，是指《支那民族性》概括的九种"支那民族性"——即该书目录中"总说"后面九章的章题。所谓"历史纵深感"，是指《支那民族性》唤起的鲁迅对于史密斯《中国人

---

① 《两地书·八》（1925年3月31日致许广平），《鲁迅全集》第11卷第32页。
② 《两地书·一〇》（1925年4月8日致许广平），《鲁迅全集》第11卷第40页。
③ 《鲁迅全集》第10卷第270页。

气质》一书的记忆。鲁迅在《七月二日》中介绍了安冈秀夫与其《支那民族性》之后，说："他似乎很相信Smith的《Chinese Characteristies》，常常引为典据。这书在他们，二十年前就有译本，叫作《支那人气质》；但是支那人的我们却不大有人留心它。"此语指明了《支那民族性》与《中国人气质》的关系，同时表达了鲁迅二十年前阅读《中国人气质》的事实。在此意义上，鲁迅读《支那民族性》也是读《中国人气质》。当鲁迅阅读《支那民族性》并开始相关思考的时候，史密斯、安冈秀夫、鲁迅三者的对话结构随即形成。

从观点到材料，安冈秀夫的《支那民族性》确实受到了史密斯《中国人气质》的影响。在《支那民族性》书前的"本书引用书目"中，三十四种中国小说（含非小说）的后面是三本英文著作："Middle Kingdom——Williams"（威廉士《中国》），"Chinese Characteristies——Smith"（史密斯《中国人气质》），"Chinese Thought——Carus"（卡鲁斯《中国思想》）。"三十四种小说＋三种英文著作"的并列方式，也呈现了《支那民族性》的基本构思：前者提供论据，后者提供观点。总体看来，安冈秀夫是选择、合并《中国人气质》一书所论二十六种"中国人气质"，补以威廉士《中国》等书中的个别观点，再加上自己的理解，归纳为九种"支那民族性"，以元明清小说为主要论据重新论证，写成了这本《支那民族性》。[①]关于《中国人气质》对安冈的影响，研究者已经统计出史密斯在《支那民族性》中出现的次数。[②]除

① 第三本英文著作与《从小说看来的支那民族性》一书的关系待考。该书当为Poul Carus（保罗·卡鲁斯）的*Chinese Thought: An Exposition of the Main Characteristic*（《中国思想：主要特征的阐释》），1907年出版。似无中文译本，亦未见日文译本。

② 见范伯群、泽谷敏行合著论文《鲁迅与斯密斯、安冈秀夫关于中国国民性的言论之比较》的第一节。《鲁迅研究月刊》1997年第4期。

了观点的借用，安冈的某些论据也是从《中国人气质》中拿来的。例如第四章《能耐能忍》从科举制度寻找中国人忍耐力强的根源，使用的高龄考生数据即出自《中国人气质》第三章《勤劳》。[①]用小说等文学作品研究国民气质这种方法，也是从《中国人气质》中借鉴的。史密斯在《中国人气质》"绪论"中说："在现阶段，我们和中国人的交往中，有三条了解中国社会生活的渠道——这就是研究他们的小说、民谣和戏剧。这些知识来源无疑有其价值，但是似乎还存在第四个，比前三者加起来还要珍贵，不过这个源泉不是对所有研究中国和中国人的作家都开放的。这就是在中国人自己的家里研究中国人的家庭生活。就像在农村比在城市更易于了解一个区域的地形图那样，在家庭中更易于了解人的气质。"[②]这里所谓的"渠道"实际上是两种，一是文学作品，二是现实生活。《中国人气质》是通过第二种"渠道"、立足于一个中国村庄写成的，但是，缺乏中国生活体验的研究者只有使用前一种"渠道"。安冈秀夫就是如此。他在《支那民族性》第一章《总说》中说："本书录入了小说概要，多有类似于引文的部分，书名也定为'由小说所见……'之类，这是因为笔者本人赞同欧洲人的见解，即在了解支那人的社会生活及其特性方面，考察该国的小说、歌谣、戏剧是最佳途径。所以甚至使用了平日作为一种爱好而阅读的小说、戏剧等等。"[③]这里所谓的"欧洲人的见解"显然是史密斯的见解。观点、材料、研究方法等多方面的影响，意味着安冈秀夫《支那民族性》是史密斯《中国人

---

① 《从小说看来的支那民族性》日文原版第53页，《中国人气质》中文版第12—13页。

② 前引《中国人气质》中文版第5页。

③ 《从小说看来的支那民族性》日文原版第5—6页。"欧洲人"为"美国人"之误。聚芳阁大正十五年（1926）年四月出版，初版本。本文出自该书的引文皆为引用者所译。

气质》的衍生物。

不过，《中国人气质》与《支那民族性》二者的差异也很大。前者的论述比较零散（二十六种），后者的归纳更有概括性（九种）；前者是基于实际中国生活经验的综合研究，后者主要用小说作为研究材料。更重要的差异，是二者对中国文化本质的认识不同，研究态度不同。史密斯在《中国人气质》第二十六章《多神论　泛神论　无神论》中从宗教文化角度认识“中国人气质”，强调儒教在中国文化中的主导地位，说：“在中国，儒教是基础，所有的中国人都是儒教徒，就如同所有的英国人都是撒克逊人一样，在此基础上究竟要加上多少佛家和道家的观点、术语和实践，则因情况而定。”“道教和佛教对中国人产生了很大的影响，但中国人既没有因此成为道教徒，也没有成为佛教徒，他们是儒家门徒，无论其信仰里又加点别的什么，或从其思想体系里取走点什么，他们始终都是儒家门徒。”[①]但是，安冈秀夫认为在中国文化中道教更具本质性。他在《支那民族性》第六章《个人主义和事大主义》中说：“前文已经提及，儒教在形式上装饰性地养成了中国人的道德规范观念，但必须看到，那仅仅是止于形式与装饰。概言之，自古以来，实际统治支那人心的伦理思想，乃自出现于汉代文献直至今日根深蒂固的道教。关于道教，打算在后面的《享乐》一章再做论述，这是一种特殊宗教，其内容，是在老庄的虚无主义、杨朱的利己主义中混合了名为巫术、阴阳道、神仙术的方术等等，又纳入了佛教的现世观部分。”[②]在研究态度方面，史密斯中立、客观，而安冈秀夫偏于批判、讽刺，更多阐述中国人的国民劣根性。这种态度，安冈本人在《卷头附言》中

① 《中国人气质》中文版第221、228页。

② 《从小说看来的支那民族性》日文版第95页。

已经做了说明。《卷头附言》很短，鲁迅摘译了其中的几句，现全译于此：

> 写毕本书，窃有所感者，乃对于支那民族性，短处之展示过多而长处之赞扬甚少，故对支那人怀有歉意。然如“观过知仁”一语所示，大约也有看似恶意罗列短处却因之暗示出其长处的情形。这样想来，便找到了些许理由，聊以自慰。
>
> 论述那种民族性之过程中，亦曾有回首看去不禁苦笑之事——唉？这也并非唯支那人如此吧，即便是在日本等地，大约也有很多无法漏网之同类。然而，一测那程度之高低和范围之广狭，则即使将其作为支那民族性而做特别宣扬，亦全无须顾忌之处。——这样改变了想法，继续写下去。[①]

关于鲁迅与史密斯《中国人气质》日译本的关系，李冬木在其专著《鲁迅精神史探源：“进化”与“国民”》中用五章进行了详细考察。鲁迅留日时期读过《中国人气质》，但他留日长达七年半，究竟是读于留日时期的何时？张梦阳认为：“鲁迅1902年在东京弘文学院学习期间就已细读了史密斯的《中国人气质》，当然是涩江保的日译本，而非英文原本。”[②]李冬木考察同书涩江保日译本的出版情况，结合鲁迅的日语学习过程，认为：“把鲁迅有系统地阅读并且参考《支那人气质》的时间，推测为1906年前后，也许更接近实际一些。”[③]这两种看法都有道理。鲁迅在弘文学院学日语时即与许寿裳讨论中国国民性，1906年3月又

---

① 《从小说看来的支那民族性》日文版书前。译文尽量靠近鲁迅译文的语言风格。“观过知仁”出自《论语》“里仁”篇的“观过斯知仁矣”一语。

② 《译后评析》。《中国人气质》第283—284页。

③ 《中国人精神史探源：“进化”与“国民”》第232页。

是为了改变国民精神而弃医从文、从仙台回东京，因此，他留日期间持续阅读《中国人气质》是合逻辑的。初到日本时日语能力有限，但日译本《支那人气质》的汉字书名已经足以吸引他，而且日译本中有大量汉字，留日中国人还有自己的“和文汉读法”。关于当时《中国人气质》在留日中国人中的影响及其与鲁迅的关系，《河南》杂志第五期上的一幅插图可以提供一些新的信息。该期杂志1908年6月出版，正文前有美术插页两幅。第一幅为苏曼殊水墨画《嵩山雪月》，第二幅为摄影《中国刑讯之肖像》。《中国刑讯之肖像》由三张照片构成，上为女子戴枷，中为升堂，下为行刑（众人围观砍头）。这三张照片本是《中国人气质》涩江保译本的插页，[①]照片的排列、剪裁形式，表明这是《河南》杂志从《中国人气质》日译本上复制过来的。由此可知《中国人气质》在当时的中国留学生界颇受关注。当时中国留日生普遍关心国家、国民、种族问题，关注名著《中国人气质》是必然的。限于《河南》杂志而言，该刊登载的社团、书刊广告中“国民”“国粹”“民气”等词时有所见，发表的文章中多有论述“种族”“种性”者。例证随手拈来。鸿飞《东西思想之差异暨其融和》曰：“人类竞争，原属自然。虽家庭之间，容或有不免之势，况以东西洋隔阂之情，种族差异之趣，欲无冲突，其可得乎？”[②]独应（周作人）《哀弦篇》曰：“种性者，人群造国之首基，万事之所由起，而在文章亦著。以思想感情之异，则艺文著作，自趋于不同。凡白种人，莫不各具其特质，不可相紊。”[③]此时鲁迅正在为《河南》杂志写稿，正是在刊载《中国刑讯之

① 据李冬木的考察。前引《鲁迅精神史探源：“进化”与“国民”》第185—193页。

② 《河南》第8期第47页。引用者标点。1908年12月3日出版。

③ 《河南》第9期第44页。引用者标点。1908年12月15日出版。

肖像》的第五期《河南》上，他发表了《科学史教篇》，周作人也发表了《论文章之意义暨其使命因及中国近来论文之失》。如果此时鲁迅已经读过《中国人气质》，那么这张照片会唤起他的阅读记忆，如果他尚未阅读（这种可能性较小），那么这张照片可能成为引导他阅读的契机。关于第三张行刑照片（围观砍头）与鲁迅仙台时期"俄探记忆"的关联，拙文《"文章为美术之一"——鲁迅早年的美术观与相关问题》[①]已略有所述。

话说回来，无论是留日初期，还是1906年或1908年，从写"马上日记"的1926年看来三者的时间差并不重要。鲁迅留日时期曾经阅读《中国人气质》并深受其影响——这一点没有疑问。

关于鲁迅国民性话语与史密斯《中国人气质》的一致性，张梦阳、李冬木、范伯群与泽谷敏行诸位均有论述。早在1983年，张梦阳发表长文《鲁迅与斯密斯的〈中国人气质〉》，就专节探讨"鲁迅从斯密斯的《中国人气质》一书中借鉴了哪些思想？"[②]但是，观点的一致是影响所致还是基于相同事实的相同看法，难于分辨。如范伯群、泽谷敏行所言："我们也不能将青年时代鲁迅的一些真知灼见，全部说成是斯密斯给予他的影响。那么这里可以用得上一句中国谚语了：'英雄所见略同'。"应当注意，鲁迅在1926年7月之前即写《七月二日》这篇"马上日记"之前，从未提及《中国人气质》。《中国人气质》是借助安冈秀夫的《支那民族性》在鲁迅话语中复活、凸显的。在此意义上，《中国人气质》对鲁迅的影响就是《支那民族性》对鲁迅的影响。而且，前者的影响只能用共通性来说明，后者的影响却可以用藏书、用实际发生的阅读与对话来证实。遗憾的是，因为鲁迅多次批评、讽

① 《文学评论》2015年第4期。收入拙著《鲁迅形影》，北京：生活·读书·新知三联书店，2015年12月。

② 《鲁迅研究资料》第11辑。天津：天津人民出版社，1983年1月。

刺安冈秀夫，安冈《支那民族性》与鲁迅国民性话语的共通性、对鲁迅的影响反倒被漠视了。

如前所引，鲁迅在《七月二日》中翻译了《支那民族性》一书的目录，即翻译了安冈秀夫归纳的“支那民族性”体系。鲁迅说“从支那人的我看来，的确不免汗流浃背”，表明他接受了安冈的认识。而其翻译行为本身，不仅意味着观点的认同，并且意味着观点的传播。鲁迅是希望中国读者通过译文了解安冈秀夫对“支那民族性”的认识，进而从这种认识中认识自我。鲁迅思考、批判中国国民性二十余年，但未曾有过系统的理论概括与表述，而在《七月二日》中，他通过翻译《支那民族性》一书的目录进行了这种概括与表述。在此意义上，安冈秀夫成了国民劣根性批判者鲁迅的代言人。

总体看来，鲁迅在思想观念、中国国民性认识方面，与安冈秀夫一致之处甚多。1918年8月鲁迅在致许寿裳信中说“中国根柢全在道教”，[①]这与前引安冈对中国伦理思想本质的认识一致。鲁迅深受进化论的影响，而进化论也是安冈秀夫的理论工具之一。《支那民族性》第三章《安运命而肯罢休》批评中国人的天命观，说：“在生存竞争激烈的人世间，必须努力开拓自己的命运之路——这种觉悟最重要。被极端的宿命观所操控是不行的。”第四章《能耐能忍》论及中国人的忍耐力，又引用史密斯的亦褒亦贬的观点——“假如果真存在着适者生存的原理，那么，大概唯有具备此种气质的支那人，才确实是人类社会中最适宜生存者，前程无量。”[②]限于中国国民性而言，安冈秀夫归纳的好面子、奴隶性、残忍性、事大主义、虚礼、迷信等等，大都是鲁迅

① 《180820致许寿裳》。《鲁迅全集》第11卷第365页。

② 《从小说看来的支那民族性》日文版第44、64页。

长期批判的。《支那民族性》第九章《迷信深》，列举的两个主要论据是风水与扶乩，[①]而早在1918、1919年，鲁迅在《随感录》三十三、五十三等杂文（均收入《热风》）中就基于科学立场抨击扶乩等迷信行为。直到晚年，鲁迅都在进行这种批判。1933年初所作杂文《电的利弊》讽刺中国人用火药做爆竹敬神、用罗盘针看风水[②]，1934年5月所作杂文《偶感》批判中国人的迷信，采取了中日比较的视角，曰："不料中国究竟自有其文明，与日本是两样的，科学不但并不足以补中国文化之不足，却更加证明了中国文化之高深。风水，是合于地理学的，门阀，是合于优生学的，炼丹，是合于化学的，放风筝，是合于卫生学的。'灵乩'的合于'科学'，亦不过其一而已。"[③]《支那民族性》的第五章《乏同情心多残忍性》、第六章《个人主义和事大主义》对中国人之残忍、事大主义（畏强凌弱）的批判，与鲁迅的同类批判相一致。1918年鲁迅在《狂人日记》中就提出了"吃人"说，1925年5月10日在杂文《忽然想到·七》中，直接批判中国人的残忍与卑怯，说："可惜中国人但对于羊显凶兽相，而对于凶兽则显羊相，所以即使显着凶兽相，也还是卑怯的国民。这样下去，一定要完结的。"[④]这多种一致性，证明着安冈观点的真实性。鲁迅介绍《支那民族性》的《七月二日》这篇"马上日记"在《语丝》周刊发表之后，已经与鲁迅"失和"的周作人也购读《支那民族性》，且撰文评论。[⑤]周作人斥责"支那通的那种轻薄卑劣的态度"，但并不否认安冈的观点，说："我承认他所说的都的确是中

① 《从小说看来的支那民族性》日文版第144、150页。

② 《电的利弊》，收入《伪自由书》。《鲁迅全集》第5卷第18页。

③ 《偶感》，收入《花边文学》。《鲁迅全集》第5卷第505页。

④ 《鲁迅全集》第3卷第64页。

⑤ 相关史实参阅黄乔生的梳理。前引论文《中国菜与性及与中国国民性之关系略识——从鲁迅〈马上支日记〉中的两段引文说起》。

国的劣点。”甚至主张：“安冈的这本书应该译出来，发给人手一编，请看看尊范是怎样的一副嘴脸，是不是只配做奴才？”[1]

共通性姑且不论，这里回到《七月二日》《七月四日》两篇“日记”，看看鲁迅与安冈秀夫的直接对话。

在《七月二日》中，鲁迅介绍了《支那民族性》一书的概要之后，围绕“体面”（面子）大发议论，用了五个自然段的篇幅。这是因为史密斯和安冈秀夫都把“体面”看作“支那人的重要的国民性所成的复合关键”。在鲁迅的议论中，“体面”是中国人的人生观、世界观问题——他引用了旧戏台上的对联“戏场小天地，天地大戏场”；“体面”影响到国际政治——外国人将“体面”研究用于对华外交，获得了利益并博得了中国人的好感；“体面”是中国某些国粹道德家、政治家的虚伪本质——鲁迅提出了“做戏的虚无党”“体面的虚无党”的概念。要言之，中国人日常生活、政治生活、思想文化中名与实、表与里的背离与错位，均被鲁迅尖锐揭露出来并纳入“体面”的范畴。参照史密斯《中国人气质》第一章《面子》与安冈秀夫《支那民族性》第二章《过度值重于体面和仪容》可知，鲁迅是综合了二人的相关论述，然后做进一步发挥。影响来自两个方面，但安冈秀夫的影响程度更大。“做戏的虚无党”之说与史密斯对于“面子”表演性质的揭示有关，而“体面”在文化、政治、国际关系等领域的普遍化，则是安冈秀夫的论述。安冈说：

> 要言之，可以说支那人乃生于体面、死于体面之国民。而且，其体面癖、面子癖会立刻转变为虚礼，转变为空言，

① 《我们的闲话（二十四）》。收入《谈虎集》时改题为《支那民族性》。《谈虎集》，周作人著，石家庄：河北教育出版社，2002年1月，第436页。

> 转变为卖弄才学，转变为虚张声势，转变为伪君子，转变为冒牌愤世嫉俗者。因而，该国社会中弥漫着一种无法忍受的腐败气息。关于这些问题，打算反复论述，尤其是面对由体面癖而生的支那政治家的对外态度，即使是吾国人，至今也已屡次中招。即，他们面对外国人提出的某种要求，即使十分明白最终必须允诺的道理，或者知道那是大势所趋，但只是专注于保持体面，没完没了地左推右挡，总也不肯说出"同意"二字。掌握了与支那人交涉诀窍的外国政治家，避免生硬地损伤支那人所看重的面子，表面上设计出好像是维持其体面的形式，实质上巧妙地达到关键性的目的。在公开的条约之外缔结密约，正是方法之一。①

显然，安冈这种论述与鲁迅的相关认识一致。范伯群与泽谷敏行在论述《七月二日》中鲁迅所谓外国人用"面子"对付中国人的时候，认为"鲁迅觉得斯密斯把这个'秘诀'揭穿了。他用自己的著作提醒了中国人。让中国人看穿外国人的'把戏'"。实际上"把这个'秘诀'揭穿"的是安冈秀夫而不是史密斯。鲁迅是在读了《支那民族性》之后而不是在读了《中国人气质》之后写《七月二日》这篇"马上日记"的。

概言之，《七月二日》这篇"马上日记"，是鲁迅通过介绍《支那民族性》，通过与史密斯、安冈秀夫对话完成的、点与面相结合的中国国民性论，其中包含着不同国家、不同时代学者的差异性视角。

《七月四日》依然是与安冈秀夫对话。话题来自《支那民族

---

① 《从小说看来的支那民族性》日文版第21—22页。这段话前引范伯群、泽谷敏行论文中有片段翻译，但有个别译错的词，分段亦与原文有异。

性》第十章《耽享乐而淫风炽盛》。安冈在本章中说中国人比日本人爱吃竹笋，“也许是因为那挺然翘然的姿势，引起想象来的罢”，鲁迅给予辛辣讽刺。这种讽刺常常被研究者作为鲁迅否定安冈中国国民性论的根据，但阅读相关文本会发现，问题十分复杂。在《耽享乐而淫风炽盛》一章中，安冈从饮食角度阐明“淫风炽盛”的论据共七条，鲁迅讽刺、调侃的仅仅是第四条即“嗜笋”。[①]安冈所谓“挺然翘然”并非严肃的学术判断，而是半开玩笑式的修辞性表述。这种语感从鲁迅的译文中也能体会。而且，鲁迅在《七月四日》中并非仅仅讽刺安冈，而是将威廉士的“好色国民说”与安冈秀夫的“嗜笋说”并而讽之。“这好色的国民”那段引文是安冈从威廉士《中国》（即“本书引用书目”中三本英文著作的第一种）中引用的。更为重要的是，鲁迅否定了安冈对“嗜笋”的解释，但并未否定其“淫风炽盛”的结论。相反，鲁迅在强调竹笋“虽‘挺然翘然’，和色欲的大小大概是没有什么关系的”之后，话锋一转，说：“然而洗刷了这一点，并不足证明中国人是正经的国民。要得结论，还很费周折罢。”“要证明中国人的不正经，倒在自以为正经地禁止男女同学，禁止模特儿这些事件上。”这意味着鲁迅认同安冈的“淫风炽盛”说，而且另找证据以“证明中国人的不正经”。其证据之一“禁止男女同学”，正与安冈秀夫的认识具有相同的逻辑。安冈认为中国的“七岁不同席”、男女夫妇之别只是表面现象，刻意的区分反而易于引发不道德事件。[②]

① 这七条已经由泽谷敏行翻译为中文。见其与范伯群合写的论文。泽谷的译文和鲁迅的译文一样，漏了关于“孟宗哭竹”的那一句。完整的翻译当为：笋与支那人之关系，亦恰与虾相同。彼国人之嗜笋，可谓在日本人之上（亦可结合“孟宗哭竹”的故事来思考）。虽然说起来可笑，也许是从那挺然翘然的姿势引起了想象吧。

② 《从小说看来的支那民族性》日文版第170页。

不仅如此，安冈的“饮食/国民性”思考方法也被鲁迅接受。对于安冈的“食物论”，鲁迅是认真对待的。他在《七月二日》结尾处写道：“夜，寄品青信，托他向孔德学校去代借《闾邱辨囿》。”此语何意？答案在《七月四日》开头——“品青的回信来了，说孔德学校没有《闾邱辨囿》。”“也还是因为那一本《从小说看来的支那民族性》。因为那里面讲到中国的肴馔，所以也就想查一查中国的肴馔。”原来他是要用《闾邱辨囿》来检证安冈秀夫的论述。书未借到，并不影响鲁迅理解食物与国民性的关系。鲁迅在《七月四日》中说：“我以为中国人的食物，应该去掉煮得烂熟，萎靡不振的；也去掉全生，或全活的。应该吃些虽然熟，然而还有些生的带着鲜血的肉类……。”这里，鲁迅描述的“食物”是刚健、充满生命力的国民性（非奴隶性）的符号。鲁迅描述“中国菜”时，还使用了朴素的阶级论视角，说：“近年尝听到本国人和外国人颂扬中国菜，说是怎样可口，怎样卫生，世界上第一，宇宙间第n。但我实在不知道怎样的是中国菜。我们有几处是嚼葱蒜和杂合面饼，有几处是用醋，辣椒，腌菜下饭；还有许多人是只能舔黑盐，还有许多人是连黑盐也没得舔。”这种视角正是安冈秀夫在《支那民族性》第七章《过度的俭省和不正的贪财》中使用的。该章前半部分从“支那料理”论述中国人的俭省，将“中流以上”的饮食与“下等社会”的饮食区分开来，指出中下等中国人的俭省超出了日本人的想象。[①]

在《七月四日》中讽刺“挺然翘然”说一年零三个月之后，1927年9月，鲁迅在《小杂感》中讽刺中国人的“不正经想象力”，说：

① 《从小说看来的支那民族性》日文版第103—108页。

> 一见短袖子，立刻想到白臂膊，立刻想到全裸体，立刻想到生殖器，立刻想到性交，立刻想到杂交，立刻想到私生子。
>
> 中国人的想像惟在这一层能够如此跃进。①

这比安冈秀夫的“挺然翘然”说有过之而无不及。

在《七月四日》结尾处，鲁迅说：

> 中国人总不肯研究自己。从小说来看支那民族性，也就是一个好题目。此外，则道士思想（不是道教，是方士）与历史上大事件的关系，在现今社会上的势力；孔教徒怎样使“圣道”变得和自己的无所不为相宜；战国游士说动人主的所谓“利”“害”是怎样的，和现今的政客有无不同；中国从古到今有多少文字狱；历来“流言”的制造散布法和效验等等……可以研究的新方面实在多。

这段话是对《七月二日》和《七月四日》两篇“日记”的总结，也是对五篇“马上日记”构成的国民性批判文本系列的总结。这是开放性的“总结”。在这里，国民性问题被拓展到更大的中国思想文化领域。早就指出“中国根柢全在道教”的鲁迅，在这里首先提出了“道士思想”问题。在此意义上，鲁迅理解的国民性实质是“道教国民性”。考察鲁迅后来的创作，能够看到，上面这段话提出的问题被具体表现在《采薇》《出关》《非攻》等小说中。这些小说的写作计划，正是鲁迅1926年秋天在厦门制订

① 《小杂感》。收入《而已集》。引自《鲁迅全集》第3卷第557页。

的。[①]《故事新编》中的多篇小说，都包含着鲁迅对国民性的新思考。这样，安冈秀夫的“从小说来看支那民族性”，被鲁迅转换成“用小说来表现中国国民性”。

四　鲁迅对《阿Q正传》的再阐释

“马上日记”和“随感录”“忽然想到”一样，严格说来不成其为文题。因为它们可以是无限量文章的标题。鲁迅在《豫序》中对“马上日记”写法的说明——“一想到，就马上写下来，马上寄出去”，赋予了“马上日记”以开放的结构和无限的辐射范围。此后，其一切“马上”记录下来的杂感均可名之曰“马上日记”，写上日期以示区别即可。与此同时，读者也获得了一种自由，就是可以把此后鲁迅那些有题目的杂文作为“马上日记”来阅读。实际上，限于1926年并且限于与“马上日记”国民性主题的关联而言，鲁迅当年年底（12月3日）在厦门写的《〈阿Q正传〉的成因》，就是一篇“马上日记”。阅读此文，才能全面理解鲁迅1926年的国民性话语。

在鲁迅这里，《阿Q正传》曾经两次诞生。第一次作为小说诞生，第二次作为国民性文本诞生。对于《阿Q正传》来说，鲁迅是创作者也是阐释者。在鲁迅的阐释过程中，《阿Q正传》的国民性文本性质及其与鲁迅国民性思想的关系进一步凸显出来。

《阿Q正传》1922年2月12日在《晨报副刊》上连载完毕，三年之后鲁迅第一次公开谈论这篇小说。因为有读者批评《阿Q正传》“写捉拿一个无聊的阿Q而用机关枪，是太远于事理”，1925年5月14日，鲁迅在《忽然想到·九》中举段祺瑞政府用

① 参阅《故事新编·序言》第五节。《鲁迅全集》第2卷第354页。

机关枪阻止学生请愿为例，说："先生！你想：这是十三年前的事呵。那时的事，我以为即使在《阿Q正传》中再给添上一混成旅和八尊过山炮，也不至于'言过其实'的罢。"[①]这次解释主要谈真实性，未涉国民性。鲁迅提出《阿Q正传》中的国民性问题，是在同月26日所作《阿Q正传·序》中——所谓"现代的我们国人的魂灵"或"沉默的国民的魂灵"。鲁迅在此序中谈及国民性，主要原因在于该序是为《阿Q正传》俄文译本而作，即鲁迅意识到了俄国读者与小说之间存在着国境线，阿Q会被作为中国人来认识。另一原因是当时鲁迅正在思考国民性问题（见前引致许广平信）。不过，"现代的我们国人的魂灵""沉默的国民的魂灵"等等与国民性有关却并非"国民性"，鲁迅的表述没有使用"国民性"的概念，而且其表述伴随着犹豫，包含着不确定性。鲁迅原话是："我虽然已经试做，但终于自己还不能很有把握，我是否真能够写出一个现代的我们国人的魂灵来。""要画出这样沉默的国民的魂灵来，在中国实在算一件难事，因为，已经说过，我们究竟还是未经革新的古国的人民，所以也还是各不相通，并且连自己的手也几乎不懂自己的足。"[②]鲁迅的犹豫、疑惑，呈现了其国民性思想与《阿Q正传》的复杂关系。首先，《阿Q正传》内部的国民性问题是复杂的。精神胜利、欺软怕硬、健忘麻木等国民劣根性在阿Q身上多有体现，但阿Q身上也有与国民劣根性对立的革命性——鲁迅说了："中国倘不革命，阿Q便不做，既然革命，就会做的。"[③]其次，鲁迅的国民性批判思想与《阿Q正传》并非等身大的关系，某些内容与《阿Q正传》有关，却并非直接体现在阿Q这个人物形象上，须通过《阿Q正

① 《鲁迅全集》第3卷第67页。
② 《俄文译本〈阿Q正传〉序及著者自叙传略》。《鲁迅全集》第7卷第83、84页。
③ 《〈阿Q正传〉的成因》。《鲁迅全集》第3卷第397页。

传》与鲁迅其他作品的关联，或者通过鲁迅的阐释，才能理解。小说结尾即第九章《大团圆》中的阿Q被枪毙就是如此。为何是枪毙而不是砍头？小说最后一节是这样的：

> 至于舆论，在未庄是无异议，自然都说阿Q坏，被枪毙便是他的坏的证据；不坏又何至于被枪毙呢？而城里的舆论却不佳，他们多半不满足，以为枪毙并无杀头这般好看；而且那是怎样的一个可笑的死囚呵，游了那么久的街，竟没有唱一句戏：他们白跟一趟了。[①]

这段叙述须结合鲁迅在《娜拉走后怎样》中对“看客”的批判来理解。鲁迅在《娜拉走后怎样》中说：

> 群众，——尤其是中国的，——永远是戏剧的看客。牺牲上场，如果显得慷慨，他们就看了悲壮剧；如果显得觳觫，他们就看了滑稽剧。北京的羊肉铺前常有几个人张着嘴看剥羊，仿佛颇愉快，人的牺牲能给与他们的益处，也不过如此。而况事后走不几步，他们并这一点愉快也就忘却了。
>
> 对于这样的群众没有法，只好使他们无戏可看倒是疗救，正无须乎震骇一时的牺牲，不如深沉的韧性的战斗。[②]

《娜拉走后怎样》写于《阿Q正传》完稿近两年之后，上面这段话是鲁迅无意中给《阿Q正传》结尾做的注释。他让阿Q被枪毙而不是被砍头，是为了让“看客”们“无戏可看”，向“看客”

① 《鲁迅全集》第1卷第552页。
② 《鲁迅全集》第1卷第170—171页。

复仇并疗救“看客”。这种复仇也间接地指向阿Q——从前他从城里回到未庄，说起看杀头是那么兴高采烈。就是说，鲁迅批判“看客”的意识决定着《阿Q正传》结尾的构思。不过，单独阅读《阿Q正传》看不到这种批判，须将《阿Q正传》置于鲁迅作品的体系中，与《娜拉走后怎样》等文章相结合才能看到。

《阿Q正传》确实是国民性批判文本，1925年鲁迅也开始将其作为这种文本来解释。而且，1926年6、7月间，鲁迅在“马上日记”中集中思考、讨论了国民性问题。在这个背景上，鲁迅1926年年底写《〈阿Q正传〉的成因》的时候，国民性应为题中之义。这一次，他由《阿Q正传》引申出了新的国民性问题——残忍性。

问题依然与《阿Q正传》的结尾有关。鲁迅在此文中介绍《阿Q正传》的创作、发表过程，最后解释阿Q的“大团圆”结局，说：“其实‘大团圆’倒不是‘随意’给他的；至于初写时可曾料到，那倒确乎也是一个疑问。我仿佛记得：没有料到。不过这也无法，谁能开首就料到人们的‘大团圆’？不但对于阿Q，连我自己将来的‘大团圆’，我就料不到究竟是怎样。”“但阿Q自然还可以有各种别样的结果，不过这不是我所知道的事。”文章到这里本来应该结束，事实上关于《阿Q正传》之成因的说明到这里也确实已经结束，然而，鲁迅笔锋一转，写道：

> 先前，我觉得我很有写得“太过”的地方，近来却不这样想了。中国现在的事，即使如实描写，在别国的人们，或将来的好中国的人们看来，也都会觉得grotesk。我常常假想一件事，自以为这是想得太奇怪了；但倘遇到相类的事实，却往往更奇怪。在这事实发生以前，以我的浅见寡识，

是万万想不到的。[①]

接着讲了两件事，均与死刑有关。第一件是两名行刑者用手枪近距离枪毙一个强盗，居然打了七枪。第二件是11月23日北京《世界日报》报道的刀铡杜小栓子、身首异处血流满地，鲁迅摘录了新闻报道中的一节。鲁迅从这两件事情中看到了残酷，也看到了中国的古老、难以改变。他摘录了《世界日报》的报道之后，说："许多读者一定以为是说着包龙图爷爷时代的事，在西历十一世纪，和我们相差将有九百年。"这两件事与《阿Q正传》有何关系？关系显然在于、也只能在于阿Q的死法。相形之下，鲁迅大概是觉得阿Q的死法太文明了，未能表现出国民劣根性中的残忍。如果鲁迅在1926年年底这个时间点上写《阿Q正传》的《大团圆》这一章，他也许会陷入两难境地——是让阿Q死得文明一些，让"看客"无戏可看？还是让阿Q死得野蛮一些，以呈现国人的残忍，同时却难以避免地满足了"看客"的围观欲？所谓"阿Q自然还可以有各种别样的结果"，理应包含着这种思考。《阿Q正传》已经发表数年且已被翻译为外文，鲁迅无法改写阿Q的死法以表现"残忍"，但他在《〈阿Q正传〉的成因》中回望"大团圆"，补叙了类似的残忍故事。《阿Q正传》成为他思考、阐述国民性问题的媒介。

那两件事用安冈秀夫《支那民族性》一书第五章的题目来表述，就是"乏同情心多残忍性"。1926年，鲁迅从"三一八惨案"中看到了残忍，从《支那民族性》一书中看到了"残忍性"，又在《〈阿Q正传〉的成因》中讲述了两个残忍的行刑故事。这种脉络存在于鲁迅持续思考国民性问题的思想背景上。

---

① 《鲁迅全集》第3卷第398—399页。grotesk，德语词，意思是古怪、荒诞。

余论　鲁迅对安冈秀夫的批评

“马上日记”的最后一篇是《七月八日》。鲁迅在《豫序》中已经声明“如果写不出，或者不能写了，马上就收场”，但此篇表明其“收场”是有构思的。此篇开头写补牙，牙病也是病，这就与第一篇“日记”《六月二十五日》将“生病”作为“开宗明义章第一”形成了呼应。此篇主要谈论两件事。一是密斯高来访，鲁迅拿出珍藏的河南特产“方糖”（柿霜糖）招待（这又呼应了《六月二十六日》记述的织芳送“方糖”），密斯高详述柿霜糖的来源和功效，鲁迅才想起她是河南人，于是发议论：“请河南人吃几片柿霜糖，正如请我喝一小杯黄酒一样，真可谓‘其愚不可及也’。”“茭白的心里有黑点的，我们那里称为灰茭，虽是乡下人也不愿意吃，北京却用在大酒席上。卷心白菜在北京论斤论车地卖，一到南边，便根上系着绳，倒挂在水果铺子的门前了，买时论两，或者半株，用处是放在阔气的火锅中，或者给鱼翅垫底。”这样，鲁迅从吃柿霜糖这件日常小事，引申出辩证法与相对论的问题。“日记”就第二件事（做学问）发表的讽刺性议论就是基于这种辩证法，曰：“凡物总是以希为贵。假如在欧美留学，毕业论文最好是讲李太白，杨朱，张三；研究萧伯讷，威尔士就不大妥当，何况但丁之类。”“待到回了中国，可就可以讲讲萧伯讷，威尔士，甚而至于莎士比亚了。”可见，“马上日记”系列是结束于方法论思考的。1957年3月，毛泽东在党的宣传工作会议上讲话时谈及鲁迅杂文，说：“鲁迅后期的杂文最深刻有力，并没有片面性，就是因为这时候他学会了辩证法。”[①]《七月八日》

① 《在中国共产党全国宣传工作会议上的讲话》（1957年3月12日），《毛泽东文集》第7卷，北京：人民出版社，1999年6月，第277页。

这篇“日记”，表明1926年的鲁迅已有自觉的辩证法意识。

写毕“马上日记”一个半月之后，1926年8月26日，鲁迅离开北京。离京之后辗转厦门、广州，定居上海，但他一直没有忘记“马上日记”与《支那民族性》。如前所述，1926年年底在厦门构思的多篇历史小说与《七月四日》的结尾直接相关。而《支那民族性》及其“嗜笋”说，他晚年数次提及，否定之、讽刺之。1933年10月写给陶亢德的信谈及《支那民族性》，说：“这种小册子，历来他们出得不少，大抵旋生旋灭，没有较永久的。其中虽然有几点还中肯，然而穿凿附会者多，阅之令人失笑。”“要之，日本方在发生新的‘支那通’，而尚无真‘通’者，至于攻击中国弱点，则至今为止，大概以斯密司之《中国人气质》为蓝本，此书在四十年前，他们已有译本，亦较日本人所作者为佳，似尚值得译给中国人一看（虽然错误亦多），但不知英文本尚在通行否耳。”[①]1935年3月鲁迅为内山完造《活中国的姿态》一书写序，又说：

> 明治时代的支那研究的结论，似乎大抵受着英国的什么人做的《支那人气质》的影响，但到近来，却也有了面目一新的结论了。一个旅行者走进了下野的有钱的大官的书斋，看见有许多很贵的砚石，便说中国是“文雅的国度”；一个观察者到上海来一下，买几种猥亵的书和图画，再去寻寻奇怪的观览物事，便说中国是“色情的国度”。连江苏和浙江方面，大吃竹笋的事，也算作色情心理的表现的一个证据。[②]

① 《331027致陶亢德》。《鲁迅全集》第12卷第468页。与《七月四日》中的相关表述相比，这里的“四十年前”不确，书名用“《中国人气质》”而不再用日译本的“《支那人气质》”，应当与当时“支那”已经成为蔑称有关。

② 《内山完造作〈活中国的姿态〉序》。《鲁迅全集》第6卷第275页。

“面目一新的结论”的第三种就是安冈秀夫的“嗜笋”说。鲁迅否定安冈秀夫，但基本认可并推荐史密斯的《中国人气质》。致陶亢德的信之后，去世前不久撰写的《“立此存照”（三）》（1936年10月5日发表）谈“辱华影片”，又说：“我至今还在希望有人翻出斯密斯的《支那人气质》来。看了这些，而自省，分析，明白那几点说的对，变革，挣扎，自做功夫，却不求别人的原谅和称赞，来证明究竟怎样的是中国人。”①

然而，如前文所论，在对于中国文化本质、对于包括“淫风炽盛”在内的中国国民劣根性的认识方面，鲁迅与《支那民族性》多有一致。那么，延续近十年的对于“嗜笋”说的讥讽究竟意味着什么？从致陶亢德信看来，鲁迅否定的不是安冈的“支那民族性”论述（承认其“有几点还中肯”），而是其“攻击”的态度与“穿凿附会”的论证方法。鲁迅本人对国民劣根性的揭露与批判，是以对中国、对中国人的爱为前提的，即“哀其不幸，怒其不争”，因此他无法接受安冈秀夫的帝国主义立场和“攻击”式研究姿态。安冈秀夫在论述面子、相信命运、残忍、事大主义等“支那民族性”的时候，均提及1925年中国产业工人反抗帝国主义侵略的“五卅”运动，称之为“大正十四年的骚乱”，表现出鲜明的殖民主义立场。从《故事新编》的构思与“马上日记”《七月四日》结尾的关系来看，鲁迅在《理水》《铸剑》《非攻》等作品中表现那种奉献、刚健、仁爱的民族精神，可以理解为对以国民性研究为手段的外来“攻击”的反攻。这也意味着晚年鲁迅在用正面、积极的眼光全面看待中国国民性，而不是像从前那样更多关注“劣根性”。关于日本“支那通”的研究方法，在致陶亢德信两年多之后，鲁迅在《且介亭杂文二集·后记》

---

① 《“立此存照”（三）》。《鲁迅全集》第6卷第649页。

（1936年元旦完稿）中又有涉及，曰："《活中国的姿态》的序文里，我在对于'支那通'加以讥刺，且说明日本人的喜欢结论，语意之间好像笑着他们的粗疏。然而这脾气是也有长处的，他们的急于寻求结论，是因为急于实行的缘故，我们不应该笑一笑就完。"[①]这里的"喜欢结论""粗疏"，均与"穿凿附会"类似，是方法论层面的问题。安冈秀夫的"嗜笋"说是这种论证方法的典型案例。"淫风炽盛"（"不正经"）属实，但"嗜笋"与此无关。用"嗜笋"证明"淫风炽盛"，即流于"穿凿附会""粗疏"。

鲁迅批评的"喜欢结论"及由此导致的"穿凿附会""粗疏"，正是安冈秀夫《支那民族性》作为学术著作的最大缺陷。早在"马上日记"的《七月四日》中，鲁迅已经谈到"结论"如何下的问题，即所谓"然而洗刷了这一点，并不足证明中国人是正经的国民。要得结论，还很费周折罢"。这样看来，最后一篇"马上日记"《七月八日》对于辩证法、相对论的思考，亦与鲁迅对《支那民族性》论证方法的否定有关。在《支那民族性》中，"喜欢结论""穿凿附会""粗疏"的问题时有所见。该书论述的第一种"支那民族性"是"过度值重于体面和仪容"，安冈举的第一个例子是子路的"结缨而死"——他称为"极端的例证"，但子路"结缨而死"主要是气节、身份使然——所谓"君子死，冠不免"，与"体面"有关但主要不是"体面"问题。安冈的解释有穿凿附会之嫌。鲁迅购买《支那民族性》一年前的1925年3月18日，在致许广平信中也谈及子路的"结缨而死"，解释为"迂"，说："掉了一顶帽子，又有何妨呢，却看得这么郑重，实在是上了仲尼先生的当了。仲尼先生自己'厄于陈蔡'，却并不饿死，真是滑得可观。子路先生倘若不信他的胡说，披头散发的

① 《且介亭杂文二集·后记》。《鲁迅全集》第6卷第465页。

战起来，也许不至于死的罢。但这种散发的战法，也就是属于我所谓‘壕堑战’的。”[①]所以，他从《支那民族性》中读到第一条“民族性”的第一个论据的时候，大概就有了“异和感”。晚年鲁迅依然是在“迂”的思路上理解子路的“结缨而死”。《在现代中国的孔夫子》（1935年4月作）写及子路，说：“和敌人战斗，被击断了冠缨，但真不愧为由呀，到这时候也还不忘记从夫子听来的教训，说道‘君子死，冠不免’，一面系着冠缨，一面被人砍成肉酱了。”[②]安冈在论述第三种“支那民族性”即“能耐能忍”的时候，作为第一个“极端的例证”列举的，是《西游记》中孙悟空被压在五行山下五百年最终被唐三藏救出的故事。[③]这也不符合孙悟空的性格特征与小说上下文。“能耐能忍”原文为“気が長くて辛抱強い事”，直译当为“慢性子、有忍耐力”。鲁迅译为“能耐能忍”，简洁传神。对于《支那民族性》来说，穿凿附会的问题是先天性的。严格说来，“民族性”是现代性的问题，而那些小说是特定作者在现代国民国家形成之前创作的。在这二者之间建立联系，是方法论的冒险。

《且介亭杂文二集·后记》的写作时间比《内山完造作〈活中国的姿态〉序》晚了约九个月。这篇“后记”中的“这脾气是也有长处的……我们不应该笑一笑就完”一语，表明鲁迅在将自己对安冈秀夫的批评相对化。实际上，十年之间数次提及安冈秀夫，已经表明了《支那民族性》一书给鲁迅留下的记忆之深。

2020年5月26日定稿

（原载《文艺研究》2021年第4期）

---

① 《两地书·四》。《鲁迅全集》第11卷第21页。

② 《鲁迅全集》第6卷第327页。

③ 《从小说看来的支那民族性》日文版第50页。

1933年：杂文的政治与修辞

——论《鲁迅杂感选集》及其周边

在中国现代思想史与文学史上，1933年因为《鲁迅杂感选集》的出版而占有重要位置。这一年7月，瞿秋白编选的《鲁迅杂感选集》在上海由青光书局出版。瞿秋白是早期共产党的核心人物之一，1931年1月在中共六届四中全会上遭受王明“左”倾机会主义的排挤、打击，离开共产党的权力中心，潜伏于上海从事文化工作。因生活处于隐蔽状态，姓名、身份、住所均不能公开，所以《鲁迅杂感选集》的编者姓名署“何凝”，编者所撰“序言”结尾处的写作地点亦假书为“北平”（实为上海）。具有重要政治地位和鲜明政治观念的共产党人瞿秋白，在异常生活状态下编选当时中国文坛最具影响力的新文学作家鲁迅的杂文集，此事本身就意味深长。《鲁迅杂感选集》的编辑、出版，是五四文学革命和二十世纪二十年代后期革命文学论争的结果，并且使鲁迅与瞿秋白合写杂文成为可能。鲁迅与瞿秋白的思想观念、美学意识，现代政治与现代文学的关系，现代杂文与杂文美学的形成，均可从《鲁迅杂感选集》及相关事实中得到有效解读。本文的解读主要从三个方面入手：一是《鲁迅杂感选集》的政治性；二是鲁迅与瞿秋白的合作杂文；三是鲁迅与瞿秋白对杂文文体的认识。

一　瞿秋白的“政治鲁迅”建构

瞿秋白编选《鲁迅杂感选集》是在1933年3月至4月上旬，当时他住在上海北四川路底施高塔路东照里的亭子间。鲁迅在1933年4月5日写给出版人李小峰的信中说：“我的《杂感选集》，选者还只送了一个目录来，须我自己拆出，抑他拆好送来，尚未知，且待数天罢。”可见此时杂文集的选目已经确定。一周后的4月13日，鲁迅在写给李小峰的信中说：“《杂感选集》已寄来，约有十四五万字。”[①]可见此时编选工作已经完成。1932年之前鲁迅共出版杂文集七册，按照出版时间的先后，依次是：《热风》（1925年11月）、《坟》（1926年3月）、《华盖集》（1926年6月）、《华盖集续编》（1927年5月）、《而已集》（1928年10月）、《三闲集》（1932年9月）、《二心集》（1932年10月）。《鲁迅杂感选集》就是瞿秋白从这七册杂文集中选出杂文七十五篇编辑而成的。不过，该书名之曰“鲁迅杂感选集”，却不能单纯地作为鲁迅的作品来阅读，因为其中有瞿秋白的介入，包含着瞿秋白的主体性。瞿秋白为阐述自己的鲁迅观撰写了一万六千余字的《鲁迅杂感选集·序言》，所选篇目也是基于其鲁迅观与政治文化立场。换言之，七十五篇杂文的作者是鲁迅，但《鲁迅杂感选集》的“作者”是瞿秋白。实质上，《鲁迅杂感选集》是由两部分内容构成的，一部分是瞿秋白的《序言》，另一部分是鲁迅杂文。因此，该书的思想蕴涵存在于两部分的对话关系之中。换言之，该书中存在着二重主体性——鲁迅的主体性与瞿秋白的主体性。书中的鲁迅并非自在的鲁迅，而是瞿秋白理解、选择、呈现的鲁迅。

瞿秋白编选《鲁迅杂感选集》，建构的主要是一个“政治

① 《鲁迅全集》第12卷第387页。

鲁迅”。

《鲁迅杂感选集·序言》(下文简称《序言》) 作为“鲁迅论”，开头就旗帜鲜明地强调文艺的政治性，指出：

> 象牙塔里的绅士总会假清高的笑骂：“政治家，政治家，你算得什么艺术家呢！你的艺术是有倾向的！”对于这种嘲笑，革命文学家只有一个回答：
>
> > “你想用什么来骂倒我呢？难道因为我要改造世界的那种热诚的巨大火焰，它在我的艺术里也燃烧着么？”(卢纳察尔斯基：高尔基作品选集序)
>
> 革命的作家总是公开地表示他们和社会斗争的联系；他们不但在自己的作品里表现一定的思想，而且时常用一个公民的资格出来对社会说话，为着自己的理想而战斗，暴露那些假清高的绅士艺术家的虚伪。高尔基在小说戏剧之外，写了很多的公开书信和“社会论文”(publicist article)，尤其在最近几年——社会的政治的斗争十分紧张的时期。[①]

瞿秋白在这里阐述的是一种政治文学观(或曰“革命文学观”)。他以高尔基为例并且引用卢那察尔斯基的话，可见其所受苏俄文学影响之大。这种苏俄色彩的政治文学观是瞿秋白鲁迅论的基点，基于此，他发现了鲁迅杂文历史性与现实性的双重政治价值，即《序言》所说，“现在选集鲁迅的杂感，不但因为这里有中国思想斗争史上的宝贵的成绩，而且也为着现实的战斗”[②]，进

---

① 《鲁迅杂感选集》第1页。上海青光书局1933年7月出版，上海文艺出版社1981年4月重印。着重号为原文所有。本文使用的《鲁迅杂感选集》皆为初版本，下文只注书名与页码。

② 《鲁迅杂感选集》第2页。着重号为原文所有。

而提出《序言》的核心问题——“鲁迅是谁？”

那么，“鲁迅是谁？”瞿秋白自问自答，通过细致的阐述，归纳出了那两段著名的鲁迅定义：

> 鲁迅是莱谟斯，是野兽的奶汁所喂养大的，是封建宗法社会的逆子，是绅士阶级的贰臣，而同时也是一些浪漫谛克的革命家的诤友！他从自己的道路回到了狼的怀抱。

> 鲁迅从进化论进到阶级论，从绅士阶级的逆子贰臣进到无产阶级和劳动群众的真正的友人，以至于战士，他是经历了辛亥革命以前直到现在的四分之一世纪的战斗，从痛苦的经验和深刻的观察之中，带着宝贵的革命传统到新的阵营里来的。[①]

这样，瞿秋白建构起自己的“政治鲁迅”。这种“政治鲁迅”的关键词是“阶级论”“战士”“革命传统”“新的阵营”等等。《序言》最后将鲁迅的革命传统归纳为四条——最清醒的现实主义、“韧”的战斗、反自由主义、反虚伪的精神，瞿秋白给每一条的每一个字都加了着重号。但是，更应注意的是，这四条是被置于“革命传统”与“集体主义”的大框架之下的。进行这种归纳之前，瞿秋白说：“历年的战斗和剧烈的转变给他许多经验和感觉，经过精炼和融化之后，流露在他的笔端。这些革命传统（revolutionary tradition）对于我们是非常之宝贵的，尤其是在集体主义的照耀之下。”[②]可见，“集体主义”是基本政治理念，相

① 《鲁迅杂感选集》第1、20页。着重号为原文所有。

② 《鲁迅杂感选集》第22页。着重号为原文所有。

继的四条不过是实现这种政治理念的意志或手段。

瞿秋白论述四条鲁迅传统的论据是鲁迅杂文，即其“政治鲁迅”是用鲁迅杂文建构起来的，因此，《鲁迅杂感选集》所选杂文亦多含战斗性与阶级性者。尤其是二十世纪二十年代后期革命文学论争之后的杂文，如《无花的蔷薇》《记念刘和珍君》《文学和出汗》《对于左翼作家联盟的意见》《“丧家的”“资本家的乏走狗”》《中国无产阶级革命文学和前驱的血》等等。个别缺乏政治正确性的杂文虽然入选，但瞿秋白做了批判性分析。例如《序言》中的这段话：“这些早期的革命作家，反映着封建宗法社会崩溃的过程，时常不是立刻就能够脱离个性主义——怀疑群众的倾向的；他们看得见群众——农民小私有者的群众的自私，盲目，迷信，自欺，甚至于驯服的奴隶性，可是，往往看不见这种群众的‘革命可能性’，看不见他们的笨拙的守旧的口号背后隐藏着革命的价值。鲁迅的一些杂感里面，往往有这一类的缺点，引起他对于革命失败的一时的失望和悲观。”[①]研究者已经指出，这种批评是针对《鲁迅杂感选集》所收《太平歌诀》的。[②]《太平歌诀》一文写于1928年4月10日[③]，不仅指出了民众与革命者的隔膜、民众“厚重的麻木”，而且批评“革命文学家”不敢、不愿正视这一事实。这篇杂文的主题与鲁迅短篇小说《药》的主题相近。但是，在瞿秋白看来，此文表现了鲁迅“个性主义——怀疑群众的倾向”和“对于革命失败的一时的失望和悲观”。这种批判性分析，显然是为了给将从《鲁迅杂感选集》中读到这篇杂文的读者打预防针。朱正认为《鲁迅杂感选集》未收鲁迅的《随

① 《鲁迅杂感选集》第18—19页。着重号为原文所有。

② 徐允明：《棘地荆天两代人——鲁迅和瞿秋白：隔膜与相知》，《瞿秋白研究文集》，陈铁健等编，北京：中共党史出版社，1987年12月第1版，第260页。

③ 发表于同月30日《语丝》第4卷第8期，收入《三闲集》。

感录·四十八》《战士和苍蝇》等文“未免有点可惜”，并且指出：“《三闲集》里的《“醉眼”中的朦胧》和《我的态度气量和年纪》，是当年革命文学论战中的重要文献。就因为文章所批评的成仿吾、钱杏邨都是瞿秋白的同志，这两篇瞿秋白就没有选入了。”[①]应当认为，瞿秋白的这种取舍同样是其基本的政治文化立场决定的。

《序言》作为“鲁迅论”，其方法论特征是历史化——将鲁迅思想作为一个历史过程来把握、呈现。《鲁迅杂感选集》所收杂文的编排方式直观地呈现了这一特征，七十五篇杂文是用编年的方式，按照写作时间的先后顺序排列（1918年至1932年），以展示五四之后十五年间的“中国思想斗争史”，同时展示鲁迅本人的思想发展史。前引两段“鲁迅定义”两次使用“进到”一词，以强调阶级论的、战士的、革命传统的鲁迅是“进到”的结果。瞿秋白的这种鲁迅论可以称为“进到论”，“进到论”作为方法论是更深刻意义上的历史化。这是因为，在价值判断层面，“进到论”包含着相对化、否定性评价——即“进到”之前的鲁迅被相对化甚至被否定。那个鲁迅相信进化论，虽为“绅士阶级的逆子贰臣”但尚未“进到”为无产者的友人或战士。在这个意义上，瞿秋白将《太平歌诀》这种缺乏政治正确性的杂文选入《鲁迅杂感选集》，大概是为了证明“进到”之前的鲁迅曾经有过的“个性主义——怀疑群众的倾向”等等。出于同样的原因，瞿秋白强调“新兴阶级的文艺思想”在推动鲁迅“进到”（思想转换）方面发挥的重要作用，肯定了创造社、太阳社的革命文学倡导。《序言》说：“新兴阶级的文艺思想，往往经过革命的小资产

---

① 朱正：《瞿秋白：“鲁迅是封建宗法社会的逆子”》，《北京青年报》2016年9月25日第11版（“星期学术”专版）。

阶级作家的转变，而开始形成起来，然后逐渐的动员劳动民众和工人之中的新的力量。集中新的队伍，克服过去的‘因袭的重担’，同时，扩大同路人的阵线。[中略]创造社的转变，太阳社的出现，只在这方面讲来，是有客观上的革命意义的。”进而指出：“鲁迅现在说：‘我有一件事要感谢创造社的，是他们‘挤’我看了几种科学的文艺论，明白了先前的文学史家们说了一大堆还是纠缠不清的问题……以救正我，——还因我而及于别人——的只信进化论的偏颇’。”[①]这样就把对于鲁迅思想来说具有决定意义的抛弃进化论归功于曾经与鲁迅论争的创造社了。1928年前后鲁迅曾经与创造社、太阳社论争，瞿秋白在这里表明了对那场论争的基本态度。决定这种态度的是其政治立场。

基于《序言》的主旨和方法论来看《鲁迅杂感选集》的篇章结构，能够发现，不仅编年体的形式是为了展示双重历史性与鲁迅的“进到”过程，对《二心集·序言》的处理方式之中同样存在着某种构思。《鲁迅杂感选集》所收七十五篇文章中有十篇选自《二心集》，这十篇中包括《二心集·序言》，且《二心集·序言》被置于《鲁迅杂感选集》的最后。鲁迅为自己的著作撰写的序、跋之类多有杂文性质，可以作为杂文来阅读、处理，《二心集·序言》亦然。就写作时间而言，这篇序言也应当排在最后。但是，将《二心集·序言》与瞿秋白的《序言》结合起来读，就会读出二者之间的深刻关联。《二心集·序言》写于1932年4月30日，谈到1930年“左联”成立之后的文坛状况，说：

> 而这时左翼作家拿着苏联的卢布之说，在所谓“大报”和小报上，一面又纷纷的宣传起来，新月社的批评家也从旁

---

① 《鲁迅杂感选集》第17—18页、第20页。

> 很卖了些力气。有些报纸，还拾了先前的创造社派的几个人的投稿于小报上的话，讥笑我为“投降”，有一种报则载起《文坛贰臣传》来，第一个就是我，——但后来好像并不再做下去了。

> 去年偶然看见了几篇梅林格（Franz Mehring）的论文，大意说，在坏了下去的旧社会里，倘有人怀一点不同的意见，有一点携贰的心思，是一定要大吃其苦的。而攻击陷害得最凶的，则是这人的同阶级的人物。他们以为这是最可恶的叛逆，比异阶级的奴隶造反还可恶，所以一定要除掉他。我才知道中外古今，无不如此，真是读书可以养气，竟没有先前那样“不满于现状”了，并且仿《三闲集》之例而变其意，拾来做了这一本书的名目。然而这并非在证明我是无产者。［中略］只是原先是憎恶这熟识的本阶级，毫不可惜它的溃灭，后来又由于事实的教训，以为惟新兴的无产者才有将来，却是的确的。①

在这里，鲁迅自认“叛逆”，表达了鲜明的政治态度。“贰臣”本是对手丢给他的恶名，但他欣然接受，并将“二心集”的命名作为自己“贰臣”的宣言行为。瞿秋白把握了鲁迅思想、立场的转变，并且拿过“贰臣”一词，反其意而用之，以表述鲁迅的本质。就是说，瞿秋白在《序言》中提出的重要界说“绅士阶级的逆子贰臣”，本来是鲁迅本人在《二心集·序言》中的自我定位。由此可见，在结构的意义上，瞿秋白是将《二心集·序言》作为《鲁迅杂感选集》的“跋”使用的。这个“跋”与瞿秋白本人的《序

① 《鲁迅全集》第4卷第194、195页。

言》遥相呼应，形成一个完整的结构，将那七十四篇杂文嵌入其中。七十四篇杂文历时性地展示鲁迅思想的发展过程，那个过程的终点就是《二心集·序言》这篇政治性、阶级性的“宣言”。“宣言”中的这种政治性、阶级性，正是瞿秋白在《序言》中阐述的。事实上，瞿秋白在《序言》中明确将《二心集·序言》看作鲁迅本人完成思想转变、立场转变的“宣言”。前引那段“进到论”之后，瞿秋白作为论据引用的，就是《二心集·序言》中的“原先是憎恶……新兴的无产者才有将来”这段话。[①]

瞿秋白的《序言》与七十五篇鲁迅杂文构成的《鲁迅杂感选集》，作为“政治文本”展示着“政治鲁迅”。不言而喻，“政治文本”与“政治鲁迅”之所以能够被建构起来，前提是鲁迅及其杂文本身具有政治性。但是，政治性并非鲁迅的全部，如果没有瞿秋白的主动选择与建构，这种形式的“政治文本”与“政治鲁迅”不会出现。而瞿秋白进行这种建构的决定性因素，是其政治家身份。他是基于特定的政治立场，用自己的眼光、自己的方式去发现、选择、把握、凸显鲁迅的政治性。“政治文本”与“政治鲁迅”都是瞿秋白本人的政治需要。在这个意义上，他编选《鲁迅杂感选集》是一种自我确认行为——通过编选鲁迅杂文确认自己作为革命家、共产党人的政治文化身份。在《鲁迅杂感选集》中，鲁迅的政治性与瞿秋白的政治性相重叠，成为二重政治性。这种二重政治性是《鲁迅杂感选集》二重主体性的基本内涵。

二 “非个人作者”的诞生

《鲁迅杂感选集》出版的1933年，瞿秋白执笔的杂文有十四

① 《鲁迅杂感选集》第20—21页。

篇是用鲁迅的“何家干”“洛文”等笔名在报刊上发表，其中的十二篇后来被收入鲁迅杂文集。人民文学出版社2005年版《鲁迅全集》的注释者对这十二篇杂文做说明，曰：“［前略］十二篇文章，都是1933年瞿秋白在上海时所作，其中有的是根据鲁迅的意见或与鲁迅交换意见后写成的。鲁迅对这些文章曾做过字句上的改动（个别篇改换了题目），并请人誊抄后，以自己使用的笔名寄给《申报·自由谈》等报刊发表，后来又分别将它们收入自己的杂文集。”[①]这里要强调的是：该史实意味着十二篇杂文作者的非个人性（集体性）——是瞿秋白也是鲁迅。在这些杂文的写作过程中，瞿秋白在“鲁迅化”、鲁迅在“瞿秋白化”，于是写作行为的个人性被超越，成为“集体主义”行为。

那么，这种非个人作者的诞生为何可能？这是怎样的作者？回答这些问题要回到十二篇杂文本身。为了便于论述，这里将十二篇杂文按照写作时间（每篇杂文后面都注明了）的先后顺序排列，并归纳每篇杂文的主题：

（1）《王道诗话》，3月5日作，讽刺“帮忙文人”胡适等人的“人权论”，揭露其为政府和王权张目的本质。

（2）《伸冤》，3月7日作，批判《李顿报告书》所谓的“国家意识”，揭露中国政府面对日本入侵消极抵抗，却做“外资”（外国资本家）的帮凶，压迫本国劳工。

（3）《曲的解放》，3月9日作，批判政府的“攘外必先安内”政策。

（4）《迎头经》，3月14日作，讽刺政府对日本入侵者的假抵抗、不抵抗政策和自欺欺人的丑态。

① 《鲁迅全集》第5卷第51—52页。关于14篇杂文的写作、修改、发表情况，可参阅《鲁迅和瞿秋白合作的杂文及其他》一书。丁景唐、王保林著，西安：陕西人民出版社，1986年10月。

（5）《出卖灵魂的秘诀》，3月22日作，批判胡适为日本人提供“征服中国的唯一方法”，认为胡适的行为是“出卖灵魂”。[①]

（6）《最艺术的国家》。3月30日作，借传统戏剧艺术中的男人扮女人，批判政府的表里不一、口是心非。

（7）《内外》。4月11日作，谈中国的各种内外之别，批判政府对内“攘”或“嚷”而“对外要安”（与日本入侵者妥协）。

（8）《透底》。4月11日作，揭露新政府的旧本质。

（9）《关于女人》，4月11日作，批判“正人君子”对于女性的无理责难，指出“奢侈和淫靡”的社会根源。

（10）《真假堂吉诃德》，4月11日作，批判政府消极抗日却装腔作势欺骗百姓。

（11）《大观园的人才》。4月24日作，讽刺政府（主要是汪精卫）面对日本入侵的虚伪表演。

（12）《中国文与中国人》，10月25日作，肯定五四新文化运动建立起来的白话文传统，讽刺中国“上流社会的话”脱离“中国的普通人”。

读这些杂文，首先要注意的是写作时间。十二篇杂文中的六篇写于3月，五篇写于4月，一篇写于10月。就是说，前十一篇写在瞿秋白编选《鲁迅杂感选集》、撰写《序言》的过程中。而且，这十一篇中的四篇是写在《序言》完稿三天后的同一天。《序言》是4月8日完稿，4月11日一天瞿秋白就写了《内外》《透底》《关于女人》《真假堂吉诃德》等四篇杂文。其次要注意的是杂文的内容。十二篇中的八篇（2、3、4、5、7、8、10、11）是批判、讽刺政府的对内高压、对外妥协，三篇（1、6、9）是批

① 此文对胡适相关言论的解释、批判不完全符合事实。胡适是用所谓“征服中国民族的心”否定日本对中国的武力入侵。

判胡适等“正人君子”的出卖灵魂、帮凶帮闲，每一篇都具有鲜明的阶级立场与政治批判性。而这种阶级立场与政治批判性，正是瞿秋白在《序言》中阐述的。这些杂文对于本国政府的批判与讽刺，表达了《序言》的阶级论立场，对于胡适等“正人君子”的批判，则是对于《序言》阐述的四项鲁迅精神（尤其是后两项即反自由主义与反虚伪）的实践。所以，对于瞿秋白来说，十二篇杂文的写作与其《鲁迅杂感选集》的编选、《序言》的写作，不仅是共时性的行为，而且是同质性的行为。

另一方面，这十二篇杂文与同一时期鲁迅的杂文同样保持着思想与艺术的深刻一致。《王道诗话》写于3月5日，就在同一天，鲁迅写了杂文《文学上的折扣》。这两篇杂文主题不同，但讨论问题时使用的“文学—社会（国家）”框架相同。四天后的3月9日瞿秋白撰写《曲的解放》，依然使用同样的框架。《最艺术的国家》开头那句“我们中国的最伟大最永久，而且最普遍的‘艺术’是男人扮女人”是借自鲁迅杂文《论照相之类》（《鲁迅杂感选集》收录了此文），整篇文章都是从《论照相之类》中引申出来的。鲁迅1933年4月10日写了两篇杂文——《〈杀错了人〉异议》与《中国人的生命圈》，前者揭露统治者用民众的鲜血将自己“浮上总统的宝位去”、批判反动政府，后者呈现“中国人的生命圈”的悲剧性——苟活于帝国主义的轰炸和本国政府的轰炸之间，次日即4月11日，瞿秋白写了《内外》与《透底》这两篇杂文，表达同样的主题。不仅如此，鲁迅4月29日所作杂文《文章与题目》进一步发挥了瞿秋白《内外》一文对反动政府的批判。而《文章与题目》一文“原题是《安内与攘外》”，[①]原题与《内外》一文的题目几乎相同。瞿秋白4月11日撰写的另两

① 《鲁迅全集》第5卷第129页。

篇杂文《关于女人》与《真假堂吉诃德》，署鲁迅的笔名“洛文”发表于6月15日《申报月刊》第二卷第六号。[①]因为是同时写作、同时发表、在社会批判这一点上完全一致，所以可以作为同一篇文章来阅读。前者批判“正人君子”对于女人的无理责难，指出“奢侈和淫靡只是一种社会崩溃腐化的现象，决不是原因”，后者则揭露政府的虚伪。必须注意的是，前者与鲁迅的一惯思想高度一致。1925年鲁迅在杂文《论睁了眼看》（此文被编入《鲁迅杂感选集》）中就讽刺歌咏烈女以掩盖“遭劫”事实的现象，1934年1月8日所作杂文《女人未必多说谎》（收入《花边文学》）也是批判社会对女性的偏见。《真假堂吉诃德》呈现的清醒的现实主义精神，正是《序言》阐述的鲁迅传统之一。十二篇杂文的最后一篇《中国文与中国人》对白话文的肯定、对文言文的讽刺，符合鲁迅一贯的阶级论语言观。要言之，从政治立场、思想观念到表现手法（表现手法的问题将在本文第三节详论），十二篇杂文都是“鲁迅式”的，处于同一时期鲁迅杂文的体系之中。因此，这些杂文中的九篇收入鲁迅杂文集《伪自由书》的时候，和鲁迅的三十多篇杂文编在一起，能够保持高度一致性、完整性。

相同的思想观念与政治立场是合写杂文的基础，于是，在写作过程中个人性的作者退出，阶级性、政治性的集体作者登场了。作者是谁已经不重要，重要的是表达阶级性的政治诉求。在这一点上，十二篇杂文的写作与瞿秋白的《序言》再次发生深刻关联——实践了《序言》褒扬的集体主义精神。对于鲁迅来说，修改这十二篇杂文并用自己的笔名发表，则成为“脱离个性主义”的话语实践。这十二篇合作杂文是用“何家干”“洛文”等笔名发表的，因此这几个笔名不应看作鲁迅个人的，而应看作鲁

① 二文均收入《南腔北调集》，上海：同文书店，1934年3月。

迅与瞿秋白共有的。当这些杂文被收入著者姓名署“鲁迅”的《伪自由书》《南腔北调集》等杂文集的时候，“鲁迅”这个名词也已经包含了瞿秋白，即具有了集体性。鲁迅通过这十二篇杂文重构了“自我”，将阶级观念、集体主义精神内在化于“自我”之中。本质上这也构成了对瞿秋白在《序言》中所下“鲁迅”定义的呼应。这种群体性、阶级性对于个人性的超越，正是二十世纪二十年代后期革命文学倡导以来左翼文学的普遍要求。例如，蒋光慈在《关于革命文学》一文中就说：“革命文学应当是反个人主义的文学，它的主人翁应当是群众，而不是个人；它的倾向应当是集体主义，而不是个人主义。”[①]丁玲1931年发表的中篇小说《水》典型地体现了这种创作倾向。

瞿秋白写杂文却用鲁迅的笔名发表，意味着他本人是将这些杂文作为鲁迅杂文来写的，意味着他在模仿鲁迅、将自我“鲁迅化”。否则，他完全可以用“何凝”之类的笔名发表这些杂文。事实上，此时他本人的杂文写作并未停止。[②]瞿秋白的“自我鲁迅化”非常成功，得到了鲁迅的认可。鲁迅不仅用自己的笔名发表了瞿秋白执笔的这些杂文，后来编《伪自由书》《南腔北调集》等杂文集的时候也将其收录了，而且没有在序言或后记中对合作情形做说明。不仅如此，在《伪自由书·后记》中，他甚至自认是《曲的解放》一文的作者。对于鲁迅来说，这种情形是罕见的。仅仅是在五四时期，他与弟弟周作人有过少量类似的合作。例如《热风》所收随感录第三十七、三十八、四十二、四十三，是由周作人撰写、鲁迅署名发表的。但那时

① 蒋光慈：《关于革命文学》，1928年2月《太阳月刊》第2期。

② 参阅《中国现代杂文史》第6章《左翼及其外围作家》的第1节《瞿秋白后期杂文》，王尔龄论文《论瞿秋白的杂文》。前者西北大学出版社1987年9月出版，后者收入前引《瞿秋白研究文集》，第246—251页。

他刚刚登上新文坛不久，合作对象也是自己的亲弟弟。而1933年的鲁迅已经取得巨大的创作成就，成为文坛盟主。这说明鲁迅本人同样把这十二篇杂文看作鲁迅杂文，证明着瞿秋白“自我鲁迅化”的成功。

瞿秋白的“自我鲁迅化”能够成功，不仅需要前述与鲁迅思想观念、阶级立场的一致，并且需要熟悉、掌握鲁迅杂文的修辞方式。从这里，能够看到他编选《鲁迅杂感选集》的另一重意义。对于杂文作者瞿秋白来说，编选《鲁迅杂感选集》并撰写《序言》的过程，是其理解并展示鲁迅思想本质的过程，也是其学习鲁迅杂文修辞手法的过程。事实上，《序言》的写作本身就大量借用了鲁迅杂文的修辞手法——尤其是比喻的手法。《序言》中苍蝇、蚊子、落水狗的比喻都来自鲁迅杂文，瞿秋白创造性地使用“狼”的比喻，简洁而又形象地呈现了鲁迅的民间性、叛逆性与战斗性。这些手法同样被用于十二篇杂文的写作。

三　杂文文体之于鲁迅、瞿秋白

对于鲁迅和瞿秋白来说，文体意义上的“杂文”为何物？这是他们明确意识到并且用理论阐述和创作实践两种形式进行回答的问题。

鲁迅对于“杂文”文体的理解是二元性的，有广义与狭义之分。其广义的“杂文”是指体裁具有边缘性、模糊性的文章，甚至是指多种体裁文章的混合。1925至1933年间他编选自己的杂文集时混用的多种概念，即呈现了这种广义性。《热风·题记》（1925年11月3日作）将杂文集《热风》所收文章称为“短评”，《写在〈坟〉后面》（1926年11月11日作）又将杂文集《坟》中所收论文、短评统称为“杂文”，曰：“人生多苦辛，而人们有时却极容易得到安慰，又何必惜一点笔墨，给多尝些孤独的悲哀呢？于是小说杂感之外，逐渐又有了长长短短的杂文十多篇。”[①]在这里，“杂文”是指小说、杂感之外的长短不一的文章，甚至与“杂感”不同。《二心集·序言》（1932年4月30日作）将书中所收文章称为“杂文”，而《南腔北调集·题记》（1933年12月31日作）则是“杂感”“杂文”“短评”并用，甚至将序跋纳入其中——所谓：“怪事随时袭来，我们也随时忘却，倘不重温这些杂感，连我自己做过短评的人，也毫不记得了”；“两年来所作的杂文，除登在《自由谈》上者外，几乎都在这里面；书的序跋，却只选了自以为还有几句可取的几篇。”[②]即使是在直接将“杂文”概念用之于书名的1935至1936年间，广义的“杂文”依然是鲁迅所谓“杂文”的重要一义。1935至1936年间，他编定了杂文集《且介亭杂文》《且介亭杂文二集》，并着手编选《且介亭杂文末编》（未完成），《且介亭杂文·序言》（作于1935年12月30日）对“杂文”做了这样的解释：

> 其实“杂文”也不是现在的新货色，是“古已有之”的，凡有文章，倘若分类，都有类可归，如果编年，那就只按作成的年月，不管文体，各种都夹在一处，于是成了“杂”。分类有益于揣摩文章，编年有利于明白时势，倘要知人论世，是非看编年的文集不可的，现在新作的古人年谱的流行，即证明着已经有许多人省悟了此中的消息。况且现在是多么切迫的时候，作者的任务，是在对于有害的事物，立刻给以反响或抗争，是感应的神经，是攻守的手足。[③]

① 《鲁迅全集》第1卷第298页。
② 《鲁迅全集》第4卷第428页。
③ 《鲁迅全集》第6卷第3页。

这里所谓的“杂文”是多种文体的“混杂”，实质上取消了“杂文”作为一种文体的规定性。

但是，在功能的层面上，鲁迅对“杂文”有清晰的表述，于是其“杂文”又有了狭义文体概念的性质。他在《徐懋庸作〈打杂集〉序》（1935年3月31日作）中称赞徐的杂文“和现在贴切，而且生动，泼刺，有益，而且也能移人情”。[①]这里存在着他对“杂文”的狭义理解。由这种理解可以发现上引《且介亭杂文·序言》中那段话的内在矛盾。“立刻给以反响或抗争”“感应的神经”“攻守的手足”这种功能，并非一切文体都能发挥。换言之，那段话中包含着广义“杂文”向狭义“杂文”的转换。二者的分界线就是“况且”一词。这种对于功能性（即时性、实践性）的追求，不仅决定着鲁迅对杂文文体的理解，而且使鲁迅没有拘泥于“杂文”的文体探究，直接开始了写作行动。在其写作实践中，“杂文”作为一种文体获得了完整性与主体性。

与鲁迅相比，瞿秋白的文体意识更为自觉。其《鲁迅杂感选集·序言》中即包含着杂文文体论的内容。他称“杂文”为“杂感”，《序言》开头部分在文体层面论述鲁迅杂文，指出：

> 鲁迅的杂感其实是一种“社会论文”——战斗的“阜利通”（feuilleton）。谁要是想一想这将近二十年的情形，他就可以懂得这种文体发生的原因。急遽的剧烈的社会斗争，使作家不能够从容的把他的思想和情感熔铸到创作里去，表现在具体的形象和典型里；同时，残酷的强暴的压力，又不容许作家的言论采取通常的形式。作家的幽默才能，就帮助他用艺术的形式来表现他的政治立场，他的深刻的对于社会的

① 《鲁迅全集》第6卷第301页。

> 观察，他的热烈的对于民众斗争的同情。不但这样，这里反映着五四以来中国的思想斗争的历史。杂感这种文体，将要因为鲁迅而变成文艺性的论文（阜利通——feuilleton）的代名词。自然，这不能够代替创作，然而它的特点是更直接的更迅速的反应社会上的日常事变。①

这里两次使用了“文体”的概念，并且从不同侧面对“杂文”进行定义——是新兴文体（出现于近二十年间），是“社会论文”，有政治立场，能迅速反映现实，具有战斗性，作家的幽默才能赋予其艺术形式，等等，并称之为“文艺性的论文”。瞿秋白使用的概念是“杂感”而不是“杂文”，应当有政治与文体两方面的原因。在他编选《鲁迅杂感选集》之前的数年间，鲁迅因写杂文而遭受讥讽。鲁迅在《三闲集·序言》（1932年4月24日作）中说：“看看近几年的出版界，创作和翻译，或大题目的长论文，是还不能说它寥落的，但短短的批评，纵意而谈，就是所谓‘杂感’者，却确乎很少见。我一时也说不出这所以然的原因。”“但粗粗一想，恐怕这‘杂感’两个字，就使志趣高超的作者厌恶，避之惟恐不远了。有些人们，每当意在奚落我的时候，就往往称我为‘杂感家’，以显出在高等文人的眼中的鄙视，便是一个证据。”②瞿秋白在这种情况下编选《鲁迅杂感选集》，有鲜明的指向性——肯定“杂感”的位置并发扬光大之。这是一种政治性、战斗性的姿态。所以，他在《序言》中用“蚊子和苍蝇”比喻那些鄙视鲁迅写杂感的人。另一方面，结合瞿秋白对杂文文体迅速反映现实这一功能的强调来看，“杂感”概念的使用可以理解为

① 《鲁迅杂感选集》第2页。着重号为原文所有。

② 《鲁迅全集》第4卷第3页。

对“感”的强调。这种“感”即即时性，即现代杂文诞生时的名称之一“随感录”中的“感”。

鲁迅与瞿秋白二人杂文文体观的一致之处一目了然。其一，都将“杂文”作为“文学”来认识，同时将其与“创作”相区别。如前所引，瞿秋白在《序言》中将“杂感”置于革命文学的范畴之中讨论，称之为“文艺性的论文”。鲁迅亦直言：“杂文这东西，我却恐怕要侵入高尚的文学楼台去的。”[①]“创作”的概念是鲁迅与瞿秋白给“杂文”下定义时的重要维度，是与“杂文”相对的差异性概念。在他们的论述中，“创作”是名词而非动词，是文体范畴。1932年年底，鲁迅从《野草》《呐喊》《彷徨》《故事新编》《朝花夕拾》等五本书中选取二十二篇作品，编成了《鲁迅自选集》。他在这本自选集的《序言》中说：“够得上勉强称为创作的，在我，至今就只有这五种”。[②]由此可见，他将小说、散文、散文诗划入“创作”的范畴，而将杂文置于“创作”之外。结合上述五部作品来看，“创作”与杂文的差异，一在于是否有非现实的虚构，二在于是否有距离感、超然的写作心态。鲁迅的“创作”范畴显然被瞿秋白接受了。前引《序言》中的那段话即两次使用“创作”这一概念。而且，《序言》在描述五四落潮期文坛状况的时候引用了《鲁迅自选集·序言》中“有的高升，有的退隐”那段话，表明瞿秋白确实读过《鲁迅自选集·序言》。其二，他们都认为“杂文”具有及时、迅速地反映现实生活的功能。鲁迅表述为“立刻给以反响或抗争……”，瞿秋白表述为“它的特点是更直接的更迅速的……”这也是他们将杂文与“创作”区别开来的原因之一。其三，他们都认为杂文是具有战斗性

① 《徐懋庸作〈打杂集〉序》。《鲁迅全集》第6卷第300页。

② 《鲁迅自选集》第4页。上海：天马书店，中华民国二十二年三月初版。

和批判性的文体。

问题是，既然“杂文”这种文体不同于“创作”，那么它如何成为“文学”？关于该问题，鲁迅鲜有具体论述，而瞿秋白在《序言》中则将鲁迅杂文作为“文艺性的论文”的范本，论述得清晰、充分。在瞿秋白的论述中，杂文的“文艺性”主要是基于“作家的幽默才能”、“艺术的形式”、典型化等三方面的因素而形成。前二者是他在《序言》中谈及文体的时候表述的，后者则是他在论述鲁迅杂文批判性的时候提出的——他说：“不但‘陈西滢’，就是‘章士钊（孤桐）’等类的姓名，在鲁迅的杂感里，简直可以当做普通名词读，就是认做社会上的某种典型。”[①]那么，何谓“幽默”？对此瞿秋白未做具体论述，但结合《序言》对鲁迅杂文的论述来看，其所谓“幽默”大概就是用机智的比喻取得揭露、批判、讽刺的效果。鲁迅在杂文中使用的苍蝇、蚊子、媚态的猫、落水狗、脖子上挂着小铃铎的山羊等比喻，都被瞿秋白引用。所谓“艺术的形式”，结合其杂文写作实践来看，当为杂文使用小说、诗歌或戏剧的表现形式。

在对杂文文体的理解方面，鲁迅与瞿秋白之间存在着对话关系。瞿秋白的“典型”说即被鲁迅接受。鲁迅在《伪自由书·前记》中介绍书中所收杂文，说：“然而我的坏处，是在论时事不留面子，砭锢弊常取类型，而后者尤与时宜不合。盖写类型者，于坏处，恰如病理学上的图，假如是疮疽，则这图便是一切某疮某疽的标本，或和某甲的疮有些相像，或和某乙的疽有点相同。而见者不察，以为所画的只是他某甲的疮，无端侮辱，于是就必欲制你画者的死命了。例如我先前的论叭儿狗，原也泛无

① 《鲁迅杂感选集》第12页。着重号为原文所有。

实指，都是自觉其有叭儿性的人们自来承认的。”[①]这篇“前记”写于1933年7月19日，而《鲁迅杂感选集》也是在1933年7月出版。这里的“类型”显然是瞿秋白所说的“典型”，即瞿秋白对鲁迅的评述转化为鲁迅的自我认知。将近两年之后，鲁迅的“讽刺”论依然打着这种“典型论”的印记。他在《什么是“讽刺”？——答文学社问》（1935年5月3日作）中说：“我想：一个作者，用了精炼的，或者简直有些夸张的笔墨——但自然也必须是艺术的地——写出或一群人的或一面的真实来，这被写的一群人，就称这作品为‘讽刺’。”[②]用精炼的笔墨写出“或一群人的或一面的真实”的过程，只能是典型化的过程。

不过，对待“幽默”，鲁迅与瞿秋白的态度有明显差异。鲁迅明言：“我不爱‘幽默’，并且以为这是只有爱开圆桌会议的国民才闹得出来的玩意儿，在中国，却连意译也办不到。”[③]他并非否定“幽默”本身，而是认为中国没有humour意义上的“幽默”。鲁迅发此言是在1933年8月23日，即《鲁迅杂感选集》出版一个月之后，因此客观上与瞿秋白《序言》中所说的“幽默”构成了对话。八个月之后，他在《小品文的生机》（1934年4月26日作）中依然认为中国有“滑稽”而无“幽默”。此文用戏剧中丑脚、黑头等角色做比喻，讽刺文坛乱象，说：“单是黑头涎脸扮丑脚，丑脚挺胸学黑头，戏场上只见白鼻子的和黑脸孔的丑脚多起来，也就滑天下之大稽。然而，滑稽而已，并非幽默。或人曰：‘中国无幽默。’这正是一个注脚。”[④]这里的“或人”当为鲁迅本人。瞿秋白所谓的“幽默”，大概类似于鲁

---

① 《鲁迅全集》第5卷第4页。

② 《鲁迅全集》第6卷第340页。

③ 《“论语一年”——借此又谈萧伯纳》。《鲁迅全集》第4卷第582页。

④ 《鲁迅全集》第5卷第487页。

迅的“讽刺”或“冷嘲”。

瞿秋白在《序言》中阐述的、鲁迅杂文体现的“杂文”文体特征，在前述十二篇合作杂文中鲜明地呈现出来。如前所述，《王道诗话》《曲的解放》《最艺术的国家》《中国文与中国人》诸文都使用了“文学（文艺）—国家社会”的论述模式。每一篇都篇幅短小、语言精炼，有匕首、投枪的风格。具体到修辞层面，则主要使用了两种手法。

其一是直接采用文学作品的形式。《王道诗话》讽刺胡适的粉饰太平、为反动政府张目、自欺欺人，最后是以四首打油诗（每首四句）作结。第一首曰：“文化班头博士衔，人权抛却说王权，朝廷自古多屠戮，此理今凭实验传。”既讽刺了“胡博士”的博士头衔，又讽刺了胡适从美国导师杜威那里输入的实验主义。第四首曰：“能言鹦鹉毒于蛇，滴水微功漫自夸，好向侯门卖廉耻，五千一掷未为奢。”[①]这是讽刺胡适到长沙讲演拿了湖南省政府主席何键赠送的高额酬金（实为四百而非五千）。《曲的解放》则采用戏曲形式，编了一出杂剧《平津会》，用生、旦、丑三个角色讽刺政府的消极抗日、“攘外期间安内忙”。《迎头经》同样讽刺政府的消极抗日，最后用《诗经》的赋（“赋、比、兴”的“赋”）的手法写了四句诗：“‘惶惶’大军，迎头而奔，‘嗤嗤’小民，勿向后跟！”这里模仿了《诗经·卫风·氓》的句式。此类诗歌、戏剧形式，显然就是瞿秋白在《序言》中所说的“艺术的形式”。在这些杂文中，瞿秋白就是“用艺术的形式来表现他的政治立场”。

其二是创造性的比喻。这种比喻将揭露、批判、讽刺等多种功能有效地寓于直观的形象之中。以《最艺术的国家》一文

① 这两首诗皆引自《鲁迅全集》第5卷第51页。

为例，文章开头就是那句名言："我们中国的最伟大最永久，而且最普遍的'艺术'是男人扮女人。这艺术的可贵，是在于两面光，或谓之'中庸'——男人看见'扮女人'，女人看见'男人扮'。表面上是中性，骨子里当然还是男的。"[1]这里对于"艺术"的表述简洁而又形象，但这种"艺术"立刻被转换成"喻体"——多种虚伪社会现实的"喻体"，获得了尖锐的批判效果，尖锐的批判因这种精彩的比喻、机智的转换而具有了文学之美。《大观园的人才》一文亦然。这篇杂文是从大观园的压轴戏刘姥姥骂山门写起，将大观园转换成国民党政府的比喻、将刘姥姥转换成政府官员的比喻之后，批判的锋芒不仅指向政府的虚假宣传，而且指向对日本侵略的不抵抗政策，曰："你想想：现在的压轴戏是要似战似和，又战又和，不降不守，亦降亦守！这是多么难做的戏。"[2]

与小说、诗歌、戏剧等文艺体裁相比，杂文更直接、更迅速、更深刻地介入了现代中国的历史过程，与报纸、杂志等现代媒体的关系也更为密切。在此意义上，杂文是中国新文学史上最具现代性的文体。这种文体在新文学领域建立了新的美学范畴——且称之为"犀利之美"。对于鲁迅而言，在文学领域对杂文的注重，与其在美术领域对木刻的注重具有同构性。在美学层面上，杂文的"犀利之美"即木刻的"黑白锐利之美"。[3]杂文是文学领域的"木刻"，木刻则是美术领域的"杂文"。鲁迅晚年大量撰写杂文的时代，也正是他积极倡导现代木刻的时代，这种共

---

① 《鲁迅全集》第5卷91页。

② 《鲁迅全集》第5卷第125—126页。

③ 关于鲁迅木刻观中的"黑白锐利之美"，参阅拙文《"文章为美术之一"——鲁迅早年的美术观与相关问题》的论述。拙著《鲁迅形影》第83—111页。北京：生活·读书·新知三联书店，2015年12月。

时性并非偶然形成，而是取决于杂文与木刻在功能、美学方面的一致性。瞿秋白对于中国现代杂文的最大贡献，则在于通过鲁迅杂文阐述、确认了杂文的现代性，并且通过与鲁迅合写杂文参与政治文化生活，实体性地展示了杂文的修辞手法与美学形态。

回到那个原初性的问题——何谓杂文？关于这个问题，新文学研究界似乎至今没有“标准答案”。但是，对于鲁迅、瞿秋白来说答案十分明确。《鲁迅杂感选集》和那十二篇杂文是经典性的现代杂文范本，清晰地展示着“杂文”概念的内涵与外延。

结语 “武器”与“艺术”的统一

在身份层面，瞿秋白对鲁迅的认同是政治家对文学家的认同。在此基础上他发现了鲁迅杂文的价值。面对鲁迅作品他不是选择《呐喊》《野草》等“创作”而是选择杂文，是因为杂文本身的政治性、现实性与实践性，其政治立场决定了这种选择。如果选择“创作”，则难以像选择杂文这样有效地展现“中国思想斗争史上的宝贵的成绩”，甚至有可能展现鲁迅“非政治”的一面——如《野草》表现的心灵隐秘。在鲁迅研究史上，《鲁迅杂感选集》的出版是划时代的。后来毛泽东的鲁迅论是在瞿秋白《序言》的脉络上进行的，继承了瞿秋白的鲁迅论逻辑，更加强调鲁迅的政治价值与革命价值。[①]

对于1933年的鲁迅来说，《鲁迅杂感选集》的出版以及十二篇合作杂文的发表意义重大。在此前的革命文学论争中，鲁迅受到后期创造社和太阳社的批判，甚至被视为“资本主义以前的

① 相关问题可参阅田刚在《毛泽东与鲁迅：“文艺与政治的歧途”》一文中的论述。《文史哲》2012年第2期。

一个封建余孽”“二重性的反革命的人物”“不得志的Fascist（法西斯蒂）”[①]，随后又因写杂文而被自由主义阵营否定了“文学家”的地位。在鲁迅遭受双重否定的状态下，瞿秋白作为共产党要人、作为文艺理论家，阐述了鲁迅的政治正确性和杂文的价值，同时否定了两个阵营对鲁迅的否定。《鲁迅杂感选集》的出版对鲁迅晚年的文学活动产生了巨大影响。与瞿秋白合写多篇杂文是在1933年3、4月间，7月（即《鲁迅杂感选集》出版当月）中旬，他就把当年1—5月的杂文（含与瞿秋白合作杂文九篇）编成了杂文集《伪自由书》（当年10月出版）。1934年3月，又把1933年6—11月的杂文（含与瞿秋白合作杂文一篇）编成杂文集《准风月谈》（1934年12月出版）。就是说，在1933年这一年，鲁迅出版了《鲁迅杂感选集》，并撰写了收入《伪自由书》《准风月谈》两册杂文集中的杂文，这三册杂文集均与瞿秋白直接相关。1934年、1935年鲁迅对于小品文、讽刺、幽默等问题的大量讨论，同样是在杂文的范畴之内进行的。

《鲁迅杂感选集》的出版甚至促使鲁迅重构文学观。鲁迅留日时期在仙台弃医从文是为了用文学改变国民精神，其文学观从一开始就有自觉的社会功利性，其文学本是工具性的。这工具性与文学的艺术性持续冲突，最后导致“文学无用论”的出现。1927年4月8日，鲁迅在讲演中说：“文学文学，是最不中用的，没有力量的人讲的；有实力的人并不开口，就杀人，被压迫的人讲几句话，写几个字，就要被杀；即使幸而不被杀，但天天呐喊，叫苦，鸣不平，而有实力的人仍然压迫，虐待，杀戮，没有方法对付他们，这文学于人们又有什么益处呢？”“一首诗吓不

① 杜荃：《文艺战线上的封建余孽——批评鲁迅的〈我的态度气量和年纪〉》。1928年8月10日《创造月刊》第2卷第1期。

走孙传芳，一炮就把孙传芳轰走了。自然也有人以为文学于革命是有伟力的，但我个人总觉得怀疑，文学总是一种余裕的产物，可以表示一民族的文化，倒是真的。”[①]即使是在承认存在着“革命文学”（民众文学、第四阶级文学）的情况下，他依然将文艺的社会功能相对化。1928年年初，鲁迅讽刺李初梨主张的“由艺术的武器到武器的艺术”，实质是在坚持文学艺术的主体性与独立性。鲁迅说：“这艺术的武器，实在不过是不得已，是从无抵抗的幻影脱出，坠入纸战斗的新梦里去了。但革命的艺术家，也只能以此维持自己的勇气，他只能这样。倘他牺牲了他的艺术，去使理论成为事实，就要怕不成其为革命的艺术家。”“现在创造派的革命文学家和无产阶级作家虽然不得已而玩着‘艺术的武器’，而有着‘武器的艺术’的非革命武学家也玩起这玩意儿来了，有几种笑迷迷的期刊便是这。”[②]在1928年4月4日写给冬芬（董秋芳）的信中，鲁迅说得更明白：“我是不相信文艺的旋乾转坤的力量的，但倘有人要在别方面应用他，我以为也可以。譬如‘宣传’就是。”“但我以为一切文艺固是宣传，而一切宣传却并非全是文艺，这正如一切花皆有色（我将白也算作色），而凡颜色未必都是花一样。革命之所以于口号，标语，布告，电报，教科书……之外，要用文艺者，就因为它是文艺。”[③]这里对于“艺术”“文艺”的强调，必然会削弱文学的“武器”（工具）效能。但是，这种“武器”（工具性）与“艺术”（文学性）的矛盾同样是鲁迅本人长期面对的。所以，1933年《鲁迅杂感选集》出版前后，他（以及瞿秋白）才强调“创作”与杂文的差异。这种

---

① 《革命时代的文学——四月八日在黄埔军官学校讲》。《鲁迅全集》第3卷第436、442页。

② 《“醉眼”中的朦胧》。《鲁迅全集》第4卷第65、66页。

③ 《文艺与革命》。《鲁迅全集》第4卷第84、85页。

差异是不同文学体裁社会功能的差异。那么，对于以文学为职业参与社会生活的人来说，“武器”与“艺术”如何有效地统一？换言之，如何既有效地干预社会生活又保持“文学”的状态？正是在“武器”与“艺术”的交叉点上，杂文的特殊价值凸显出来。当具有投枪、匕首功能的杂文被界定为“文学”的时候，文学干预社会的功能得到了最大限度的发挥，文学的功利性与艺术性达到了最大限度的统一。在此意义上，成为杂文作者，是怀有强烈社会责任感的文学家鲁迅的最佳生存方式。强调杂文是文学而又将“杂文”作为“创作”的差异性概念，体现了鲁迅重构“文学”概念的冲动。正是在《鲁迅杂感选集》出版一年之后的1934年8月，鲁迅撰写《门外文谈》，重新建构“文学”，阐述了以大众启蒙为宗旨的政治性、阶级性文学观。在此文的第十节，他写道：“首先是说提倡大众语文的，乃是‘文艺的政治宣传员如宋阳之流’，本意在于造反。”[①]这里的宋阳即瞿秋白。鲁迅在重构文学观的《门外文谈》一文中提及瞿秋白绝非偶然。

众所周知，鲁迅曾抄录清人何瓦琴的一副对联送给瞿秋白——“人生得一知己足矣，斯世当以同怀视之”。这副对联表达的认同感是多层面的、深刻的，其丰富内涵只有结合《鲁迅杂感选集》及相关事实才能深入理解。鲁迅赠送这副对联大概是在1933年2月。那正是瞿秋白研读鲁迅杂文、开始编选《鲁迅杂感选集》的时候。

2018年2月12日草就，4月28日改定

（原载《文艺研究》2018年第9期）

① 《鲁迅全集》第6卷第101页。着重号为原文所有。

浮世绘之于鲁迅

在鲁迅的文艺生涯中，美术活动所占比重甚大，而鲁迅的美术活动一直与“美术日本”关系密切。这里所谓的“美术日本”包含着多方面的内容。鲁迅1906年在仙台“弃医从文”，是因为从日本的“战争美术”作品（取材于日俄战争的幻灯片）中受到刺激。鲁迅1913年发表的文章《儗播布美术意见书》，使用的“美术”概念来自日语。鲁迅晚年在上海倡导的木刻运动，则包含着更为丰富的“美术日本”元素。1931年8月他组织“木刻讲习会”，是请内山完造的弟弟、来自东京的成城学园小学部美术教师内山嘉吉为中国的青年木刻家讲授木刻技法，并亲自担任翻译。这一时期，日本是鲁迅了解西方美术的窗口。他翻译的《近代美术史潮论》（1927至1928年翻译）是介绍欧洲近代美术的著作，而著者板垣鹰穗为日本学者。他编选的《新俄画选》（1930年5月出版）收木刻作品十三幅，其中五幅是取自日本俄国文艺研究者昇曙梦（1878—1958）所编《新俄美术大观》（见鲁迅《〈新俄画选〉小引》）。不仅如此，“美术日本”甚至成为鲁迅认识欧洲版画的视角。例如，鲁迅在《〈近代木刻选集（2）〉附记》中介绍德国画家奥力克的时候，说“奥力克（Emil Orlik）是最早将日本的木刻方法传到德国去的人”，[1]指出了日本木刻技法对德国木刻的影响。《〈比亚兹莱画选〉小引》(1929年4月20日作)也论及英国画家比亚兹莱所受日本的影响，曰：“日本的艺术，尤其是英泉的作品，助成他脱离在《The Rape of the Lock》底Eisen和Saint-Aubin所显示给他的影响。”“日本底凝冻的实在性变为西方的热情底焦灼的影像表现在黑白底锐利而清楚的影和曲线中，暗示即在彩虹的东方也未曾梦想到的色调。”[2]

可见，如果没有诸种“美术日本”元素的参与，鲁迅的美术活动几乎无法进行。既然如此，鲁迅与浮世绘是怎样的关系？探讨这一问题，对于认识鲁迅的美术活动是重要的，对于认识浮世绘同样是重要的。浮世绘是日本古典化、经典化的美术品，鲁迅晚年曾大量搜购。而且，鲁迅谈比亚兹莱所受日本艺术影响时提及的英泉（溪斋英泉，1790—1848），即为江户后期的浮世绘大师。

一　鲁迅的浮世绘收藏与相关言论

关于鲁迅购买、收藏浮世绘的情况，江小蕙1988年在长文《从鲁迅藏书看鲁迅——鲁迅与日本浮世绘》[3]中已经进行了详细论述。这篇开拓性的论文为后人研究鲁迅与浮世绘的关系打下了良好基础。据此文统计，1926年至1936年，十年间鲁迅购买浮世绘书籍十七种三十三册、单页浮世绘二十幅，囊括了日本浮世绘大师的代表作品，另藏有日本友人所赠浮世绘十二幅。

1934、1935年间，鲁迅在私人通信中两次谈论浮世绘。第

① 《鲁迅全集》第7卷第354页。
② 《鲁迅全集》第7卷第357页。
③ 《鲁迅研究动态》1988年第3、4期连载。

一次是在1934年1月27日写给日本歌人山本初枝（1898—1966）的信中，曰：

> 关于日本的浮世绘师，我年轻时喜欢北斋，现在则是广重，其次是歌麿的人物。写乐曾备受德国人赞赏，我试图理解他、读了两三本书，但最终还是未能理解。不过，适合中国一般人眼光的，我认为还是北斋，很久以前就想多用些插图予以介绍，但目前读书界的这种状况首先就不行。贵友所藏浮世绘请勿寄下。我也有数十张复制品，但随着年龄的增加越来越忙，现在连拿出来看看的机会也几乎没有。况且，中国还没有欣赏浮世绘的人，我自己的这些浮世绘将来交给谁，现在正在担心。

鲁迅此信是用日语书写，人民文学出版社《鲁迅全集》旧版（1981年）、新版（2005年）的中文译文均有偏差。[①]旧版的问题一是谈及北斋的那几句话不应该用句号断句，二是最后的“担心”（原文为“心配”）不应译为“不知”。新版译文未修正旧版译文的断句问题、修正了“不知”，但又把旧版译文中的“其次是歌麿的人物”错改为“其次是歌麿”。鲁迅原信明明是“其次には歌麿の人物です”（其次是歌麿的人物）。“歌麿”与“歌麿（浮世绘中）的人物”并不是一回事。所以，这里根据鲁迅日文原信调整了译文。

写此信一年之后，鲁迅在1935年2月4日写给青年木刻家李桦的信中又谈及浮世绘，说：“一个艺术家，只要表现他所经验

① 鲁迅信与中文译文见《鲁迅全集》旧版第13卷第557—559页，新版第14卷第280—282页。

的就好了，当然，书斋外面是应该走出去的，倘不在什么旋涡中，那么，只表现些所见的平常的社会状态也好。日本的浮世绘，何尝有什么大题目，但它的艺术价值却在。”①

鲁迅在给山本初枝的信中为何谈论浮世绘？这与鲁迅请山本在东京代购版画杂志有关。鲁迅在1934年1月11日写给山本的信（早于上面引用的信十六天）中说：“有一件颇麻烦的事相托。我自前年开始订阅版画杂志《白与黑》，因是限定版，又订迟了，缺一至十一期，又二十期、三十二期，共十三册。倘贵友中有常到旧书店走动的，烦他代为留意购买。”②鲁迅在信中还将“白与黑社”的地址写给山本。未见山本给鲁迅的回信，但事实显然是：山本请书店的朋友搜购《白与黑》杂志，朋友因此知道鲁迅对版画感兴趣，要把自己收藏的浮世绘寄赠给鲁迅，所以鲁迅在27日的回信中谈论浮世绘。在随后与山本的通信中，鲁迅还曾谈论有关版画的问题。3月17日的信谈到《北平笺谱》，7月30日的信又请山本去东京的“科学社”代购“俄国版画及明信片”。

据江小蕙考察，鲁迅购买的第一本浮世绘作品是仲田胜之助所撰《写乐》，购买时间为1926年。该书为“阿尔斯美术丛书”第八册，东京阿尔斯出版社1925年出版。鲁迅大量购买浮世绘书籍是在1930年之后。江小蕙在文中说：“1930年至1933年是他购买这批书的高潮期，这时正是鲁迅集中精力大量搜集各国版画和积极倡导新兴版画运动的时刻。”确实如此。以鲁迅1932年日记中的“书帐”为例，从中能看到《喜多川歌麿》《东洲斋写乐》《鸟居清长》《葛饰北斋》《铃木春信》等日本浮世绘名家作品集，也能看到《版艺术》杂志，能看到《绵州造象》《鄱阳王刻石拓

① 《鲁迅全集》第13卷第372页。

② 《鲁迅全集》第14卷第279—280页。

片》《书道全集》之类的古代美术典籍，还能看到《世界裸体美术全集》《世界美术全集》这类世界美术书籍。

二　浮世绘非“木刻”

鲁迅大量购买浮世绘书籍的时间，与其广泛搜集各国版画、倡导新兴版画运动的时间相重叠——即1930年前后的数年间，这意味着鲁迅是将浮世绘作为其版画运动的一种资源。但是，这种资源基本上没有被鲁迅应用于新兴版画运动，鲁迅公开发表的谈论美术的文章甚至从未提及浮世绘。何以如此？原因无疑在于浮世绘与新兴版画的差异。

1930年2月，鲁迅在《新俄画选·小引》中阐述革命时代与版画的关系，解释在中国推广版画的原因，说：“又因为革命所需要，有宣传，教化，装饰和普及，所以在这时代，版画——木刻，石版，插画，装画，蚀铜版——就非常发达了。”“多取版画，也另有一些原因：中国制版之术，至今未精，与其变相，不如且缓，一也；当革命时，版画之用最广，虽极匆忙，顷刻能办，二也。”[①]这里尽管是讨论“版画”，但鲁迅实际推广的并非一般意义上的“版画”，而是版画中的木刻——更具体地说是“现代木刻”或“新木刻”。鲁迅的“木刻”是“Wood-engraving”的译词，一般认为鲁迅最早使用“木刻”一词是在1929年1月撰写的《近代木刻选集（1）·小引》中。1931年夏天在上海举办的培训班名曰“木刻讲习会”，1933年7月6日写给木刻家罗清桢的信中使用了“现代木刻”概念，1934年的《木刻纪程·小引》等文章则明确使用了“新木刻”概念。可见，鲁

① 《鲁迅全集》第7卷第362、363页。

迅晚年的“版画”观念是以木刻为核心建立起来的。

总体上看，鲁迅倡导的“新木刻”有三种基本的规定性。其一，创作的，即原创性。1929年1月鲁迅在《近代木刻选集（1）·小引》中即一再强调木刻的“创作”性质，说：“所谓创作底木刻者，不模仿，不复刻，作者捏刀向木，直刻下去。”“因为是创作底，所以风韵技巧，因人不同，已和复制木刻离开，成了纯正的艺术，现今的画家，几乎是大半要试作的了。”①其二，反映现实生活。这一点集中体现在前引《〈新俄画选〉小引》对于版画与革命的关系、版画的实用性的论述。其三，“力之美”的美学风格。这种美学风格不仅是通过木刻作品上刀痕的力度创造的，并且是通过木刻作品黑白两色的反差与对比创造的，所以又称“黑白之美”。1929年3月鲁迅在《近代木刻选集（2）·小引》中提出了“有力之美”（亦曰“力之美”）的概念，同书“附记”则是阐述这种美学风格的代表性文本。“附记”在介绍格斯金、杰平、左拉舒、永濑义郎等外国木刻家的时候，反复阐述了这种美学风格。“他早懂得立体的黑色之浓淡关系。〔中略〕雪景可以这样比其他种种方法更有力地表现，这是木刻艺术的新发见。”“《红的智慧》插画在光耀的黑白相对中有东方的艳丽和精巧的白线底律动。他的令人快乐的《闲坐》，显示他在有意味的形式里黑白对照的气质。”“他注意于有趣的在黑底子上的白块，不斤斤于用意的深奥。”“现在又经复制，但还可推见黑白配列的妙处。”②等等。一篇不足九百字的“附记”，六次以上强调“黑白对照”。关于鲁迅追求的“黑白之美”，拙文《“文章为美术之

① 《鲁迅全集》第7卷第336页。

② 《近代木刻选集（2）·附记》。《鲁迅全集》第7卷第353—354页。着重号均为引用者所加。

一”——鲁迅早年的美术观与相关问题》[1]曾经详论。因为执着地追求“黑白之美”，所以鲁迅明确否定木刻与色彩的结合。他在1933年8月1日写给何家骏、陈企霞的信中讨论连环画的“画法”，就主张：“不可用现在流行之印象画法之类，专重明暗之木版画亦不可用，以素描（线画）为宜。”[2]连环画实为木刻之一种，“素描”即单色线画。鲁迅1935年4月2日写给李桦的信讨论木刻，径言：“彩色木刻也是好的，但在中国，大约难以发达，因为没有鉴赏者。”在同年6月16日写给李桦的信中又说：“《现代版画》中时有利用彩色纸的作品，我以为这是可暂而不可常的，一常，要流于纤巧，因为木刻究以黑白为正宗。”[3]上述木刻观的背后，是鲁迅长期坚持的功利性、大众化文艺观。

对鲁迅的木刻观进行了上述分析之后，即可发现，浮世绘与木刻相去甚远——虽然二者同属于“版画”的范畴。就内容而言，浮世绘之所以为“浮世绘”，正在于它以描绘“浮世”（尘世、俗世）生活为主，并不承担改造社会的大使命或意识形态功能。就创作方式而言，浮世绘作为古典化、经典化的传统美术作品，是江户时代的浮世绘师创作的，只是被今人复制（在此意义上近于鲁迅所谓“复制木刻”），与今人的创作无关。就色彩运用和美学面貌而言，浮世绘作为彩色版画，有悖于鲁迅追求的“黑白对照”“力之美”。思想内容、创作方式、美学风格方面的巨大差异，决定着浮世绘无法参与鲁迅倡导的新兴木刻运动。鲁迅说“中国还没有欣赏浮世绘的人”，应当是因为他看到了浮世绘艺术与当时中国残酷现实之间的距离。与此形成对比的是，鲁迅晚年编印的十三本美术作品多为欧洲（主要是苏联、北欧）现代木

---

① 载《文学评论》2015年第4期。收入拙著《鲁迅形影》。

② 《鲁迅全集》第12卷第426页。

③ 《鲁迅全集》第13卷第483页。

刻，其中唯一一本日本作品《蕗谷虹儿画选》（朝花社1929年1月出版）也是木刻风格的黑白画，《近代木刻选集（2）》选录的唯一一幅日本画家的作品《沉钟》（永濑义郎作），同样是木刻。当然，也应当看到，这些木刻作品中隐约存在着浮世绘的印记。关于比亚兹莱作品所受溪斋英泉浮世绘的影响，鲁迅本人已经指出。《蕗谷虹儿画选》所选十二幅作品中的第六幅《幻影船》，主题、构图与北斋的浮世绘名作《神奈川冲浪裹》基本一致。

三　鲁迅的浮世绘鉴赏

如前所引，鲁迅给山本初枝的信中谈及北斋、广重、歌麿、写乐等四位日本浮世绘大师，说："年轻时喜欢北斋，现在则是广重，其次是歌麿的人物。写乐曾备受德国人赞赏，我试图理解他、读了两三本书，但最终还是未能理解。不过，适合中国一般人眼光的，我认为还是北斋。"鲁迅在写下这段话的1934年年初，已经收藏了大量浮世绘、拥有长期的鉴赏经验，因此这段话不是随意而言，而是表达了他对各位浮世绘师的理性认识与评价。其所谓"喜欢"并非一般意义上的"喜欢"（或者"不喜欢"）。在一般意义上，鲁迅收藏的各家浮世绘都是他喜欢的。重要的是鲁迅这段话涉及的不同浮世绘师的差异与特殊性——鲁迅看到了这种差异与特殊性。

由于鲁迅本人对"喜欢"与否的原因未做具体说明，因此我们只有依据诸位浮世绘大师的作品——并且必须是鲁迅确实看过的作品——来理解这段话。这里，笔者依据的主要是野口米次郎编著的六卷《六大浮世绘师决定版》（东京诚文堂1932年至1933年出版）。这套书印制精美、豪华精装，书的三个切面都扫了金水（防尘、防污染），封面有蜡纸保护，每卷装在硬纸封套里，六卷有专用的黑色烤漆木箱。江小蕙已经指出，鲁迅1932年6月至1933年4月购齐这套书，并将购书情况记入日记，每一卷都是在出版一个月之内购得。鲁迅1932年10月25日日记记有："午后往内山书店，得《文学的遗产》（一至三）三本，《文芸家漫画像》一本，《葛饰北斋》一本，共泉二十九元。又得出版书肆所赠决定版《浮世画六大家》书箱一只，有野口米次郎自署。"[①]八十多年过去之后，这套浮世绘精品集依然完好地保存在北京鲁迅博物馆的书库里。烤漆木箱上的编号为"508"，野口印章依然是鲜艳的枣红色。

先看葛饰北斋（1760—1849）。

鲁迅所谓"年轻时喜欢北斋"的"年轻时"至少是指四十岁（1921年）之前，而他接触浮世绘只能是在1902年留学日本之后。换言之，鲁迅喜欢北斋是在留学日本至参加五四新文化运动那十多年间。日本的浮世绘大师中，北斋以画风景、画市井生活著称。风景画中以富士山为题材的系列作品《富岳三十六景》尤为著名，其中的《凯风快晴》《神奈川冲浪裹》《山下白雨》三幅杰作在日本广为人知，且享誉世界。甚至欧洲的印象派绘画，亦曾受到北斋风景画的影响。描绘市井生活的作品中最有名的是《隅田川两岸一览》系列，作品描绘的是隅田川两岸江户（东京旧称）百姓一年四季的生活图景。不言而喻，北斋浮世绘中的"风景"与"市井"常常融合在一起。日本研究者已经指出，《隅田川两岸一览》的魅力正在于风景画与风俗画的融合。这样看来，鲁迅"年轻时喜欢北斋"，是喜欢北斋描绘的风景与平民生活。鲁迅对于浮世绘平民性、日常性的认知，可以以他给李桦信中的那句"倘不在什么旋涡中，那么，只表现些所见的平常

① 《鲁迅全集》第16卷第331页。

的社会状态也好”作为旁证。鲁迅在信中赞同木刻表现“旋涡”（革命），但不主张刻意地去表现，故有此说，且以日本浮世绘的“何尝有什么大题目”为例。鲁迅写下这句话的时候，想到的应当是北斋浮世绘中的日常生活图景。

在理解鲁迅“年轻时喜欢北斋”这一表述的时候，周作人的因素不可忽视。鲁迅1926年才开始搜购浮世绘，而周作人早在留学日本的1910年前后就喜爱、搜集浮世绘。喜爱浮世绘的周作人，对于浮世绘的庶民情调情有独钟。他1917年3月发表的文章《日本之浮世绘》，[①]即指出浮世绘在日本的“俚俗”性质——“日本昔慕汉风，以浮世绘为俚俗，不为士夫所重”。1935年，他在介绍文章《〈隅田川两岸一览〉》（收入《苦竹杂记》）中，引用了永井荷风（1879—1959）《江户艺术论》描述北斋《隅田川两岸一览》的一段话：“开卷第一出现的光景乃是高轮的天亮。孤寂地将斗篷裹身的马上旅人的后边，跟着戴了同样的笠的几个行人，互相前后地走过站着斟茶女郎的茶店门口。茶店的芦帘不知有多少家地沿着海岸接连下去，成为半圆形，一望不断，远远地在港口的波上有一只带着正月的松枝装饰的大渔船，巍然地与晴空中的富士一同竖着他的帆樯。第二图里有戴头巾穿礼服的武士，市民，工头，带着小孩的妇女，穿花衫的姑娘，挑担的仆夫，都趁在一只渡船里，两个舟子腰间挂着大烟管袋，立在船的头尾用竹篙刺船，这就是佃之渡。”从这段话中，能看到《隅田川两岸一览》描绘的市民生活图景，也能看到永井荷风、周作人对这图景的喜爱之情。1944年，周作人在《浮世绘》（收入《苦口甘口》）一文中明言，“浮世绘的重要特色不在风景，乃是在于市井风俗”，并再

---

① 周作人：《日本之浮世绘》，《若社丛刊》第4期，收入《周作人文类编》第7册《日本管窥》，钟叔河编，长沙：湖南文艺出版社，1998年9月。

次借用永井荷风《江户艺术论》中的话，阐述浮世绘包含的“东洋人的悲哀”。相关问题笔者在《异乡的浮世绘》[①]一文中已经论述。《隅田川两岸一览》之外，北斋的《两国夕凉》（画夏日黄昏人们在河边乘凉的情景）、《元禄歌仙贝合/砧贝》（画渔民在海边加工紫菜的情景）都是表现市井生活的名作。鲁迅从1906年初秋带周作人去日本留学到1923年“兄弟失和”，与周作人关系密切，当然了解周作人对浮世绘的爱好，他对北斋的喜好也正与周作人一致。在1934年年初这个时间点上，鲁迅对山本初枝说“适合中国一般人眼光的，我认为还是北斋”，不仅是基于北斋浮世绘的基本内容，而且有可能意识到了周作人对北斋的喜爱。

再看歌川广重（1797—1858）。

鲁迅年轻时喜欢北斋而“现在”（1934年年初）喜欢广重，为何变了？造成鲁迅这种变化的原因，无疑在于广重与北斋的差异，即在于广重浮世绘的特征。江小蕙认为：在鲁迅看来，“广重比北斋在艺术上所反映的意境更高，视野更加宽广，天地更加开阔”。“而鲁迅后来的更加重视广重，也是他的革命现实主义美学思想进一步发展的体现。”这种观点在理论上能够成立，但缺乏具体作品的支撑。所以，理解广重与北斋的差异，还是应当从两位浮世绘大师的具体作品出发。

广重本名安藤广重，十五岁时投到歌川丰广门下，改名歌川广重，号一立斋。广重与北斋一样以画风景著称，其《东海道五十三次》系列、《东京名所》系列、《江户近江八景》系列均为浮世绘风景名作。在风景画的层面上，鲁迅喜爱广重与喜爱北斋是一致的。不过，与北斋的风景画相比，广重风景画在题材方面有两个显著特征，一是多画“旅”（旅途、旅人、旅舍），二是多

① 收入拙著《茫然草》，北京：生活·读书·新知三联书店，2009年7月。

画月亮。广重被称作“旅行与抒情的画师”，其作品抒情性强，即与这两个特征直接相关。1998年朝日新闻社出版了六卷本“阅读浮世绘”丛书，第五卷《广重》封面上的广告词就是：“‘旅行与抒情的画师’广重的实像是怎样的？”所谓“东海道五十三次”，即江户时代设置、从东京（当时叫“江户”）的日本桥至京都的三条大桥之间的五十三处驿站（旅次），所以，广重浮世绘《东海道五十三次》系列的主题就是“旅行”。《木曾海道六拾九次》系列亦然。在《东海道五十三次》系列中的《庄野》、《木曾海道六拾九次》系列中的《洗马》《轻井泽》《宫之越》乃至《江户近江八景》系列中的《玉川秋月》《飞鸟山暮雪》等作品中，旅人均为重要元素——有乘船的，有骑马的，有步行的，有行于月夜的，有行于雨中的。广重浮世绘中以月亮为主题者甚多。《月・雁》《月・兔》等作品，《东京名所》系列中的《高轮之明月》《两国之宵月》等作品，如画题所示，都是画月亮。月亮题材的作品中尤其耐人寻味的是《月二拾八景》系列。从总题看这是二十八幅月亮风景画，可惜现存的只有《弓张月》《叶隙之月》两幅。这两幅实为“唐诗画意”，因为画上题的是唐诗。《弓张月》题的是韩翃七绝《宿石邑山中》的后两句——“晓月暂飞千树里，秋河隔在数峰西”，《叶隙之月》题的是白居易七绝《秋雨中赠元九》的前两句——“不堪红叶青苔地，又是凉风暮雨天”。题诗表明，广重这两幅浮世绘的创作灵感来自唐诗。《名所江户百景》系列中的《上野山内月之松》（《一立斋广重》收录的第九十三幅图）一幅，画的并非月亮，而是松枝弯曲、环绕而成的月亮形状。由此可见广重的“月亮情结”之重。总体上看，广重浮世绘中的月亮有三个鲜明特征：一是大、夸张；二是处于画面的重要位置；三是多与近处的景物（如木桥、樱花或飞雁）相重叠。这些月亮不仅在构图、制造画面层次感方面发挥功能，而且营造了辽阔、浪漫的情调。由于月亮这个中日共有的文化符号往往与旅途、乡愁有关，所以广重浮世绘作品（如《洗马》《宫之越》）中“旅”与“月”的主题往往是并存的。

鲁迅所藏浮世绘作品中，日本学者编著的广重作品即有三部——分别是木村庄八的《广重》（“阿尔斯美术丛书”，1927年出版），内田实的《广重》（岩波书店1930年出版），野口米次郎《六大浮世绘师决定版》中的《一立斋广重》（东京诚文堂1933年出版）。这三本书鲁迅分别于1927、1930、1933年购入，可见他曾持续关注广重、熟悉广重作品。将鲁迅作品与广重浮世绘作比较，能够看到“旅”“月”主题（蕴含）的惊人一致。鲁迅作品中，杂文《生命的路》（1919年）对“路”的信念，《呐喊·自序》（1922年）中的那句“走异路，逃异地，去寻求别样的人们”，小说《故乡》（1921年）结尾处对“路”的思索，散文诗《过客》（1925年）中疲惫而又坚韧的过客，均与“旅”（人生之旅）密切相关。月亮在鲁迅的小说叙事中承担着重要功能。《狂人日记》（1918年）中的狂人对月亮一直很敏感，小说第一节第一句写月光——“今天晚上，很好的月光”，第二节第一句依然写月光——“今天全没月光，我知道不妙”，第八节也写到月光——“天气是好，月色也很亮了。可是我要问你，‘对么？’”《药》（1919年）的开头同样写及月亮——“秋天的后半夜，月亮下去了，太阳还没有出，只剩下一片乌蓝的天。”在《故乡》中，“深蓝的天空中挂着一轮金黄的圆月”一语不仅承担着时空转换的功能，而且赋予时间和空间以象征性。“旅”与“月”是广重风景画与北斋风景画的差异，又是广重浮世绘与鲁迅作品的相通之处。这应当是晚年鲁迅由喜欢北斋而转向喜欢（更喜欢）广重的主要原因。

野口米次郎编著的《一立斋广重》，在作品排列上突出的正是“旅”与“月”的主题。该书图片部分收广重浮世绘九十七幅，前六幅为彩印，其余九十一幅为黑白印刷。六幅彩图中，第一、第二幅分别是《高轮之明月》和《弓张月》，第四、第五幅分别是《庄野》和《宫之越》。不仅如此，最后一幅（第九十七幅）黑白图片《东都本乡月之光景》同样是画月亮，而且，这幅画的构图纳入了《月・雁》《高轮之明月》使用的“雁”元素，画面具有“动”（飞雁）“静”（圆月）结合的效果。《弓张月》的构图甚为别致。月亮是弯弯的上弦月，被置于画面中下部的两山之间，部分隐于山后，似乎正在湛蓝的夜空中下沉。画面上部是连接两山的索桥，高于弯月，衬得弯月越发低矮。索桥上方也是湛蓝色，写着“晓月暂飞千树里，秋河隔在数峰西”两句诗。鲁迅面对这幅《弓张月》的时候，也许会想起《药》开头的那句“秋天的后半夜，月亮下去了”，也许会想起散文诗《秋夜》中“奇怪而高的天空”与“窘得发白”的月亮。

此外还应注意的，是广重浮世绘名作《松上木菟》（松にみみずく）。日语汉字词“木菟”即猫头鹰，《松上木菟》画的就是月夜伫立于松树上的猫头鹰。这幅画构图简洁，猫头鹰、稀疏的松树枝叶之外，远方是隐现于松叶的半个上弦月。《一立斋广重》中的第三十幅图，就是《松上木菟》。鲁迅喜爱猫头鹰、创作了精致的猫头鹰图案，所以，面对这幅《松上木菟》的时候，他应当视广重为知音。

总体看来，晚年鲁迅对广重浮世绘的喜爱，是一种包含着特殊人生体验、审美趣味等多种内涵的态度。

关于歌麿浮世绘，鲁迅说他喜爱歌麿画的人物。歌麿即喜多川歌麿（1753？—1806），其浮世绘以画美女（多为青楼女子）著称，线条精致，人物表情传神，生活气息浓郁，具有鲜明的世俗性，甚至有几分忧郁、颓废的情调。鲁迅所藏《喜多川歌麿》

一书收录歌麿浮世绘作品九十五幅，前六幅彩图皆为“美人画”，包括《妇女人相十品》系列中的《读文女》,《青楼十二时》系列中的《戌时》,《北国五色墨》系列中的《川岸》。由此可见鲁迅审美情趣的另一面。

关于写乐的浮世绘，鲁迅的表述不甚明了——“写乐曾备受德国人赞赏，我试图理解他、读了两三本书，但最终还是未能理解”。此语可以理解为对写乐作品的评论，也可以理解为对德国人评价的评论。写乐即东洲斋写乐，生卒年不详，1794年突然出现于画坛，以“役者绘”（演员像）引起广泛注意。其作品中的人物大都表情夸张、神情诡异，眼睛、嘴唇多有变形。鲁迅所藏野口米次郎所著《东洲斋写乐》的封套上，印的就是写乐名作《三代目大谷鬼次之奴江户兵卫》。鲁迅喜爱歌麿笔下的人物，也应喜爱写乐笔下这些个性鲜明的人物。实际上，写乐作品表现人物特征的方法与鲁迅的文学主张有一致处。1933年，鲁迅在《我怎么做起小说来》一文中说：“忘记是谁说的了，总之是，要极省俭的画出一个人的特点，最好是画他的眼睛。我以为这话是极对的，倘若画了全副的头发，即使细得逼真，也毫无意思。”[①]据《鲁迅全集》注释，画眼睛的主张出自东晋画家顾恺之的画论。写乐的“役者绘”，正是在画眼睛方面独具匠心——人物的眼睛白多黑少，有时甚至被画成圆点。也许他那种印象派式的夸张不符合鲁迅的审美趣味。与歌麿浮世绘画人物的写实手法相比，写乐的画法确实太夸张。不过，无论是否喜欢、是否能理解，鲁迅关注写乐浮世绘都是事实。他1926年购买的第一部浮世绘著作就是仲田胜之助的《写乐》，1932年又购买了野口米次郎的《东洲斋写乐》，可见其所谓“试图理解他、读了两三本书”并非虚言。

① 《鲁迅全集》第4卷第527页。

结语 鲁迅审美观的复杂性

鲁迅晚年推动的新兴木刻运动具有多方面的意义。对于他本人来说，意义之一就是促使他在为木刻运动寻找域外资源的过程中关注日本浮世绘。因此，十年间他持续、大量地搜购浮世绘作品，对浮世绘的了解和理解更加深入，从喜欢葛饰北斋转向更喜欢安藤广重。可以说，晚年鲁迅通过浮世绘深化了自己对日本传统文化的理解。对于从青年时代开始即与日本建立起多重关系的鲁迅来说，这值得庆幸。搜购、珍藏浮世绘但浮世绘几乎没有参与其木刻运动，这一事实则再次呈现了鲁迅文艺观、审美观的复杂性。鲁迅追求文艺（无论是文学还是美术）的社会功能，因此其审美观具有现实性与功利性，但尽管如此，他也并不否定并且珍视纯粹的艺术价值与审美价值。

2016年6月9日完稿，于寒蝉书房

（原载《鲁迅研究月刊》2016年第6期）

鲁迅视野中的亚历克舍夫木刻插图

——从《母亲》到《城与年》

鲁迅晚年大力倡导以木刻为主的现代版画，编选或参与编辑了十多部现代版画作品。笔者要强调的是，这些作品半数以上为苏俄版画。倡导版画初期即1929年至1930年出版的五册《艺苑朝华》，第五册即为《新俄画选》。1931年2月翻印的版画集《小说士敏土之图》，所收十幅作品为苏联作家革拉特珂夫的长篇小说《士敏土》的插图（作者为德籍版画家梅斐尔德）。1934年3月出版的《引玉集》收录的是十一位苏联版画家的五十九幅作品，1936年5月印行的《死魂灵一百图》收录了果戈理名著《死魂灵》插图一百一十六幅，1936年7月印行的《苏联版画集》收录苏联版画作品多达一百七十二幅。鲁迅生前编定但未及出版的木刻集《〈城与年〉之图》，则是苏联版画家亚历克舍夫（1894—1934）为费定名著《城与年》制作的二十八幅木刻插图。[①]鲁迅1936年拟编而未编定的《拈花集》，同样是苏联木刻作品集——他在1936年3月26日写给曹白的信中说："现在正在计画另印一

---

① 关于鲁迅晚年所编各册版画集所收作品的数量、类别等情况，黄乔生在《鲁迅编印版画全集》（共十二册）各册的解说中有具体说明，可参阅。南京：译林出版社，2019年3月。

本木刻，也是苏联的，约六十幅，叫做《拈花集》。"[1]这些版画作品，不仅展现了鲁迅晚年的文艺思想，展现了鲁迅对文学与美术之关系的理解，而且涉及晚年鲁迅与苏俄文艺乃至苏联的关系，须进行多角度的研究。本文选择其中亚历克舍夫的四十二幅木刻作品为对象探讨相关问题，是因为，从1934年年初将亚历克舍夫制作的《母亲》插图编入《引玉集》，到1936年3月10日编定《城与年》插图集并抱病撰写"小引"，鲁迅在两年多的时间里持续关注亚历克舍夫的木刻作品。而且，亚历克舍夫制作插图的《母亲》和《城与年》均为苏联名著。所以，探讨鲁迅与亚历克舍夫木刻的关系，能够有效地阐释相关问题。

一　高尔基《母亲》的十四幅插图

鲁迅第一次介绍亚历克舍夫的生平与作品，是在《引玉集》中。《引玉集》（1934年3月出版）所收十一位苏联版画家的五十九幅作品中，十四幅是亚历克舍夫为高尔基长篇小说《母亲》制作的木刻插图。鲁迅在《引玉集·后记》中介绍作品被收录的各位画家时，关于亚历克舍夫，引录了其自传：

> 亚历克舍夫（Nikolai Vasilievich Alekseev）。线画美术家。一八九四年生于丹堡（Tambovsky）省的莫尔襄斯克（Morshansk）城。一九一七年毕业于列宁格勒美术学院之复写科。一九一八年开始印作品。现工作于列宁格勒诸出版所："大学院"，"Gihl"（国家文艺出版部）和"作家出版所"。
>
> 主要作品：陀思妥夫斯基的《博徒》，斐定的《城与

① 《鲁迅全集》第14卷第56页。

年》，高尔基的《母亲》。

七，三〇，一九三三。亚历克舍夫[1]

亚历克舍夫的这份自传以及另外四位画家的自传，是鲁迅委托在苏联留学的曹靖华约请画家本人撰写的。关于此事，鲁迅在《引玉集·后记》中有交代，曰："因为我极愿意知道作者的经历，由靖华兄致意，住在列宁格勒的五个都写来了。我们常看见文学家的自传，而艺术家，并且专为我们而写的自传是极少的，所以我全都抄录在这里，借此保存一点史料。"[2]鲁迅抄录的五位苏联画家的自传都很重要，而亚历克舍夫的尤其重要。这是因为，亚历克舍夫在写了这份自传的第二年（1934）即病逝，这份自传大概是他写给外国知音的最后的或唯一的自传。

《引玉集》出版之后，其中的十四幅《母亲》插图获得了积极反响。一位名叫韩白罗的美术爱好者甚至用晒图法翻印这十四幅插图，编为单行本《〈母亲〉木刻十四幅》。鲁迅为韩白罗提供了《母亲》插图，并且为《〈母亲〉木刻十四幅》作序，表达自己对《母亲》这部小说与亚历克舍夫插图的认识与评价。该序仅两百字许，现引录于此：

> 高尔基的小说《母亲》一出版，革命者就说是一部"最合时的书"。而且不但在那时，还在现在。我想，尤其是在中国的现在和未来，这有沈端先君的译本为证，用不着多说。在那边，倒已经看不见这情形，成为陈迹了。
>
> 这十四幅木刻，是装饰着近年的新印本的。刻者亚历克

---

① 《引玉集·后记》，《鲁迅全集》第7卷第439—440页。

② 《引玉集·后记》，《鲁迅全集》第7卷第437页。

舍夫，是一个刚才三十岁的青年，虽然技术还未能说是十分纯熟，然而生动，有力，活现了全书的神采。便是没有读过小说的人，不也在这里看见了暗黑的政治和奋斗的大众吗？

一九三四年七月廿七日，鲁迅记。[①]

该序文虽短，但包含的信息很丰富。第一节谈的是小说及其中文译本。鲁迅借用“革命者”（即列宁）的话强调《母亲》与时代的关系（即“革命”性质），进而用沈端先（夏衍）的中文译本将《母亲》与中国的革命现实相结合，并且指出了“那边”（苏联）社会情形的变化（革命已经完成）。鲁迅所言“沈端先君的译本”共两册，上海大江书铺出版。《母亲》出版于1929年10月15日，初版本印数两千册。《母亲·第二部》出版于1930年11月10日，1933年8月15日印至第三版。序文第二节是谈《母亲》插图即亚历克舍夫的十四幅木刻。“生动，有力，活现了全书的神采”是对木刻插图的艺术水准及其与小说原著之关系的评价，“暗黑的政治和奋斗的大众”则是对小说与木刻共通主题的概括。鲁迅能够用两百字的短序表达这样丰富的内容，是因为他对高尔基和亚历克舍夫有充分的了解。不过，鲁迅这里说亚历克舍夫“刚才三十岁”不确。亚历克舍夫1894年出生，1934年是四十岁而非三十岁。

在鲁迅的表述中，亚历克舍夫的木刻插图“生动”“有力”，因此，“便是没有读过小说的人，不也在这里看见了暗黑的政治和奋斗的大众吗？”——这种表述是对亚历克舍夫木刻作品的褒奖，同时意味着鲁迅在思考不同文艺形式（木刻与小说）的表现力问题。基于这种表述来看《母亲》的十四幅插图，便能看到

① 《〈母亲〉木刻十四幅·序》。《鲁迅全集》第8卷第409页。

“暗黑的政治和奋斗的大众”是如何在木刻这种艺术形式中凸显出来的。十四幅插图的第一幅，画的是一位健壮、络腮胡子、双拳紧握的工人，其身后是高高的围墙，围墙下另有几名工人，远处是高耸的烟筒。这位工人显然是“奋斗的大众”的代表，结合小说看即第一节中的老工人巴什卡。第四幅上与巴维尔讨论问题的中年男子（雷宾），第五幅上对工人讲演的青年（巴维尔），第六幅上游行的工人们，第十四幅上在车站散发传单的老年女性（母亲弗拉索娃），均属“奋斗的大众”。作为“暗黑的政治”的符号的，首先是第三幅插图中的军警——两名军警被刻成黑色的剪影，其次是第七幅中高举战刀的军官率领的军警队伍——队伍背后是黑暗的天空。剪影的表现形式，画面的构图，人物的选择，都在展现“暗黑的政治”。直接表现双方之对立与冲突的，则是第三、十二、十三幅。第三幅画的是前来搜查的军警离去时老妇人（母亲）坐在椅子上、悲哀地把头垂到胳膊上的情形，第十二幅画的是军警在殴打讲演者（老工人雷宾），第十三幅画的是被捕的工人在法庭上与审判者辩论。《引玉集》收录的《母亲》插图没有说明文字，但是，读者面对这些木刻作品，确实能够直观地把握“暗黑的政治和奋斗的大众”。

一方面是“暗黑的政治”，一方面是“奋斗的大众”，双方处于冲突、斗争的状态。从“奋斗的大众”一方来说，这冲突、斗争就是革命。质言之，鲁迅在高尔基小说《母亲》和亚历克舍夫木刻插画中，看到了革命——作为思想的革命与作为美学的革命。这种革命是晚年鲁迅在苏俄版画中发现并认同的核心价值，所以他多次加以强调。1930年年初鲁迅编印第一本苏联版画集《新俄画选》，在为该书写的《小引》中即强调版画与革命的关系，说：“又因为革命所需要，有宣传，教化，装饰和普及，所以在这时代，版画——木刻，石版，插画，装画，蚀铜版——就非常发达了。"[①]《新俄画选》仅收版画十二幅（其中五幅为木刻），第二幅《新的革命的体制》与第三幅《克伦谟林宫的袭击》均呈现出鲜明、激烈的革命性，两幅画的作者亦同为克林斯基。对于新兴版画倡导者鲁迅来说，这种革命观是前提性、模式性的，鲁迅后来的版画论中基本都包含这一观念。1930年9月27日他为版画集《梅斐尔德木刻士敏土之图》写《序言》，写及插图作者梅斐尔德，强调其"革命"，说："关于梅斐尔德的事情，我知道得极少。仅听说他在德国是一个最革命底画家，今年才二十七岁，而消磨在牢狱里的光阴倒有八年。他最爱刻印含有革命底内容的版画的连作，我所见过的有《汉堡》《抚育的门徒》和《你的姊妹》，但都还隐约可以看见悲悯的心情，惟这《士敏土》之图，则因为背景不同，却很示人以粗豪和组织的力量。"[②]这里所谓的"粗豪"，一方面是《士敏土》插图与《汉堡》《抚育的门徒》《你的姊妹》等作品的差异，同时也是鲁迅后来评价亚历克舍夫《母亲》插图时所谓的"生动""有力"。所谓"组织"，当指画面的整体布局。比较而言，《梅斐尔德木刻士敏土之图》所收十幅作品尺寸较大，场面开阔，内容丰富，人物众多，这对画面的整体构思和布局提出了较高的要求。梅斐尔德的处理很成功，充分发挥了木刻艺术的表现力。不言而喻，"粗豪和组织的力量"均起源于并且服务于木刻作品的革命主题。

二 《城与年》的插图与文本

1934年年初鲁迅编《引玉集》的时候，并未将其持有的亚

① 《鲁迅全集》第7卷第362—363页。
② 《梅斐尔德木刻士敏土之图・序言》。《鲁迅全集》第7卷第381—382页。

历克舍夫木刻作品全部编入。编入了《母亲》插图，而留下了《城与年》插图。从鲁迅自述来看，取舍的原因有两个。一是插图作品的原著是否有中文译本，二是《引玉集》的作品合集性质。关于前一个原因，鲁迅在《〈引玉集〉后记》中说："亚历克舍夫的作品，我这里有《母亲》和《城与年》的全部，前者中国已有沈端先君的译本，因此全部收入了；后者也是一部巨制，以后也许会有译本的罢，姑且留下，以待将来。"[①]由此可见，他编选亚历克舍夫木刻插图，并非仅仅是为了把这些插图作为单纯的美术品呈现给中国读者，而且希望这些插图能够与相应的文学名著呼应。《引玉集》的特征之一，正是所收画作多为文学名著的插图。《母亲》插图之外，另有绥拉菲摩维支《铁流》插图，斯派斯基《新年的夜晚》插图，孚尔玛诺夫《叛变》插图，等等。在此意义上，《引玉集》是文学名著的木刻形式的"美术副本"。关于《母亲》，《〈引玉集〉后记》已经提及"沈端先君的译本"，而半年之后在《〈母亲〉木刻十四幅·序》中再次提及（如前文所引），可见鲁迅的印象之深。大江书铺版沈端先所译《母亲》《母亲·第二部》均无插图，因此，《引玉集》所收《母亲》插图与《母亲》中文译本形成了呼应。但《城与年》尚无中文译本，因此鲁迅暂缓编印其插图。《引玉集》出版三个月之后，1934年6月19日，鲁迅在写给曹靖华的信中又说："此后想印文学书上之插画一本，已有之材料，即《城与年》，又，《十二个》。"[②]"印文学书上之插画"这种构思本身，同样包含着对文学与美术同一性的追求。对于鲁迅来说，文学（小说）与美术（木刻）是认识、把握苏俄文艺的两个主要途径。关于后一个原因，鲁迅

① 《〈引玉集〉后记》。《鲁迅全集》第7卷第440页。
② 《鲁迅全集》第13卷第153页。

在1934年7月17日写给吴渤的信中谈论《引玉集》，说："《城与年》的插画有二十七幅，倘加入集中，此人的作品便居一半，别人的就挤出了，因此留下，拟为续印别种集子之用。"[①]确实，《引玉集》虽为十一位苏联艺术家的木刻作品合集，但亚历克舍夫的十四幅《母亲》插图占其所收五十九幅作品的近四分之一。如果再加上《城与年》的二十八幅，亚历克舍夫一人的作品即多达四十二幅，其他画家的作品就只有四十五幅了。"便居一半"之说表明鲁迅计算了作品的数量。

两个原因之中，前一个原因显然更重要。鲁迅称为"巨制"的《城与年》是苏联作家费定（1892—1977）的长篇小说名著，短期内难以出现中文译本，鲁迅为了早日出版插图，便请曹靖华撰写小说故事梗概，以与插图搭配。他1935年1月26日给曹靖华写信，说："捷克的一种德文报上，有《引玉集》绍介，里面说，去世的是Aleksejev。他还有《城与年》二十余幅在我这里未印，今年想并克氏、冈氏的都印它出来。但如有那小说的一篇大略，约二千字，就更好，兄不知能为一作否？"[②]在十天后的2月7日写给曹靖华的信中又说："《城与年》的概略，是说明内容（书中事迹）的，拟用在木刻之前，使读者对于木刻插画更加了解。木刻画想在四五月间付印，在五月以前写好，就好了。"[③]但是，《城与年》篇幅宏大，阅读与归纳颇费时日，曹靖华未能在5月之前写成"概略"。关于此事，十二年之后的1947年，曹靖华在《城与年》"译后记"中回忆说："当时在平功课很忙，一直挨到当年暑假才写这概要，写了将近两万字，大概于该年秋天

① 《鲁迅全集》第13卷第177页。《城与年》插图实为28幅，鲁迅持有前27幅的原拓，最后一幅是从《城与年》俄文原版中复制的。

② 《鲁迅全集》第13卷第359页。

③ 《鲁迅全集》第13卷第374页。

或冬天寄出。”[①]两万字是鲁迅希望的两千字的十倍。鲁迅收到概要当在1935年年底。他在1936年1月5日写给曹靖华的信中说：“《城与年》说明，早收到了。”3月10日他撰写了《〈城与年〉插图小引》，文中有言：“斐定（Konstantin Fedin）的《城与年》至今还不见有人翻译，恰巧，曹靖华君所作的概略却寄到了。我不想袖手来等待。便将原拓木刻全部，不加删削，和概略合印为一本，以供读者的赏鉴，以尽自己的责任，以作我们的尼古拉·亚历克舍夫君的纪念。”[②]“以供”“以尽”“以作”这种排比句式已经具有抒情性，文后落款“一九三六年三月十日扶病记”中的“扶病记”则表明了编辑工作的悲壮。鲁迅撰写《〈城与年〉插图小引》九天前的3月2日日记记有：“下午骤患气喘，即请须藤医生来诊，注射一针。”[③]这里的“骤患气喘”是突发支气管炎并引发肺气肿，日本医生须藤多次来诊治，一周之后的3月8日才“云已渐愈”。鲁迅是在“渐愈”而未愈的情况下投身《城与年》插图集的编辑工作的。

鲁迅收到曹靖华的“概略”之后，便摘录其中的文字做插图说明。但是，从译文性质的“概略”中找出与每幅插图对应的说明文字十分困难。《城与年》原著厚达472页，缩写为“概略”之后，大部分情节、细节被省略，与插图相应的文字自然也被打了折扣。另一方面，小说为了制造悬念、增强叙事效果，使用了倒叙手法，但曹靖华写“概略”的时候，为了便于读者理解，将倒叙改成了顺叙。这样，故事结构的变化进一步增加了寻找插图

① 《城与年·译后记》。《城与年》，曹靖华译，上海骆驼书店1947年初版，生活·读书·新知三联书店1951年3月第2版，第591页。该译本的翻译底本为莫斯科·列宁格勒文学出版社1932年版。

② 《鲁迅全集》第7卷第444页。

③ 《鲁迅全集》第16卷第595页。

对应文字的难度。因此，鲁迅的图解工作颇费周折。写《〈城与年〉插图小引》的次日即1936年3月11日，他给俄国文学翻译家孟十还写了一封求助信：

十还先生：

《城与年》插画的木刻，我有一套作者手印本，比书里的好得多。作者去年死掉了，所以我想印他出来，给做一个记念。

请靖华写了一篇概要。但我想，倘每图之下各加题句，则于读者更便利。自己摘了一点，有些竟弄不清楚，似乎概要里并没有。

因此，不得已，将概要并原本送上，乞为补摘，并检定已摘者是否有误。倘蒙见教，则天恩高厚，存殁均感也。

此布并颂

时绥。

迅　顿首 三月十一日[①]

信中“天恩高厚，存殁均感”这种夸张的表达，再次表明了鲁迅对亚历克舍夫及其木刻插图作品的热情。孟十还为俄国文学专家，1935年鲁迅编印《死魂灵一百图》，俄文序言和各图的说明文字均为孟十还所译。

孟十还显然未能解决鲁迅的问题。鲁迅给他写信一个半月之后，5月3日又给曹靖华写信求助，说：“印《城与年》的木刻时，想每幅图画之下，也题一两句，以便读者，题字大抵可以从兄的解释中找到，但开首有几幅找不到，大约即是‘令读者摸不着头

① 《鲁迅全集》第14卷第45—46页。

脑的事’。今将插画所在之页数开上，请兄加一点说明，每图一两句足够了——。”[1]接着列出了五处插图的页码，即原著二十八幅插图中的第三、四、五、六、二十二幅。[2]曹靖华提供的说明文字依次是：

安得列疯后，在室内隔窗对邻人演说 ［第三幅］

彼得堡 ［第四幅］

敌人要攻彼得堡，居民被征掘壕守城了。……一位情绪高涨的战壕教授演说着。 ［第五幅］

“你好！”一个士兵（即舍瑙）向安得列问好。［第六幅］

“兵士们！这里囚着你们的朋友！”反战的甘尼格给示威的大众指着铁窗。 ［第二十二幅］

鲁迅去世十年之后，1946年至1947年，曹靖华撰写的“概略”先后发表在《新华日报》和《中苏文化》杂志上。[3]《新华日报》发表者题为“城与年概要”，《中苏文化》杂志发表者题为“城与年本事”，二者文题不同，但正文无异。这也就是鲁迅读到的“概略”。上引鲁迅致曹靖华信中的“令读者摸不着头脑的事”一语，即为曹在《城与年本事》第二节中所言——“这以后，在我们面前出现了活的安得列，从一个闭塞的小城来到圣彼得堡，在这里做了许多令读者摸不着头脑的事。”[4]结合《城与年本事》来看可知，《城与年》木刻插图的说明文字几乎全部是从《城与

① 《鲁迅全集》第14卷第86页。

② 这五幅插图是笔者据北京鲁迅博物馆保存的鲁迅所藏《城与年》俄文原版书确认的。该书为曹靖华寄赠，内封右下角有曹靖华的签名和购书日期、地点。

③ 《新华日报》1946年3月1—7日；《中苏文化》杂志1947年2月第18卷第2期。

④ 《中苏文化》杂志（1947年2月）第18卷第2期，第39页。

年本事》中摘录的，只有少数几则鲁迅做了细微的改动或缩写。例如：第九图的说明文字为“古尔特回过头来，两手插在衣袋里”，《城与年本事》中的原文是“古尔特回过头来，手插在衣袋里”，[1]鲁迅在原文的“手”之前加了个“两”字。“手”变为“两手”，更符合画中人物的实际情形（插图上古尔特确实是两手插在衣袋里），也更能体现古尔特的冷漠与决绝（不愿与现在变为敌国国民的老友握手）。再如第二十三图，鲁迅写的说明文字是“李本丁被吊到苹果树上去……”，而《城与年本事》中的原文是：“军官向土坡上一棵苹果树一指，树枝上系着一根绳子，李本丁被吊到树上去的时候说：‘弟兄们，这是德国人……’。”[2]鲁迅精心撰写插图说明文字，是为了帮助读者理解插图，也是在发现插图与原著之间的关系，即美术与文学的关系。

大约在1992年，曹靖华将《城与年》概要编入《曹靖华译著文集》第十卷的时候，对概要做了修改，并将题目改为“《城与年》概略”。[3]题目不是《新华日报》的“城与年概要”，也不是《中苏文化》的“城与年本事”。文题的修改显然是为了契合鲁迅的表述。从1935年撰写概要到后来将概要发表在《新华日报》《中苏文化》上，再到编入《曹靖华译著文集》，五十七年间曹靖华与概要“难分难解”。在这一过程中，鲁迅一直影响着他。

鲁迅1936年3月10日写《〈城与年〉插图小引》时处于“扶病”状态，随后又努力了两个多月，才最终完成《城与年》插图集的编辑工作。此间“扶病”状态时断时续。当年8月27日他给曹靖华写信，说：“《城与年》尚未付印。我的病也时好时坏。十

---

① 《中苏文化》杂志第18卷第2期，第39页。

② 《中苏文化》杂志第18卷第2期，第43页。

③ 《曹靖华译著文集》第10卷。北京：北京大学出版社，郑州：河南教育出版社，1992年12月，第318—346页。

天前吐血数十口，次日即用注射制止，医诊断为于肺无害，实际上确也不觉什么。”[1]从1934年1月20日写《〈引玉集〉后记》时决定编《城与年》插图集，到1936年上半年为这些插图配说明文字，两年半的时间里鲁迅呕心沥血。超常的热情体现了鲁迅对亚历克舍夫的真诚，证明着木刻艺术在晚年鲁迅心目中的巨大价值。

不过，必须注意：上述鲁迅的种种努力并不仅仅是为了亚历克舍夫与木刻，亦与小说原著有关。这涉及鲁迅与《城与年》作者费定（鲁迅写作“斐定”）及苏联同路人作家的关系。

费定乃苏联著名作家，早在二十世纪二十年代末期即受到鲁迅的关注。1928年11月，鲁迅翻译了费定的短篇名作《果树园》（发表于当年12月《大众文艺》月刊）。《果树园》抒情性强，有唯美主义倾向，阶级意识薄弱，甚至有赞美主仆关系、否定新时代之嫌。鲁迅了解费定的同路人作家身份，翻译《果树园》表明了他对于文学与革命之关系的另一种理解。1933年1月上海良友图书印刷公司出版了鲁迅与柔石、曹靖华合译的苏联同路人小说集《竖琴》，《竖琴》收小说十篇，其中鲁迅译七篇，七篇中即包括《果树园》。鲁迅不懂俄文，《果树园》是从日文转译，底本为米川正夫编译的《劳农露西亚小说集》。鲁迅转译了《果树园》，并在《竖琴·后记》中翻译了米川正夫介绍费定的文字。米川写道：“斐定（Konstantin Fedin）也是‘绥拉比翁的兄弟们’中之一人，是自从将短篇寄给一九二二年所举行的‘文人府’的悬赏竞技，获得首选的荣冠以来，骤然出名的体面的作者。”关于《果树园》，米川写道：“这篇是在‘文人府’的悬赏时，列为一等的他的出山之作，描写那古老的美的传统渐就灭亡，代以粗野的新事物这一种人生永远的悲剧的。题目虽然

---

[1] 《鲁迅全集》第14卷第136页。

是绝望底，而充满着像看水彩画一般的美丽明朗的色彩和绰约的抒情味（Lyricism）。”鲁迅翻译了米川的介绍文字，并补充说明道：“后二年，他又作了《都市与年》的长篇，遂被称为第一流的大匠，但至一九二八年，第二种长篇《兄弟》出版，却因为颇多对于艺术至上主义与个人主义的赞颂，又很受批评家的责难了。这一短篇，倘使作于现在，是决不至于脍炙人口的；中国亦已有靖华的译本，收在《烟袋》中，本可无需再录，但一者因为可以见苏联文学那时的情形，二则我的译本，成后又用《新兴文学全集》卷二十三中的横泽芳人译本细加参校，于字句似略有所长，便又不忍舍弃，仍旧收在这里了。”①这里已经提及《都市与年》（即《城与年》）。《竖琴·后记》写于1932年9月10日，八天之后的9月18日，鲁迅在为自己所编苏联同路人作家小说集《一天的工作》写的“前记”中，介绍苏联文坛状况，再次提到费定及其《城与年》，说：“革命直后的无产者文学，诚然也以诗歌为最多，内容和技术，杰出的都很少。有才能的革命者，还在血战的涡中，文坛几乎全被较为闲散的‘同路人’所独占。[中略]站在新的立场上的智识者的作家既经辈出，一面有些‘同路人’也和现实接近起来，如伊凡诺夫的《哈蒲》，斐定的《都市与年》，也被称为苏联文坛上的重要的收获。”②可见鲁迅了解费定创作倾向的变化。③此后两年多的时间里，因《果树园》在国民党政府的文化围剿中遭查禁，鲁迅一直保持着对费定的关注。他在1934年11月21日撰写的《中国文坛上的鬼魅》第四节（最

---

① 以上三段引文引自《竖琴·后记》。《竖琴》第274、275、276页。上海良友图书公司1933年1月出版。

② 《一天的工作》第2、3页。鲁迅编译，上海良友图书公司1933年3月出版。

③ 关于鲁迅与费定的关系，可参阅李春林论文《鲁迅与苏联“同路人”作家关系研究》第二节“鲁迅与费定”。论文收入《跋涉于文学高地》，李春林著，北京：社会科学文献出版社，2013年12月。

后一节）批判出版审查、压迫书店和第三种人的帮凶行为，说：

> 压迫书店，真成为最好的战略了。
>
> 但是，几块石子是还嫌不够的。中央宣传委员会也查禁了一大批书，计一百四十九种，凡是销行较多的，几乎都包括在里面。中国左翼作家的作品，自然大抵是被禁止的，而且又禁到译本。要举出几个作者来，那就是高尔基（Gorky），卢那卡尔斯基（Lunacharsky），斐定（Fedin），法捷耶夫（Fadeev），绥拉斐摩维支（Serafimovich），辛克莱（Upton Sinclair），甚而至于梅迪林克（Maeterlinck），梭罗古勃（Sologub），斯忒林培克（Strindberg）。[①]

这里列举的九位作家以苏俄作家为主，多为左翼。其中高尔基、费定两位的小说均有由亚历克舍夫制作插图者。据鲁迅《且介亭杂文二集·后记》，费定被禁的书是《果树园》。[②]《果树园》实为六篇外国短篇小说的合集，名之曰“世界短篇杰作选”，译者署名为“鲁迅等译”，上海现代书局1931年10月20日初版，1933年3月20日再版。其中费定的作品仅《果树园》一篇，篇名却被用作书名，译者鲁迅的名字也上了封面，可见此篇及鲁迅的影响力。该书遭查禁，原因大概也在于此。并不“革命”的《果树园》因遭查禁而被强加了革命性。

鲁迅撰写《中国文坛上的鬼魅》时正在倡导现代版画，刚出版了《引玉集》，正在编《城与年》插图集。在这个背景上看他的《城与年》插图集编辑工作，会看到此项工作位于《竖琴·后

① 收入《且介亭杂文》。引自《鲁迅全集》第6卷第160—161页。“几块石子”是指当局雇用特务、地痞用石块砸书店的玻璃橱窗。

② 《鲁迅全集》第6卷第648页。

记》与《一天的工作·前记》的延长线上，表明了鲁迅对苏联同路人作家乃至苏联文坛的持续关注。

《城与年》是在特定的空间与时间之中讲述俄、德两国知识分子的人生故事：留德的俄国知识分子安得列因其个人主义思想脱离社会，成为革命的敌人，陷于多种矛盾的冲突中，最后发疯，被从前的好友、德国画家库尔特枪杀。库尔特本为民族主义者，但在第一次世界大战中克服了狭隘的民族主义思想，加入布尔什维克成为革命者。如书名所示，小说构思之中包含着鲜明的空间意识与时间意识——关于这个问题，还是引用译者曹靖华的概括："城，这是由德国的纽伦堡，爱兰艮……写到俄国的彼得堡，莫斯科……年，这是从一九一四年，即第一次世界大战前夜起，一直到一九二二年，即苏联新经济政策开始止。在第一次世界大战与军事共产主义时代的背景上，展开了广大的场面"。[①] 鲁迅无缘阅读完整的《城与年》中文译本，读到的只是曹靖华撰写的概要，但应当注意到了小说中的"革命"问题。曹靖华在概要中明确写道："古尔特经过了可怕的大战，变成了一个清醒的革命者，变成一个布尔雪维克了，而安得列依然是一副旧面目。"[②] 在此意义上，鲁迅对《城与年》的认可与对高尔基《母亲》的认可具有"革命"的同一性，这种同一性同属于亚历克舍夫为两部小说制作的木刻插图。不过，《城与年》的主题是变换的空间与动荡的年代人的命运与精神世界，而非革命。恰恰是这一点在苏联国内受到了批评。《城与年·普及本原序》（作者G. 柯列斯尼柯瓦）批评小说对十月革命后莫斯科街头破败、饥饿、死亡景象的描写，说："作者锐敏的观察到战争的缺点，这是他的很大的

① 《城与年·译后记》。《城与年》第579页。

② 《城与年本事》。《中苏文化》杂志第18卷第2期，第42页。

贡献。可是他用贫困与饥荒的琐碎的细目，掩盖了革命，这表现了同路人作家的近视，不明白阶级斗争的深刻的意义与革命的伟大。”该序批评小说中安得列的个人主义思想，认为“安得列的全部生活，就是在追求个人的幸福。战争，革命，这一切都从旁边溜走了”。该序甚至将小说人物安得列对待革命的态度等同于小说作者费定本人的态度，说：“可是在对于革命的感受上，作者和安得列是有共通之点呢。安得列成了这部作品的中心人物，这并不是偶然的。在这部作品里，革命居于次要的地位，这也不是偶然的。知识分子对于革命的感受，成了这部作品的主题，而且这主题贯通了斐定的以往的全部创作，这些也都不是偶然的。”该序的最后一节是这样的：“作者不了解革命，不能像出身于无产阶级［的］作家那样把革命表现出来。他也不能这样把它表现出来，因为他本身是一位艺术思想在革命前就形成了的典型的知识分子。”[①]可以说，鲁迅因亚历克舍夫的木刻插图与《城与年》相遇，却由于语言障碍无法阅读这部小说，更无缘读到G. 柯列斯尼柯瓦等人的评论文章。否则，《城与年》复杂的内容将促使他对费定与苏联无产阶级文学进行再认识。

鲁迅为编辑、出版《城与年》插图集呕心沥血，但对插图本身未做具体评论或解说。不过，他评价《母亲》插图时所说的“生动，有力，活现了全书的神采”“暗黑的政治和奋斗的大众”，同样适应于《城与年》插图。鲁迅评论《母亲》插图的时候已经持有《城与年》插图并决定编印，因此可以将那种评价看作对《母亲》与《城与年》两部小说插图的共同评价。从《城与年》插图来看，亚历克舍夫深入理解了原著的构思与主题，用木刻的形式进行了直观的呈现，赋予了原著的构思与主

① 以上引文见《城与年》中文译本第5、6、7、12页。

题以木刻的存在形式。插画与原著的这种关系，典型地体现在扉页画上：扉页画的基本构图是一座巨大的城门——暗夜中的城门，一辆汽车亮着车灯开出（或开进）城门，画面中央不远处是一座城市雕塑，更远处是探照灯射向夜空的光束。“城”的空间元素（城门与雕塑）与“年”的时间元素（天空的光束、行驶的汽车与车灯）浑然一体。在色彩方面，这幅扉页画大量使用细密的线条制造出灰色区域，使画面不限于木刻作品常见的黑白两色，丰富了画面的表现力。在主题方面，《城与年》木刻插图对于战争残酷性的表现可谓惊心动魄。如第十三幅上那些毒气致盲的士兵，第十八幅上被截去四肢、裹在绷带里的伤兵，第十九幅上失去双腿、用两只手走路的李本丁，都有巨大的视觉冲击力。《城与年》插图的另一亮点是对人物的刻画，亚历克舍夫善于捕捉人物行为中的某个重要瞬间，用木刻画定格，以呈现人物特殊的心理特征与精神状态。因此，插图经常画人物的姿势。这种表现手法在《母亲》插图中已经娴熟运用，在《城与年》插图中则有更充分的发挥。代表性的是第三幅安得列发疯之后面向窗外对邻居讲演的背影，第二十六幅疯狂的安得列与其脚下无数奔跑的老鼠……。这些插图都可以用鲁迅所谓“生动，有力，活现了全书的神采”来概括。

对于木刻版画，鲁迅有自己的审美标准。在整体性的美学风格方面他强调“力之美”，[①]在表现形式、技法等具体层面，他对木刻版画的构图、色彩（黑白亦为色彩）、人物塑造等都有自己的见解。他在1936年4月1日写给木刻家曹白的信中说：

> 现在中国的木刻家，最不擅长的是木刻人物，其病根

① 关于鲁迅的“力之美”美术观，请参阅本书所收《浮世绘之于鲁迅》一文。

> 就在缺少基础工夫。因为木刻究竟是绘画，所以先要学好素描；此外，远近法的紧要不必说了，还有要紧的是明暗法。木刻只有白黑二色，光线一错，就一榻胡涂。现在常有学麦绥莱尔的，但你看，麦的明暗，是多么清楚。[①]

这里强调了三方面的问题：一是人物刻画，二是远近比例，三是光线与色调。由此看《城与年》插图，三方面均近于完美。大概是由于这个原因，俄文原版《城与年》的内封上，也在作者姓名、小说名称下面标明“木刻版画/亚历克舍夫”。就是说，亚历克舍夫的木刻插图是《城与年》的有机组成部分，在苏联读者群中也有广告功能。

三 “连环图画”的观念

如前所述，鲁迅编定《城与年》木刻插图的说明文字之后，又亲自动手书写。鲁迅手书的插图说明以影印的形式面世，是在他去世十年之后，即在曹靖华翻译、上海骆驼书店1947年出版的《城与年》中。关于这些插图和鲁迅手迹，曹靖华1982年回忆说：“抗战结束后，一九四六年夏，我到了上海，向广平同志提起这事，于是两人翻箱倒匣，终于找到了。我即将亚列克舍夫的全部手拓木刻送往制图厂拍照。鲁迅先生曾亲自在每幅画上加一条宣纸，并亲笔在上面题写说明。据说现在这些原件均保存在鲁迅博物馆。后来，《城与年》的中译本包括亚列克舍夫的插图，鲁迅先生题字的说明，以及作者专为中译本写的小传，由上海骆驼书店出版，与中国读者见面。解放后又由上海文艺出版社重

① 《鲁迅全集》第14卷第61页。

印。”[1]鲁迅手书说明文字的这些插图，除了印在《城与年》中文译本中，后来也被收入其他木刻作品集，或单独出版。收录这些木刻插图者有《拈花集》，[2]单独出版者有中央编译出版社的《城与年之图》[3]、译林出版社的《城与年》[4]等。后二者的出版意味着鲁迅当年的愿望变成了现实，可惜二者均未收《城与年》的概要，这与鲁迅当年的构思有距离——如前所引，鲁迅说：“《城与年》的概略，是说明内容（书中事迹）的，拟用在木刻之前，使读者对于木刻插画更加了解。”读者直接面对二十八幅木刻插图，没有“概略”作为媒介，理解起来有难度。

当《城与年》插图与鲁迅手书说明文字组合起来作为单行本出版的时候，连环画形式的《城与年》诞生了。上述译林出版社版插图集《城与年》误将小说原著的书名用作插图集的书名，这种“误”意味深长——意味着费定长篇名著因插图获得了连环画的存在形式。在鲁迅所藏俄文原版《城与年》中，插图没有独立的说明文字，读者只能根据插图附近的叙述文字来理解插图。但是，在连环画版《城与年》中，插图拥有独立的说明文字，内容变得明朗、具体，说明文字直接引导读者理解插图。无论是对于费定来说，还是对于亚历克舍夫来说，连环画版《城与年》的诞生都是意外的收获，但是，对于鲁迅来说这是其晚年文艺观的必然结果。

对于晚年鲁迅来说，连环画是文学与美术的混合体，并且是大众化的文艺形式。1932年10月，针对“第三种人”苏汶抹杀

---

① 《怀念费定》。《曹靖华译著文集》第10卷第479页。

② 《拈花集》，北京鲁迅博物馆编，北京：人民美术出版社，1986年7月。

③ 《鲁迅编印美术书刊辑存十三种》第13卷。北京：中央编译出版社，2014年6月。

④ 《鲁迅编印版画全集》第8册，北京鲁迅博物馆编，南京：译林出版社，2019年3月。

“连环图画”的言论，鲁迅撰写长文《“连环图画”辩护》，阐述连环画的历史、功能与价值，说：

我们看惯了绘画史的插图上，没有“连环图画”，名人的作品的展览会上，不是“罗马夕照”，就是“西湖晚凉”，便以为那是一种下等物事，不足以登“大雅之堂”的。但若走进意大利的教皇宫——我没有游历意大利的幸福，所走进的自然只是纸上的教皇宫——去，就能看见凡有伟大的壁画，几乎都是《旧约》,《耶稣传》,《圣者传》的连环图画，艺术史家截取其中的一段，印在书上，题之曰《亚当的创造》,《最后之晚餐》，读者就不觉得这是下等，这在宣传了，然而那原画，却明明是宣传的连环图画。

在东方也一样。印度的阿强陀石窟，经英国人摹印了壁画以后，在艺术史上发光了；中国的《孔子圣迹图》，只要是明版的，也早为收藏家所宝重。这两样，一是佛陀的本生，一是孔子的事迹，明明是连环图画，而且是宣传。

书籍的插画，原意是在装饰书籍，增加读者的兴趣的，但那力量，能补助文字之所不及，所以也是一种宣传画。这种画的幅数极多的时候，即能只靠图像，悟到文字的内容，和文字一分开，也就成了独立的连环图画。[后略]

在文章最后，鲁迅呼吁：

我并不劝青年的艺术学徒蔑弃大幅的油画或水彩画，但是希望一样看重并且努力于连环图画和书报的插图；自然应该研究欧洲名家的作品，但也更注意于中国旧书上的绣像和画本，以及新的单张的花纸。这些研究和由此而来的创作，

> 自然没有现在的所谓大作家的受着有些人们的照例的叹赏，然而我敢相信：对于这，大众是要看的，大众是感激的！[①]

文中所谓的“和文字一分开，也就成了独立的连环图画”，完全适合于《城与年》插图单行本。文章最后的两个“大众”与“！”，表明了鲁迅连环画观念的大众文艺观（无产阶级文艺观）性质。这种文艺观与同一时期鲁迅的大众语倡导，是基于相同的政治意识，具有本质的一致性。

鲁迅在《“连环图画”辩护》一文中，不仅阐述连环画的历史、功能与价值，呼吁相关研究与创作，而且介绍了十九世纪后半叶欧美版画复兴之后出现的“连环图画”名作——其中包括比利时版画家麦绥莱勒的六部作品。鲁迅撰写此文将近一年之后，1933年9月，上海良友图书公司出版了麦绥莱勒的四种“木刻连环图画故事”，即《一个人的受难》《光明的追求》《没有字的故事》《我的忏悔》。分别为这四册连环画写序的，依次是鲁迅、叶灵凤、赵家璧、郁达夫，皆为当时中国文化界名人。这四部木刻作品均只用图画叙事，无说明文字，所以四篇序都用一定的篇幅介绍图中的故事，以帮助读者理解图画。不过，四篇序的写法各不相同。叶灵凤偏重欧洲木刻史，赵家璧结合1931年的连环画论争阐述连环画与大众的关系，郁达夫主要讲画家与自传性木刻连环画的关系。比较而言，鲁迅为《一个人的受难》写的序有两个特点：一是辩证了“连环图画”的概念。这套书的总名称为“木刻连环图画故事”，但鲁迅并不赞同。他在序中开宗明义，说：“‘连环图画’这名目，现在已经有些用熟了，无须更改；但其实是应该称为‘连续图画’的，因为它并非‘如环无端’，而

---

① 《鲁迅全集》第4卷第457—458页，第460—461页。

是有起有讫的画本。”[①]改“连环”为“连续”、强调“有起有讫”，是着眼于图画的叙事性、故事的完整性。二是为书中的二十五幅木刻画逐一写了说明，不同于另外三篇序只是笼统地讲述故事情节。总体上看，鲁迅的这篇序不仅阐述了连环画这种艺术形式，而且通过为每一幅画写说明，使《一个人的受难》成为现代意义上的连环画。可惜鲁迅的说明文字是集中写在序中，而非分别写在每幅画旁边。否则，《一个人的受难》在形式上也就成了真正的连环画。

结合《“连环图画”辩护》《一个人的受难》来看《城与年》插图集，可以看出鲁迅为《城与年》每一幅插图写说明文字的行为具有必然性。鲁迅编印《城与年》插图集是基于思想、美学的认同，同时具有形式探索的意义。鲁迅的处理方式，使《城与年》插图转换为独立的现代连环画，完成了文学与美术的统一。《城与年》插图集作为连环画，处于《“连环图画”辩护》《一个人的受难》的延长线上。

结语　鲁迅的“文艺”回归与超越

鲁迅在1936年4月1日回复曹白的信中，不仅讨论木刻版画中的人物、明暗法等问题（如前文所引），并且说：“从此进向文学和木刻，从我自己是作文的人说来，当然是很好的。”[②]未见曹白原信，但从鲁迅此信的上下文来看，应当是曹白在来信中表示要“从此进向文学和木刻”，鲁迅在复信中表示赞同。这里要强调的是：这种赞同之词同时也是鲁迅本人的“夫子自道”。鲁迅

---

① 《鲁迅全集》第4卷第572页。
② 《鲁迅全集》第14卷第61页。

晚年的六七年间正是“进向文学和木刻”的，因此他才会编印以木刻作品为主的十余种版画集。

鲁迅晚年“进向文学和木刻”，且美术活动多涉苏俄版画，并非偶然。结合鲁迅早年（留日时期）的文艺活动来看，可以看到必然性。1906年鲁迅在仙台弃医从文，是美术（作为战争美术的幻灯片）促成的。他弃医从文回到东京之后的文学活动，则更多受到了列夫·托尔斯泰、迦尔洵、列·安德列耶夫等俄国作家的影响。[①]在此意义上，热衷版画（并且是苏俄版画）的“晚年鲁迅”是向“青年鲁迅”回归。当然，这种回归是超越性的升华，而非重复、倒退。其超越性，一是体现在“革命”与“斗争”成为其文艺活动的主题——这不同于《呐喊·自序》讲述仙台弃医从文时笼统的“改造国民精神”，二是其美术活动是倡导融战斗性、大众性、实用性、“力之美”为一体的木刻艺术。美术观的这种价值取向体现在文学上，则是对于杂文文体的注重。关于晚年鲁迅文艺观中文学与美术的一体两面关系、杂文与木刻这两种不同文艺形式的内在同一性，笔者在《“文章为美术之一”——鲁迅早年的美术观与相关问题》一文中已经论述过。鲁迅之所以如此重视亚历克舍夫的木刻作品，原因正在于这些作品高度契合了其晚年文艺观，是革命时代之革命美学的载体。

2019年5月6日草就，8月29日改定

（原载《鲁迅研究月刊》2019年第10期）

---

① 参阅拙文《鲁迅留日时代的俄国投影——思想与文学观念的形成轨迹》《“文章为美术之一”——鲁迅早年的美术观与相关问题》的论述。二文均收入拙著《鲁迅形影》，北京：生活·读书·新知三联书店，2015年12月。

鲁迅与崔万秋

——兼谈两种《鲁迅全集》的相关注释

在中国现代作家中，崔万秋（1904—1990）是被严重污名化的一位，其价值也因这种污名化而被长期漠视。1924年9月至1933年3月，崔万秋留学日本，就读于广岛高等师范学校（1930年升格为广岛文理科大学）。留日十年，他广交日本朋友，翻译日本文学作品，成为“日本通”。1933年3月回国之后，在上海《大晚报》任职，担任《大晚报》副刊《火炬》主编四年多。“七七事变”发生之后中国开始全面抗日战争，他进入民国政府宣传部门，凭借自己熟练的日语和对日本的深入了解，为国家、为民族做出了特殊贡献。抗战结束后，1945年9月，他应国民党第三方面军司令官汤恩伯邀请，到上海负责对日文化接收方面的工作，任少将高级参谋。1948年，他被民国政府派往东京担任驻日代表团商务代表，从此离开中国大陆，开始了二十余年的驻外生涯，直到1971年退休。1977年，七十三岁高龄的崔万秋居住在美国西部的奥克兰，闭门读书，不问世事，却因中国大陆审判“四人帮”，戏剧性地一夜之间成为名人。四十年前他在上海编《火炬》的时候，发表过张春桥“攻击”鲁迅的文章《我们要执行自我批判》，并且帮助、“吹捧”过江青，因此，“四人帮”受审他也被牵连出来。对此，崔万秋感到冤屈与无奈，说：“我国有句俗话：‘闭门家中坐，祸从天上来。’想不到竟应验到我身上。”①

本文主要讨论崔万秋与鲁迅的关系。二人的关系并不限于崔万秋发表过张春桥“攻击”鲁迅的文章，而是长期的、多方面的，涉及二十世纪三十年代上海文坛上乃至现代中日文学关系中的某些重要问题。正是在揭批“四人帮”的高潮中，人民文学出版社十六卷本《鲁迅全集》在鲁迅诞辰一百周年的1981年出版，因此，《鲁迅全集》注释中的相关条目同样对崔万秋进行了污名化处理。到了2005年，这套《鲁迅全集》出版修订版，关于崔万秋的注释有了很大进步，但依然存在明显错讹。现在，相关史实需要重新梳理，鲁迅与崔万秋的关系也需要重新认识。

一　崔万秋的生卒年与政治身份

鲁迅日记中十次写及崔万秋。第一次是在1928年7月10日，曰：“收崔万秋所寄赠《母与子》一本。”其余九次均在1933年。1933年3月共三次——19日记有“下午得崔万秋信片”，21日记有“得崔万秋信”，22日记有“复崔万秋信”。4月两次——6日记有“得崔万秋留片并《申报月刊》一本”，27日记有“晚得崔万秋信并《セルパン》（五月分）一本”。6月19日记有“得崔万秋信”，7月31日记有“上午得崔万秋信，下午复”，8月1日记有“得崔万秋信”，12月13日记有“得崔万秋所寄《新路》一本”。鲁迅书信提及崔万秋仅一次，即在1933年7月8日写给黎烈文的信中。公开发表的文章涉及崔万秋的，是《伪自由书·后记》（写于1933年7月20日）。

---

① 崔万秋：《是谁指使“围攻”鲁迅？》。《崔万秋先生纪念集》第77页。崔张君惠编，剑桥出版社（CT&CO），1993年3月。下同。

人民文学出版社1981年版十六卷本《鲁迅全集》（下文简称“旧版《鲁迅全集》”）第一次对崔万秋做注释，是在崔万秋出现于《伪自由书·后记》的时候，即这篇“后记”的第19条注释。曰：

> 崔万秋　山东观城（今与河南范县等合并）人，国民党复兴社特务。当时《大晚报》文艺副刊《火炬》主编。[①]

鲁迅致黎烈文信的相关注释沿用了上面这条注释，只改动了个别字词。[②]该注释中存在两个问题。一是出生时间失注，二是“特务”身份可疑。崔万秋生于光绪三十年（甲辰）五月十六日，即西历1904年6月29日。崔去世后安葬于美国旧金山柯尔玛（Colma），据墓地照片，墓碑上的出生日期写作1904年3月6日，这不符合崔万秋的自述。无论是阴历还是阳历，都不是3月6日。所谓“国民党复兴社特务”，在1980年前后的中国大陆是反动的政治身份，但这种判定根据不足。崔万秋本人矢口否认，崔的友人也给予批驳。据笔者所见，判定崔万秋为“复兴社特务”的根据有两个。一是沈醉1977年1月8日做的说明，“我于1932年冬参加复兴社特务处（军统前身）后，便在特务处上海特区当交通联络员，崔万秋当时已参加了特务处，是特务处上海特区领导的直属通讯员，每月薪金八十元”，等等。二是南京解放后，公安人员从国民党保密局遗留的档案中查出“情报人员”登记卡，其中有崔万秋的卡片。[③]但是，这两个根据都有可疑之处。沈醉（1914—1996）本人曾是国民党大特务，担任国民党军统局本部

① 《鲁迅全集》第5卷第184页。北京：人民文学出版社，1981年。

② 《鲁迅全集》第12卷第195页第4条注释。北京：人民文学出版社，1981年。

③ 见《“四人帮”兴亡》第一部《初起》的第四章《张春桥之初》中的“崔万秋的真面目”一节。叶永烈著，北京：当代中国出版社，2014年4月。

处长，历史复杂，解放后受特赦逃脱牢狱之灾、保全性命，担任全国政协文史资料研究委员会专员。他对四十五年前的事情会有如此清晰的记忆吗？崔万秋1933年3月回国，1932年尚在广岛留学，当通讯员领薪金多有不便。沈醉有可能是在1977年这个时间点上，为了配合相关部门搜集“四人帮”罪证的工作，证实江青、张春桥的“历史罪恶”，不得已利用自己的特殊身份作伪证、夸大其词。“情报人员”登记卡能够证明崔万秋的特殊身份，但是，仔细看这张卡的照片会发现，“制卡年月”栏写的是“三十6年4月”（阿拉伯数字为手写体），即1947年4月，此时崔万秋离开《火炬》已经整整十年，在抗日战争中从事情报搜集和对日宣传工作，为国家做出了贡献。此时，他作为“情报人员”登记很正常、很光荣。

崔万秋是中国青年党党员，未曾加入国民党，大概很难做真正的“国民党复兴社特务”，尽管有可能参加外围组织、当“通讯员”之类。据其女儿崔志洁、女婿郑洪的悼念文章《悼念与追思》[①]所言，崔万秋不仅不是“国民党复兴社特务”，反而因其青年党党员身份受到国民党压制。1925年8、9月间，崔万秋在日本加入主张“国家主义之精神，民主政治之原则”、抵制共产主义的中国青年党，此后一直是坚定的青年党员。他在广岛组建了青年党支部，翌年作为留日学生代表到上海参加第一届中国青年党全国代表大会。1946年中国青年党在上海创办《中华时报》，他出任副社长兼总编辑。1988年11月25日，青年党第十五届“全国代表大会”在台北召开，时年八十四岁高龄的崔万秋，依然作为旧金山华人代表前往参加。在其青年党同志刘子鹏看来，崔万秋对抗日战争贡献很大却未能正常升职（仅做到“大使馆”

① 收入《崔万秋先生纪念集》，第11—14页。

参赞），原因即在于国民党排挤党外人士。[①]事实上，如下文将会涉及的，1933年，崔万秋甚至因其国家主义立场和青年党党员身份被曾今可告发。所以，如果界定三十年代初崔万秋的政治身份，应当是中国青年党党员，而非“国民党复兴社特务”。

大概是因为“特务”之说政治性太强，人民文学出版社2005年版《鲁迅全集》（下文简称“新版《鲁迅全集》”）的相关注释不再采用。《伪自由书·后记》的第19条注释为：

> 崔万秋（1905—？）山东观城（今并入河南范县）人，曾留学日本，当时是《大晚报》文艺副刊《火炬》主编。[②]

这里不再提“特务”，是一个历史性的进步。不过，这条注释弄错了崔万秋的生年（是1904年而非1905年），卒年则失注。崔万秋卒于1990年9月10日，享年八十六岁。而且，在鲁迅1933年7月8日致黎烈文信的注释中，崔的生年又成了1908年[③]，这是明显的笔误或误植。

关于崔万秋的“特务”身份问题，在新版《鲁迅全集》出版六年之后，2011年第7期《炎黄春秋》发表了毛德传的文章《崔万秋不是文化特务》，公开为崔万秋平反。不过，这种平反的前提是视“特务”为负面职业，仍有片面之处。崔万秋是否“国民党复兴社特务”存疑（即使是，首先也是国家需要），但抗日战争中他确实做了“文化特务”——担任民国政府国际宣传处对敌宣传科科长，利用自己的日语能力广泛搜集日本情报，并主持对

---

① 刘子鹏：《悼念亦师亦友的万秋志兄》。收入《崔万秋先生纪念集》，第170—173页。

② 《鲁迅全集》第5卷第194—195页。

③ 《鲁迅全集》第12卷第416页。

日广播，瓦解日本人的斗志。那是服务于抗日战争，是一种重要而又神圣的“特务工作”。在抗战时期中国的对日宣传中，日本著名反战作家鹿地亘（1905—1982）、池田幸子（1913—1976）夫妇发挥了重要作用，而这对夫妇就是崔万秋为提高战时对日宣传质量而提议、通过胡风运作到武汉的（后来又到重庆）。郭沫若（1892—1978）“抛妇别雏”回国参加抗战，最初也是通过崔万秋联系的。日本著名作家佐藤春夫（1892—1964）在日本侵华战争中用笔为战争服务，以郭沫若从日本出逃回国为题材创作了电影文学剧本《亚细亚之子》，发表在1938年3月号《日本评论》上，宣传“大东亚”思想，污蔑郁达夫，郁达夫愤而撰写名文《日本的娼妇与文士》，予以回击。[①]而最先读到《亚细亚之子》并告知郭、郁的，就是崔万秋。关于此事，郭沫若写道：“在武汉时，最初看见那小说的是崔万秋，因为他在国际宣传处服务。他们经过特种关系，是经常可以见到日本的报章和杂志的。”[②]抗战时期胡风（1902—1985）两次在民国政府宣传部国际宣传处任职，也是崔万秋安排的。[③]

二 《伪自由书·后记》中的崔万秋

如前所述，鲁迅公开发表的文章中涉及崔万秋的仅有《伪自由书·后记》。在这篇“后记”中，崔万秋的名字五次出现，“后

---

① 相关问题参阅笔者在《“国民作家”的立场——中日现代文学关系研究》第三章《婚姻·生殖·亚洲共同体——佐藤春夫〈亚细亚之子〉的周边》中的论述。北京：生活·读书·新知三联书店，2006年。

② 郭沫若：《再谈郁达夫》。《郁达夫研究资料》（上）第159页。王自立、陈子善编，天津：天津人民出版社，1982年12月。郭沫若称电影文学剧本为“小说”，不确。

③ 参阅吴永平的论文《胡风在“国际宣传处”任职情况考》。《江汉论坛》2009年第9期。

记”转录的调侃鲁迅的章回小说《新儒林外史》第一回“揭旗扎空营 兴师布迷阵”也是崔万秋发表的。那么，鲁迅在这篇“后记”中对崔万秋持怎样的态度？崔万秋在“后记”中呈现出怎样的形象？

在鲁迅为自己的著作撰写的序、跋、题记、后记之类的文字中，《伪自由书·后记》甚为奇特。《伪自由书》全书共218页，而这篇“后记”就长达56页，所占篇幅超过全书四分之一。实际上，这篇“后记”描述了书中所收四十余篇杂文产生的背景，决定着《伪自由书》的“意义结构”。鲁迅在“后记”中是用大量引录文章、加以评说的方式，展示当时上海文坛的实际状况。他在“后记”结尾处说明这样做的目的，曰：“这回趁几种刊物还在手头，便转载一部份到《后记》里，这其实也并非专为我自己，战斗正未有穷期，老谱将不断的袭用，对于别人的攻击，想来也还要用这一类的方法，但自然要改变了所攻击的人名。将来的战斗的青年，倘在类似的境遇中，能偶然看见这记录，我想是必能开颜一笑，更明白所谓敌人者是怎样的东西的。”[①]

崔万秋的名字出现在《伪自由书·后记》中，是因为“解放词”倡导者曾今可。鲁迅在“后记”中抄录了《社会新闻》发表的消息《曾今可准备反攻》，这条消息称曾今可受到鲁迅等人的侮辱、“准备反攻”。抄录之后鲁迅说：“关于曾今可，我虽然没有写过专文，但在《曲的解放》（本书第十五篇）里确曾涉及，也许可以称为‘侮辱’罢”。[②]这里提及的杂文《曲的解放》是瞿秋白执笔、用鲁迅的笔名发表的，确实在开头讽刺了曾今可的“解放词”。鲁迅通过抄录这条消息并进行评说，表达了与曾今可

① 《鲁迅全集》第5卷第191页。

② 杂文《曲的解放》讽刺了曾今可。相关问题可参阅巫小黎的论文《鲁迅与曾今可及其他》，《中国现代文学研究丛刊》2007年第3期。

的对立。下文转录的文章中有谷春帆的《谈“文人无行”》(原载7月5日《自由谈》),即牵出崔万秋。曾今可与崔万秋曾为朋友,却利用、构陷崔万秋,所以谷春帆在文中谴责曾今可,说:“现在呢,新的事实又证明了曾某不仅是一个轻薄少年,而且是阴毒可憎的蛇蝎,他可以借崔万秋的名字为自己吹牛(见二月崔在本报所登广告),甚至硬把日本一个打字女和一个中学教员派做‘女诗人’和‘大学教授’,把自己吹捧得无微不至;他可以用最卑劣的手段投稿于小报,指他的朋友为×××,并公布其住址,把朋友公开出卖(见第五号《中外书报新闻》)。”[①]在谷春帆的笔下,曾今可是“阴毒可憎的蛇蝎”,崔万秋则是被利用、被损害者。鲁迅显然是认同谷春帆的看法的,所以他在这篇《伪自由书·后记》中才转录谷春帆的文章,讽刺曾今可“除了‘准备反攻’之外,只在玩‘告密’的玩艺”。[②]不仅如此,鲁迅在“后记”中还转录了谷春帆文章提及的曾今可出卖、陷害崔万秋的那条消息,并加以评说:

> 崔万秋先生和这位词人,原先是相识的,只为了一点小纠葛,他便匿名向小报投稿,诬陷老朋友去了。不幸原稿偏落在崔万秋先生的手里,制成铜版,在《中外书报新闻》(五号)上精印了出来——
>
> 崔万秋加入国家主义派
>
> 《大晚报》屁股编辑崔万秋自日回国,即住在愚园坊六十八号左舜生家,旋即由左与王造时介绍于《大晚

① 《鲁迅全集》第5卷第180页。
② 《鲁迅全集》第5卷第185页。

> 报》工作。近为国家主义及广东方面宣传极力，夜则流连于舞场或八仙桥庄上云。
>
> 有罪案，有住址，逮捕起来是很容易的。而同时又诊出了一点小毛病，是这位词人曾经用了崔万秋的名字，自己大做了一通自己的诗的序，而在自己所做的序里又大称赞了一通自己的诗。

这样，鲁迅再次强调了崔万秋的被利用与被陷害，同时确认了自己与崔万秋同处于曾今可的对立面。

《伪自由书·后记》写于1933年7月20日，十二天前的7月8日，鲁迅在写给黎烈文的信中，同样提及崔万秋及“害人”问题，说：

> 惠函收到。向来不看《时事新报》，今晨才去搜得一看，又见有汤增敭启事，亦在攻击曾某，此辈之中，似有一小风波，连崔万秋在内，但非局外人所知耳。
>
> 我与中国新文人相周旋者十余年，颇觉得以古怪者为多，而漂聚于上海者，实尤为古怪，造谣生事，害人卖友，几乎视若当然，而最可怕的是动辄要你生命。[1]

将这段文字与《伪自由书·后记》中有关崔万秋的部分结合起来，可以更清楚地看出，鲁迅视崔万秋为受害者，憎恶“害人卖友”的行径。

《伪自由书·后记》涉及崔万秋的另一件事，就是《火炬》发表了“攻击”鲁迅的小说。鲁迅在“后记”临近结束的部分，

---

① 《鲁迅全集》第12卷第415页。

完整引录了6月17日《火炬》刊载的章回小说《新儒林外史》第一回“揭旗扎空营 兴师布迷阵”，然后说：

> 第二天就收到一封编辑者的信，大意是：兹署名有柳丝者（“先生读其文之内容或不难想像其为何人”），投一滑稽文稿，题为《新儒林外史》，但并无伤及个人名誉之事，业已决定为之发表，倘有反驳文章，亦可登载云云。使刊物暂时化为战场，热闹一通，是办报人的一种极普通办法，近来我更加“世故”，天气又这么热，当然不会去流汗同翻筋斗的。况且“反驳”滑稽文章，也是一种少有的奇事，即使“伤及个人名誉事”，我也没有办法，除非我也作一部《旧儒林外史》，来辩明“卡尔和伊理基”的话的真假。[1]

这段文字开头的“编辑者”即崔万秋——鲁迅6月19日日记记有“得崔万秋信”。在崔万秋的名字已经多次出现于“后记”中的情况下，这里鲁迅却用“编辑者”代之，可见他在意与崔万秋的关系，对崔有所体谅。而且，从这段文字来看，崔万秋对鲁迅有足够的尊重。此时他刚刚接手《火炬》的编辑工作，需要刊发文章打开局面，尽管如此，他在发表杨邨人小说的时候，一是检查文章是否“伤及个人名誉”，二是及时向鲁迅通报情况，三是愿意为鲁迅反驳提供版面。而且，《新儒林外史》刊载了第一回便终止，显然也是主编《火炬》的崔万秋决定的。鲁迅虽然当时没有“去流汗同翻筋斗”，但在一个月之后撰写的《伪自由书·后记》中讽刺、揭露杨邨人，这也与崔万秋的建议相一致。

总体看来，在《伪自由书·后记》中，鲁迅对崔万秋的态度

① 《鲁迅全集》第5卷第189—190页。

是同情、友善的，崔万秋是作为受害者和“编辑者”存在的。必须注意，鲁迅写《伪自由书·后记》是在与《大晚报》的笔战刚刚结束的时候，《伪自由书》收录了多篇打击《大晚报》的杂文。鲁迅在“后记”开头说得明白：“只要一看就知道，在我的发表短评时中，攻击得最烈的是《大晚报》。这也并非和我前生有仇，是因为我引用了它的文字。但我也并非和它前生有仇，是因为我所看的只有《申报》和《大晚报》两种，而后者的文字往往颇觉新奇，值得引用，以消愁释闷。”[①]在这种情况下，鲁迅对于身为《大晚报》副刊《火炬》主编的崔万秋能够持同情、友善的态度，很不容易。

但是，两种版本的《鲁迅全集》在对鲁迅6月19日日记中“得崔万秋信”的记录做注释的时候，都把崔万秋描述成杨邨人的同谋。旧版《鲁迅全集》的注释是这样的：

> 杨邨人化名柳丝在六月十七日《大晚报·火炬》上发表《新儒林外史》攻击鲁迅后，该刊编者崔万秋即寄信给鲁迅表示如有反驳也可登载。鲁迅未予理睬。后在《伪自由书·后记》及与友人通信中揭露了他们的伎俩。[②]

新版《鲁迅全集》沿用了旧版的这条注释，只改动个别无关紧要的字。[③]实际上，《新儒林外史》第一回对鲁迅的描写根本谈不上“攻击”，至多是“滑稽”，而且包含着作者辩解、求饶的内容——小说中的“老将鲁迅”神通广大、法力无边，杨邨人忙于打拱、解释，所以鲁迅在《伪自由书·后记》中甚至说杨“将自

① 《鲁迅全集》第5卷第162页。
② 《鲁迅全集》第15卷第87页。北京：人民文学出版社，1981年。
③ 《鲁迅全集》第16卷第385页。

己写成了这么一副形容了”。[1]杨邨人曾参加太阳社、左联，在《新儒林外史》第一回中也是和“老将鲁迅”同处“左翼防区”，与回国仅三个多月、刚刚接手《火炬》主编工作的崔万秋没有多深的关系，所以“他们的伎俩”并不存在。

三　崔万秋谈鲁迅与《大晚报》的笔战

崔万秋身为《大晚报》副刊《火炬》的主编，对鲁迅与《大晚报》的笔战不可能等闲视之。晚年，他在接受采访时谈及此事，说：

> 鲁迅和大晚报的笔战结束之后，我曾经和鲁迅见面（在我进大晚报前一年，曾在上海日本开的“内山书店”拜访过他，早已认识），我对他说：
>
> “先生，往事如流水，你过去和《大晚报》的恩怨一笔勾消[销]了罢。我编的《火炬》开放门户、接纳各方不同的意见。欢迎你赐稿。”鲁迅的答复是：“我是一个党同伐异，不‘忘’旧恶的人；大晚报曾经骂过我，我不能替大晚报写稿。”
>
> 我听见他这一番言语，深感此公心胸之窄狭，这那[哪]是领导文坛的祭酒！钱杏村[邨]骂他抛不开“我的成分”、“始终是个人主义者”，没有冤枉他。
>
> 我不能像他那样没有风度，我心平气和地对他说：
>
> “俗话说：冤仇宜解不宜结，希望先生不要把笔战的小事怀恨在心头。”[2]

---

① 《鲁迅全集》第5卷第190页。

② 《我和副刊有缘》，崔万秋口述，杨锦郁整理。原载1989年2月19日台湾《联合报》。引自《崔万秋先生纪念集》所附《崔万秋先生遗作选辑》第73—74页。

崔万秋作为《大晚报》方面的人去与鲁迅和解是一厢情愿，视鲁迅的拒绝投稿为“心胸狭窄”也将问题简单化了。因为鲁迅与《大晚报》的关系绝非简单的一位作者与一家报纸的关系。崔万秋对于鲁迅与《大晚报》笔战的原因，后来有深入的认识。他在被卷入“四人帮”案之后撰写的《是谁“指使”围攻鲁迅？》一文中，谈及鲁迅与《大晚报》笔战的原因，引用了鲁迅在《伪自由书·后记》中的解释（上文所引“消愁释闷”那一段），然后说：

> 但事实上并非那么轻松。鲁迅对大晚报怀有成见，可能由于下列两种理由：
>
> 第一、“左联”成立后三个月，民国十九年六月，为对抗“无产阶级革命文学”运动，一批反共文艺作家联名发表了一篇《中国民族文艺运动宣言》，大晚报同人中有两人署名：汪倜然、黄震遐。汪是大晚报的总编辑，黄原是大晚报的战地记者，淞沪战停战后改任编辑。刘绶松在《中国新文学史初稿》中嘲笑“这些提倡‘民族主义文学’的，却是一些无文的‘文人’们”；但黄震遐是有“文”的文人。他在民族文学派的机关杂志《前锋》上发表《陇海线上》和《黄人之血》，曾受过鲁迅苛酷的批评（详见鲁迅《民族主义文学的任务和运命》一文）。
>
> 第二、大晚报前任副刊编辑张若谷，曾于一九三二年在大晚报连载长篇小说《婆汉迷》，题材取用文化界人士的故事，故用一英文字Bohemian的音译为标题，在小说中以罗无心影射鲁迅，以郭得富影射郁达夫等，引起鲁迅的反感。在《文学上的折扣》一文中，鲁迅说：“有一种无聊小报，以登载诬蔑一部分人的小说自鸣得意，连姓名也都给以影射

> 的，忽然对于投稿，说是‘如含攻讦个人或团体性质者，恕不揭载’了。”就是暗指张若谷。因为“如含攻讦个人或团体性质者恕不揭载”云云，是张若谷主编大晚报副刊《辣椒与橄榄》征稿启事的文句。[①]

这种解释有助于我们深入理解《伪自由书》中的杂文。《伪自由书》中，《对于战争的祈祷——读书心得》《止哭文学》等文对黄震遐《大上海的毁灭》进行了揭露与批判，《文人无文》则辛辣地讽刺了张若谷。同时，这种解释也证明鲁迅拒绝投稿绝非简单的“心胸狭窄”。

关于张若谷，新版《鲁迅全集》注为：“张若谷（1905—1960），江苏南汇（今属上海）人，常为《大晚报》、《申报》的副刊撰稿。”[②]但是，按照崔万秋的说法，张若谷是《大晚报》副刊《辣椒与橄榄》的主编，而非普通撰稿人。《辣椒与橄榄》改名《火炬》之后，崔万秋做主编，故其记述可信。

四　关于“指使张春桥围攻鲁迅”

1977年4月间媒体宣传“崔万秋指使张春桥反对鲁迅”一事，崔本人是通过香港《中国人》月刊1980年6、7、8月号对于《王、张、江、姚反党集团罪行（材料之二）》的连载得以全面了解的。《张春桥的历史罪证》共四条，第一条共五项，五项中的第三项为“张春桥一九三五年到上海，在复兴社特务崔万秋的指使下，从事文化特务活动”，并有具体说明：

① 《是谁“指使”围攻鲁迅？》，《崔万秋先生纪念集》第89—90页。
② 《鲁迅全集》第5卷第90页。

> 一九三六年三月十五日张春桥化名狄克，在大晚报副刊《火炬》上发表《我们要执行自我批判》的反动文章，恶毒攻击鲁迅为《八月的乡村》这部小说作序言。鲁迅在同年四月十六日写了《三月的租界》一文，深刻揭露了张春桥的反革命嘴脸。张春桥于四月下旬又给鲁迅写黑信，进行猖狂反扑。他写这一黑信时的通信地址是“大晚报火炬星期文坛编辑部”，这是张春桥以反动的《大晚报》副刊《火炬》编辑部为据点，在崔万秋的指使下，围攻鲁迅，从事文化特务活动的证据。

这段文字是笔者从崔万秋《是谁“指使”围攻鲁迅？》一文中转录的。同一时期中国大陆的相关宣传资料中，确实不乏此类内容。1977年4月27日《人民日报》发表的《新老反革命结成的黑帮》一文说：“一九三五年五月，张春桥到上海，在国民党复兴社特务崔万秋的指使下，从事拥蒋反共活动，疯狂反对鲁迅，积极参加国民党的反革命文化‘围剿’。”5月17日《光明日报》发表的《老反革命张春桥的本来面目》一文说：“张春桥到了上海，在国民党复兴社特务崔万秋的指使下，从事拥蒋反共活动。”[①]这显然是从《新老反革命结成的黑帮》一文中转录的。

在今天看来，上述“历史罪证”多有荒谬之处。其一，当年十九岁的文学青年张春桥到上海闯荡不久，在杂志社做校对员谋生，没有那么大的能量。政治方面，他在1936年4月加入了“共产党”，因吸收其入党的组织不合法，1938年年初到延

① 《“四人帮”反革命罪行材料辑录（1976. 10—1977. 4）》（下）第711、716页。中国社会科学院哲学研究所图书资料室编，1977年5月，内部印刷。

安之后于当年8月再次入党。其二，张春桥“攻击”鲁迅之前，已经“攻击”了老舍、施蛰存、臧克家等成名作家。这位急于出名的文学青年，走的是“骂名人以出名”的路线。其三，《我们要执行自我批判》一文无论是对鲁迅还是对萧军都没有“恶毒攻击”，文章是在承认《八月的乡村》为“史诗”的前提下，指出小说的不足，强调批评家不应只说好话。而且，文章谈的是《雷雨》《生死场》《八月的乡村》等多部作品以及作家与批评家的关系，只有约四分之一是谈论《八月的乡村》。这篇文章的缺点，在于看不到作为“奴隶丛书”出版且遭查禁的《八月的乡村》背后复杂的阶级、政治问题，而是简单地谈论作家与批评家的关系，因此流于浅薄。鲁迅发表反驳文章《三月的租界》之后，张春桥惊恐不安，给鲁迅写信做解释，态度谦卑，并没有“猖狂反扑”。他在信中说二萧“从那血腥的世界跑到这个血腥的世界里来了”，表明他已经认同鲁迅的观点。这种认识显然是他后来加入中国共产党的思想基础。其四，崔万秋年长张春桥十三岁，当时已经是上海文坛的名流，掌握着包括杨邨人、施蛰存、“四条汉子”[①]、廖沫沙、洪深、欧阳予倩等人在内的知名作者资源，何必去“指使”张春桥这种“文坛恶少”？按照崔万秋自己的说明，张春桥到上海之后，是经文学研究会元老王统照介绍去拜访他，三人同为山东同乡。上面这种“历史罪证”，是产生在“文革”刚刚结束的特殊政治环境中。

关于张春桥及其《我们要执行自我批判》，崔万秋说：“总观狄克这篇批评的用意，是希望作者百尺竿头更进一步；批评者奖掖后进，亦应适可而止，勿助长青年作者的骄气，并无恶意于其间。只是有的地方，不免冒犯‘文坛老将’鲁迅，想在文坛上

① “四条汉子”即田汉、阳翰笙、夏衍、周扬。

出头的狄克，难免惹上麻烦，但初生之犊不怕虎，也正是年轻人的可爱之处。让无名的作家有机会发表文章，也是我编辑方针之一。”[①]言之有理。毛德传在《崔万秋不是文化特务》一文中则说得更深刻：

> 抗战前在上海租界，崔已是社会名流，张春桥只是小文人，崔张并不熟识。1936年3月15日，《大晚报》副刊《火炬》发表张春桥（笔名狄克）文《我们要执行自我批判》，只是崔主编所编发千百篇文稿之一。那时，对鲁迅先生尚未神化，将鲁迅作为文艺思想战线尊神。鲁迅的文章，篇篇是真理。鲁迅的话一句顶几百句。文革十年中，所有报纸杂志文章，批判斗争大会发言，不厌其烦引用鲁迅语录仅次于毛泽东语录。荒唐的推断，谁批评过鲁迅必然是反革命，而被鲁迅点过名的如夏衍、阳翰笙当然是反革命，为鲁迅在文中指为“昏蛋”，“以文坛皇帝”自居的徐懋庸，鲁迅斥为“洋场恶少”的施蛰存，解放后都受尽苦难。
>
> 崔万秋只是认为狄克文可以发表见报，并签发二元几角稿费而已。而鲁迅于次月即4月16日发表《三月的租界》予狄克（张春桥）驳辩斥责。这在今天学术探讨，任何一名大中学生都会认定正常不过。[②]

不过，旧版《鲁迅全集》中《三月的租界》一文的第4条注释，明显受到了“罪行材料”的影响。注释是这样的：

---

① 《是谁“指使”围攻鲁迅？》，《崔万秋先生纪念集》所附《崔万秋先生遗作选辑》第97页。

② 毛德传：《崔万秋不是文化特务》，《炎黄春秋》2011年第7期第45页。

狄克 张春桥的化名。张春桥，山东巨野人。当时混进上海左翼文艺界进行破坏活动。七十年代是“四人帮”反革命阴谋集团的主要成员之一。他的攻击《八月的乡村》和攻击鲁迅的文章《我们要执行自我批判》，发表于一九三六年三月十五日的《大晚报·火炬》。[①]

这种政治性的注释拔高了十九岁的“文学青年”张春桥，有违史实。将笔名说成“化名”，便将正常的文学评论活动“阴谋化”了。比较而言，新版《鲁迅全集》的注释进步很大：

狄克 张春桥的笔名。张春桥（1917—2005），山东巨野人。当时上海的一个文学青年。他指责《八月的乡村》的文章《我们要执行自我批判》，发表于1936年3月15日的《大晚报·火炬》。[②]

这条注释恢复了“狄克”的笔名性质，不再提四十年后的“四人帮”问题，也不再说张春桥“攻击鲁迅”。不过，“指责”一词改为“批评”更恰当。

张春桥对鲁迅、对《八月的乡村》的真实态度之外，还有一个问题必须注意，那就是崔万秋与《八月的乡村》的关系。对于萧军的长篇小说《八月的乡村》，崔万秋会给予特别关注。《八月的乡村》是描写“九一八”之后满洲“成千上万不甘心作奴隶的民众们”的抗日斗争生活，而同类题材崔万秋两年前在长篇小说《新路》中也处理过。《新路》描写“九一八事变”发生前后身在

① 《鲁迅全集》第6卷第516页。北京：人民文学出版社，1981。
② 《鲁迅全集》第6卷第535页。

日本的中国留学生的生活，多名留学生因“九一八事变”发生而投身反日斗争，最后被日本政府驱逐出境。小说的女主角之一梅如玉，是从旅顺到日本留学，因为从小接受日本的殖民主义教育（日本在日俄战争之后占有旅顺），没有国家意识，不认为自己是中国人，也看不起中国人，贪图享乐，被日本间谍收买，最后死于未婚夫之手。《新路》充分表现了崔万秋的民族主义、爱国主义思想，与《八月的乡村》具有主题与题材的共通性。从文学史的角度看，后者则处于前者的延长线上。即使是在这个意义上，崔万秋也不会指使张春桥攻击《八月的乡村》与为《八月的乡村》写序的鲁迅。《新路》1933年11月由上海的四社出版部出版，鲁迅12月13日的日记中即有“得崔万秋所寄《新路》一本”的记载，可见小说出版之后崔万秋是在第一时间寄赠给鲁迅。而且，《新路》内封上的“新路”二字是鲁迅好友蔡元培题写，这会增加鲁迅对崔万秋的好感。1938年3月27日，中华全国文艺界抗敌协会在汉口成立，崔万秋为发起人之一。1942年12月在重庆，他又完成了长篇抗战小说《女兵的故事》。在中国抗战文学史上，崔万秋占有重要位置。

五　未见于鲁迅日记记载的会面

崔万秋不接受“指使张春桥攻击鲁迅”的指控，但因反驳指控而阐明了自己与鲁迅的关系。他说：

> 我和鲁迅虽无深交，也从未奉他为神明，但对他在新文学的贡献，则怀有相当敬意。周氏兄弟——周树人（鲁迅本名）、周作人，都爱好武者小路实笃的作品，两人都翻译过武者的作品；鲁迅曾译《一个青年的梦》；周作人对武者

> 的“新村”运动，介绍尤详。我初次接触武者的作品，就是透过周氏兄弟的翻译。后来我到日本读书，翻译了几部武者的作品如《母与子》、《忠厚老实人》、《孤独之魂》、《武者小路实笃戏曲集》等，并结识了武者，以师礼事之。每次我翻译的书出版，我就寄一册给周作人，请其指教，他每次均复信鼓励。后来，我又翻译夏目漱石的《草枕》，周作人尤其欣赏。周作人往游东京，和《改造》杂志社长山本实彦对谈时，关于日本文学之译介，曾举出我翻译的《草枕》为例。但鲁迅自南下厦门、广州之后，辗转播迁，我在海外无从寻得其确实通信处，所以没有赠书或通信的机会。但当我在上海内山书店初次遇见时，他说我翻译的《母与子》、《草枕》，他都看过；我和周作人常通信，他也知道，所以谈话很投机。民国二十五年四月底，武者往游欧洲，路过上海，我曾陪武者往访鲁迅，并同进午餐，内山书店老板作陪，这是后话。①

这段自述中有个别不确之处，但基本符合事实，提供了现代中国日本文学译介史的资料。1920年前后鲁迅翻译武者小路实笃《一个青年的梦》、周作人宣传实笃的新村运动的时候，崔万秋正在济南山东省立第六中学读书。他受到五四新文化运动的影响，1924年夏高中毕业后，甚至去上海拜访已经有通信联系的田汉、杨贤江，并经田汉介绍认识了左舜生、张闻天等人。左舜生（1893—1969）为中国青年党要人，与左相识成为崔万秋后来加入中国青年党的契机。崔万秋翻译的《母与子》实际上寄给了鲁迅，如前所引，鲁迅1928年7月10日的日记中有“收崔万秋所

---

① 《是谁“指使”围攻鲁迅？》，《崔万秋先生纪念集》第67—68页。

寄赠《母与子》一本”的记录。1928年是鲁迅从广州到上海的第二年，居所不定，崔万秋能把译著寄到鲁迅手里，显然是费了周折，“怀有相当敬意”并非虚言。鲁迅1933年3月至12月的日记中有九次与崔万秋通信、寄赠杂志的记载，这表明崔万秋回国之初积极与鲁迅联系。崔万秋1933年3月10日前后从日本回到上海，当月就给鲁迅写了两次信，4月又两次给鲁迅寄杂志。上面这段自述提到的1936年陪武者小路实笃（1885—1976）访鲁迅，是崔万秋与鲁迅最重要的一次见面。据鲁迅日记，见面时间是5月5日。但“同进午餐”的记述有误，因为见面是在下午，见面之后鲁迅又去见另一位朋友章雪村。结合实笃的相关记述来看，崔万秋说的“午餐”应为午餐与晚餐之间的“軽食”（けいしょく）。内山完造准备了寿司、点心之类。那是日本人的待客方式。

1936年4月底，武者小路实笃从日本乘船前往欧洲。5月初船到上海暂停，他上岸访友，5月5日与鲁迅会面。不到半年鲁迅即去世，因此这次会面是二人一生中唯一的一次会面，具有历史性。鲁迅10月19日去世，8月31日还“托内山君修函并寄《珂勒惠支版画选集》一本往在柏林之武者小路实笃氏，托其转致作者”（当天日记的记载）。关于这次会面，鲁迅日记的记载仅有“午后往内山书店见武者小路实笃氏”一句，但武者小路实笃八十六岁那年完成的回忆录《一个男人》的记载较为详细。实笃写道，“关于鲁迅，名字本来早就知道，而且并不仅仅是知道名字。为我建立北京新村支部的周作人是鲁迅的弟弟，由周作人介绍，鲁迅曾经向我提出翻译《一个青年的梦》的要求，希望我能同意。我还曾经得到那本书的中文译本”，“所以见到鲁迅并没有陌生人的感觉，而是愉快地一边吃寿司一边聊天儿”，“鲁迅说现在中国依然有人在读《一个青年的梦》，我说在日本人们已经忘记我曾经写过那样的书，鲁迅说那可能是因为你又写了其他许多书”。[①]实笃不懂汉语，在上海活动是由崔万秋陪同。船到上海他上岸的时候，崔万秋就到码头迎接。他在《一个男人》中写道："船到上海，看到岸上崔万秋君的身影，我很高兴。有崔君在，我就放心了。在崔君的冈山学生时代我们就认识，还曾经一起去过新村。不言而喻，他的日语很熟练。”[②]所以才有崔万秋“陪武者往访鲁迅”的事。

尽管是“陪武者往访鲁迅”，但崔万秋与鲁迅的这次见面同样具有历史性。他们都曾受到武者小路实笃人类主义、和平主义思想的影响，这次见面也正是实笃的来访促成的。而且，他们的会面是“明治留日生”与“昭和留日生”的相会。在中国新文学作家中，周氏兄弟与实笃的关系广为人知，但实际上，崔万秋与实笃的关系更长久、更密切。他以实笃为导师，翻译过多部实笃作品，直到二十世纪六十年代前期在日本做“外交官”的时候，依然与实笃保持密切联系，关心新村运动，[③]还曾领作家陈纪滢拜访实笃。[④]1936年5月5日下午，鲁迅与崔万秋在内山书店里，应当会谈起共有的留日生涯、实笃的创作、日本文学的翻译等等，“谈话很投机”是自然的。从代际关系来看，鲁迅比崔万秋年长二十三岁，各自是不同时代留日中国人的代表。近代以来，由于日本社会变化剧烈，这种变化影响到中日关系的走向，因此不同时代留日中国人的际遇、使命、精神状态有明显差异。

---

① 《一个男人》第114节。《武者小路实笃全集》第17卷第195页。东京：小学馆，1990年。引用者翻译。

② 《一个男人》第114节。《武者小路实笃全集》第17卷第195页。引用者翻译。

③ 笔者1996年4月参观新村的时候，在村内生活多年的渡边贯二先生（1910—约2006）还谈起崔万秋，说战后崔万秋多次随武者小路实笃到新村。

④ 陈纪滢：《齐如山、林语堂、武者小路实笃》。台北：重光文艺出版社，1978年，第110页。

如果将周氏兄弟作为“明治留日生”的代表，将郭沫若、郁达夫等人作为“大正留日生”的代表，那么，崔万秋无疑是“昭和留日生”的代表之一。崔万秋在大正末年（1924年即大正十三年）留学日本，但留学生活主要是在昭和时代（始于1926年）度过的，其生活、职业、命运均与昭和日本直接相关，其长篇小说《新路》则代表了近代以来中国留日生文学的最高成就。鲁迅与崔万秋、武者小路实笃、内山完造四人坐在上海的内山书店里，构成了一幅具有符号性、象征性的图景，展示着近代以来中日两国多层面的历史、文化关系。

1936年5月5日的会面，大概是崔万秋与鲁迅最后一次相见。不足半年之后，10月19日鲁迅去世。鲁迅去世二十天之后的11月9日，《大晚报》副刊《火炬》发表了张春桥的悼念文章《鲁迅先生片段——我的悼念》。这是文学青年张春桥的悼念，也是崔万秋的悼念。这种悼念是真实的，不应因四十年之后的政治斗争被解释为“从唱白脸一下转为唱红脸”“两面派手法已经颇为到家了”[①]之类。

鲁迅是社会与历史的产物。只有将鲁迅置于真实的社会环境之中，才能真实地、科学地认识鲁迅。如果基于多年之后政治斗争或大批判的需要歪曲当年的社会环境、人际关系，则将导致对鲁迅本身的歪曲。如果将鲁迅用作迫害他人的工具，则走到了鲁迅精神的反面。1936年前后，《火炬》主编崔万秋在帮助山东同乡张春桥、蓝苹（后改名“江青”）的时候，大概不会想到这两位年轻人三十年后能在中国政坛呼风唤雨，更不会想到他们的倒台会牵连到远在地球另一边的自己，甚至影响到人们对于他与鲁

① 《“四人帮”兴亡》第一部《初起》第228、229页。

迅之关系的解释。他与鲁迅的关系本来正常，却因多重政治斗争而被曲解，他为国家、为现代文学所做的贡献也被漠视。1989年上海书店影印出版的《新路》，大概是1949年之后崔万秋在中国大陆出版的唯一一部作品。尽管他的多部作品都有重新出版的价值。

2018年3月11—17日写就

（原载《鲁迅研究月刊》2018年第4期）

副编

鲁迅的朱安，朱安的鲁迅

乔丽华所著《我也是鲁迅的遗物·朱安传》（上海社会科学院出版社2009年12月出版）堪称“巨著”——虽然它不足270页，只是薄薄的一本。对于鲁迅研究来说，该书无疑是富于冲击力和建设性的。在该书中，鲁迅原配夫人朱安完整地展示着自己寂寞、悲惨、荒诞的人生，而她的这种人生与鲁迅密切相关。该书表明：我们在认识朱安之前，不可能深入、全面地理解鲁迅。朱安，这位身材瘦小、相貌平凡、不识字、裹着小脚的旧式女子，和老子、尼采、拜伦、夏目漱石、果戈理等中外文化名人一样，深刻地影响着鲁迅的世界观、人生观、文学创作，而且这种影响更为直接。可以说，《朱安传》提供了一个重新认识鲁迅的视角，具有“重构鲁迅”的功能。从朱安的角度看，鲁迅首先不是伟大的文学家、革命家、思想家，也不是“民族魂”，而是一位嫌弃、冷落她二十多年，最后带着女学生离她而去的丈夫。

光绪三十二年（丙午）六月初六，即公元1906年7月26日，从东京回到绍兴的青年鲁迅在周家新台门与朱安完婚。“六月初六”应当是周家按黄历选定的黄道吉日，但对于鲁迅来说这是受难日。长期以来，这桩婚姻普遍地被看作“封建婚姻”，男女双方被看作“封建婚姻的受害者”，但是，关于婚礼在鲁迅心理上会留下怎样的创伤，却鲜有具体分析。按照《朱安传》的叙述，从1899年3月周家向朱家“出口”（绍兴旧婚俗中的求婚程序）算起，订婚七年之后，婚礼才得以举行。母亲鲁瑞是听到儿子鲁迅在东京娶妻生子的传言，才谎称生病唤鲁迅回国完婚。就是说，鲁迅是被骗回家的。但是，骗他的是自己的母亲，他只能忍受，并且顺从母亲的安排与朱安完婚。鲁迅本来十分厌恶“瞒与骗”，视之为中国“国民性”而长期批判，但母亲却在他的终身大事上骗了他。1936年，鲁迅曾写《我要骗人》（收入《且介亭杂文末编》）一文，文章虽然是就中日关系而谈，但他对于“骗人”的理解之中，应当存在着为母亲所骗的记忆。《朱安传》指出鲁迅与鲁瑞“母与子的关系也并不像人们所想象的那么理想化”，是有根据的。据黄乔生《八道湾十一号》的考察，鲁迅留下了许多照片，但其中却没有与母亲的合影。在批判中国“吃人”历史的《狂人日记》中，也存在着亲人相吃的悲剧。由此可见，婚礼中鲁迅的痛苦之一，就是对寡母的“爱”与“怨”的冲突。对母亲的爱戴与体谅使他接受母亲的安排与朱安完婚，但在此过程中他又必然怀着委屈与怨恨。而且，婚礼中出现的辫子、小脚问题，对于从东京回国、返乡的鲁迅来说，则具有特殊的、恶毒的讽刺性。在明治末年的日本，中国男人的辫子与中国女人的小脚都是愚昧与屈辱的符号。1903年3月，鲁迅在留日一年之后剪去了辫子，并为此拍“断发照”作纪念。同样是在1903年3月，大阪的世界博览会发生了“人类馆事件”，一位身穿中国服装、裹着小脚的女性（主办者说是“台湾人”）被放在会场里展览，引起中国留学生的抗议。此事无疑曾经刺激鲁迅。鲁迅在仙台医专留学时，藤野先生关于裹脚女子脚骨的询问也曾使他为难。在1926年11月所作《范爱农》一文中，鲁迅依然写及自己留日时期对小脚的深恶痛绝。然而，在1906年农历六月初六的婚礼上，鲁迅被迫戴上假辫子，并且在脑后垂着假辫子的情况下看到了朱安的小脚。朱安的小脚无法撑起的大鞋从花轿里掉出来，还酿成了婚礼上的一个“事件”。鲁迅终生对辫子深恶痛绝，多次在文章中批判，婚礼上的假辫子无疑是原因之一。

青年鲁迅的心灵上存在着“创伤性记忆群”，婚礼大概是其中最深的一道伤口。被母亲骗回国，在日本建立的价值观受到嘲弄。因此，他在新婚第二夜就独自睡到书房，婚后二十年间与朱安形同陌路，努力将朱安从自己的生活中抹去。关于这一点，看看鲁迅日记即可明白。朱安在鲁迅日记中绝少出现，而且没有名字，仅仅是作为“妇”或“眷属”。

鲁迅的拒绝本身，表明朱安给他造成了持续的、巨大的痛苦。生活在北京的那最后六七年间，朱安每天都在他身边，他的回避只能在“笔下”完成。在“拒绝”与“面对”的夹缝中，畸形、变态的婚姻生活持续着。《朱安传》提出了一个尖锐的问题：“鲁迅与朱安结婚多年而没有孩子，究竟是因为道德上的极端的洁癖，还是有不得已的苦衷，有着外人所无法参透的隐秘的苦痛？”而且，乔丽华由鲁迅的畸形婚姻来解释鲁迅何以能够透彻理解独身者的变态心理，引用了顾颉刚攻击鲁迅“准鳏夫”的话。

参照婚姻悲剧重读鲁迅作品，许多作品会呈现出新的含义。鲁迅1919年12月4日回到绍兴办理迁居事宜，就夫妻关系而言是回到了朱安身边，12月24日离开绍兴的时候也是带着朱安。然而，滞留绍兴二十天的日记中没有朱安，朱安仅仅存在于24日日记的“下午以舟二艘奉母偕三弟及眷属携行李发绍兴”一语中。在取材于此次返乡经历的小说《故乡》中，叙述者“我”则没有家眷，身份、职业不明。所以，从小说与题材的关系来看，《故乡》是鲁迅回避发妻、塑造“独身自我”、思考“希望”的作品，而这“希望”与朱安给他的“绝望”有关。尤应注意的是散文诗集《野草》。关于该书，鲁迅在《野草·英文译本序》(1931年11月作)中有说明，所谓“大抵仅仅是随时的小感想。因为那时难于直说，所以有时措辞就很含糊了”。结合《野草》的实际情形来看，这种表述并不成立。《野草》中《淡淡的血痕中》《一觉》等篇针砭时局，并非“难于直说”或“措辞就很含糊了”，《颓败线的颤动》写普遍性的伦理问题，更与是否“直说”无关。我认为，鲁迅的说明本身有误导读者、掩盖真相之嫌。从《野草》的创作背景与具体内容能够看到这真相，而这真相之中存在着朱安。1924年5月25日，鲁迅移居西三条胡同，居住至1926年8月26日南下广州。《野草》中的二十三篇作品即写于此时、此地。当时，鲁迅和母亲、朱安居住于此，另有两位女佣。关于鲁迅家中“太怕人”的阴暗、压抑气氛，《朱安传》引用鲁迅友人荆有麟的文章做了描述，关于鲁迅撰写《野草》诸文时的状态，则需要我们用想象来补充。西三条寓所的正房共三间，东间住着鲁迅母亲，西间住着朱安，鲁迅住在当中一间后面的“老虎尾巴”里。夜深人静，鲁迅独坐在“老虎尾巴”里对着东墙写作，相连的两个房间里是两位给了他许多痛苦与烦恼的女性。意识到这一点，有助于理解《野草》中的氛围与意象，进而发现其中“潜在的朱安”。《影的告别》曰：“我独自远行，不但没有你，并且再没有别的影在黑暗里。只有我被黑暗沉没，那世界全属于我自己。”将此语作为鲁迅在灵魂深处对朱安发出的声音，是符合逻辑的。1923年鲁迅因“兄弟失和”搬出八道湾的时候，就企图摆脱朱安，但未能做到。朱安影子一样随他住到了砖塔胡同，又随他搬到西三条寓所。《我的失恋》一篇，鲁迅自云是“讽刺当时盛行的失恋诗”(《野草·英文译本序》)，但是，对于处于“无恋”状态、在朱安身边用第一人称“我”写这首打油诗的鲁迅来说，诗歌的内涵不会与他本人的婚姻状态无关。实际上，该诗表现的“我”与“我的所爱”之间的错位、隔膜关系，同样属于鲁迅与朱安。《复仇》一篇中裸着全身、手持利刃、枯站在旷野上无言相对的两个人，可以理解为鲁迅与朱安的喻体——鲁迅用“漠视”之刀对抗畸形婚姻，朱安则还之以无言的“如影随形”。《希望》一篇，则应结合小说《故乡》结尾处对于“希望”的思考来理解。“我只得由我来肉薄这空虚中的暗夜了，纵使寻不到身外的青春，也总得自己来一掷我身中的迟暮。”在这种表述中，鲁迅对自己不幸青春（即朱安的投影）的哀叹一目了然。《野草》之外，写于同一环境中的《伤逝》同样值得注意。《朱安传》告诉我们，研究者已经指出《伤逝》女主人公子君身上有朱安的影子。确实，小说中子君“凄惨的神色”，“只知道捶着一个人的衣角”的生存状态，也属于朱安。“我终于从她言动上看出，她大概已经认定我是一个忍心的人。”“天气的冷和神情的冷，逼迫我不能在家庭中安身。”——小说中的这种叙述则可以用之于鲁迅本人。《伤逝》和《我的失恋》一样，是从“我”的立场展开叙述，作为叙事者的“我”与作为鲁迅的“我”，本来难免重叠在一起。

朱安使鲁迅寂寞、痛苦、绝望，但她是一个善良、自尊、坚韧的人。《朱安传》展示了朱安的善良、自尊、坚韧乃至挣扎。朱安作为那个年代的女性只能从一而终，但随鲁迅离开故乡绍兴、迁居北京之后，鲁迅对她的态度仍无改变。终于，在婆婆的某次寿宴上，她穿戴整齐向亲友下跪，说：“我来周家已许多年，大先生不很理我，但我也不会离开周家，我活是周家的人，死是周家的鬼，后半生我就是伺奉我的婆母。”对于她这种弱者来说，这大概就是最激烈的抵抗手段了。鲁迅去世后她在西三条的家里设了灵堂，寂寞地守灵，却不准家人以亲戚名义参加上海的鲁迅纪念活动，以免让人看鲁迅的笑话。鲁迅去世后她活了十一年，贫病交加中一直努力保持“鲁迅遗孀”的尊严，去世前冷静地安排自己的后事，将衣物分赠亲友。鲁迅曾经赞美在“三一八惨案”中死伤的刘和珍等人，曰：“当三个女子从容地转辗于文明人所发明的枪弹的攒射中的时候，这是怎样的一个惊心动魄的伟大呵！”（《记念刘和珍君》）我认为，与这三位女子相比，朱安更为“惊心动魄的伟大”。命运把她放在一个生不如死的尴尬位置，她却必须坚强地活下去，那种屈辱的“活”比壮烈的“死”更艰难。可惜，晚年的朱安是鲁迅看不到的。

鲁迅与朱安的婚姻悲剧弥漫着一种令人窒息的“悲”。两个差异如此之大的人，实在是无法在一起的。但他们走到了一起，于是悲剧发生了。谁错了？谁都没有错。鲁迅没有错，朱安没有错，鲁迅母亲也没有错。都是“封建婚姻制度的牺牲品”——如学者们常说的。不过，说到“牺牲品”，朱安才是彻底的、最大的牺牲品。鲁迅最终带着许广平离开旧家庭，走向新天地开始新生活，拯救了自己，而朱安只能留在西三条，留在“黑暗的闸门”里面。1943年她送走了婆婆，1947年6月29日她本人在贫病交加中离开人世。在我看来，现在被命名为“鲁迅故居”的西三条鲁迅寓所，命名为“朱安故居”更恰当。鲁迅在这里只住了两年零三个月，而朱安在这里住了二十三年，终老于此。

鲁迅太伟大，朱安太渺小。所以，尽管他们是结发夫妻，但人们看鲁迅的时候看不到朱安，或者尽量不看朱安。鲁迅去世之后许寿裳编鲁迅年谱要写及朱安，甚至专门给许广平写信解释，请求谅解。1944年10月，因保存鲁迅藏书问题，唐弢等人来到西三条，与年迈、贫病交加的朱安商谈，朱安愤怒了，说：“你们总说鲁迅遗物，要保存，要保存！我也是鲁迅的遗物，你们也得保存保存我呀！”——这声音浸透了泪水，饱含着四十多年的悲愤与委屈。但是，这声音最终还是淹没在后来的各种“时代强音”之中。《朱安传》已经指出，在新中国成立后的大约三十年中，朱安被排除在鲁迅研究之外，甚至成为禁区。朱安在周家位置尴尬，在后人对鲁迅的叙述中更为尴尬。现在看来，朱安的被漠视、被排斥，证明着“我们”的专断、丑陋、残忍与自欺欺人。值得庆幸的是，从二十世纪八十年代开始，朱安终于“浮出历史地表”，引导人们看到更为真实的历史与更为全面的鲁迅。而且，进入二十一世纪，“我也是鲁迅的遗物”这一声悲愤的呐喊，成为乔丽华这本《朱安传》的正题。

2016年8月下旬写于寒蝉书房

（原载《群言》2016年第9期）

远远地拥抱故乡

——鲁迅先生的怀乡病

鲁迅第一本小说集《呐喊》(1923年)收作品十四篇,各篇的题材、主题并不相同,但“故乡”是多篇作品共有的“主人公”。短篇名作《故乡》,题目就是“故乡”。其他多篇中的人物,都是鲁迅的“故乡人”。思想家式的“狂人”,流氓无产者阿Q,不准阿Q姓赵的赵太爷,拄手杖的假洋鬼子,落魄而又自尊的孔乙己,徒然流血牺牲的夏瑜,饱尝人世辛酸的祥林嫂、单四嫂子,装腔作势的赵七爷,在社会动荡中无能为力的七斤夫妇,败于科举、发疯而死的陈士成,夜晚划船去看社戏的平桥村少年,都是鲁迅的“故乡人”。这些人展示着鲁迅故乡绍兴或“未庄”“鲁镇”的人生百态。而且,鲁迅1922年12月撰写的《呐喊·自序》,也是从故乡的童年生活写起。

“故乡”是《呐喊》的潜在“主人公”,然而,鲁迅在《呐喊》中对“故乡”基本上是持批判、悲悯、疏离的态度。这种态度,在《故乡》与《呐喊·自序》中均直接表现出来。

《故乡》被看作小说,也确实是小说。不过,从作品内容与1919年鲁迅迁居的关系来看,“小说”的成分其实有限。作品中的故事、人物皆有原型,作品中的抒情也属于鲁迅本人。鲁迅1898年第一次离开绍兴,去南京读书,至1919年12月举家迁居北京，二十余年间多次离乡。其中最重要的一次，无疑是1919年12月的迁居。从前的每一次离乡，大都是鲁迅一个人的事。无论离开家乡多远、多久，无论是去南京、东京还是北京，家人还在绍兴，他都能够回到绍兴去，他都会回到绍兴去。但是，1919年12月这一次不同了。这一次，三十九岁、人到中年的鲁迅是与故乡永别。他卖掉祖居的老屋，带着老母亲、发妻朱安和三弟的家属，彻底离开了绍兴。这次离乡使“故乡”真正成为鲁迅的“问题”，所以他在离乡一年后的1921年1月创作了短篇小说《故乡》。不过，他并不留恋故乡。《故乡》结尾处，“我”说：“老屋离我愈远了；故乡的山水也都渐渐远离了我，但我却并不感到怎样的留恋。”这是鲁迅本人的心声。“希望是本无所谓有，无所谓无的。这正如地上的路；其实地上本没有路，走的人多了，也便成了路。”这“地上的路”是离开绍兴的路。《故乡》是鲁迅写给故乡绍兴的“诀别书”，鲁迅留给故乡的背影有些决绝。

何以如此？答案在《呐喊》中。《呐喊·自序》写于1922年12月，鲁迅在开头部分说：“我有四年多，曾经常常，——几乎是每天，出入于质铺和药店里，年纪可是忘却了，总之是药店的柜台正和我一样高，质铺的是比我高一倍，我从一倍高的柜台外送上衣服或首饰去，在侮蔑里接了钱，再到一样高的柜台上给我久病的父亲去买药。”“有谁从小康人家而坠入困顿的么，我以为在这途路中，大概可以看见世人的真面目；我要到N进K学堂去了，仿佛是想走异路，逃异地，去寻求别样的人们。”这种童年时代的创伤性记忆，无疑影响了鲁迅对绍兴的感情。“想走异路，逃异地，去寻求别样的人们”，意味着对故乡的拒绝，意味着对“故乡人”生存状态的否定。《呐喊·自序》表达的对故乡的疏离态度，与1919年12月的迁居，与《故乡》，与《呐喊》中的多篇小说，均有深刻的相关性。如果结合鲁迅的生平，会看到，不幸的婚姻，留学生活造成的文化差异，都影响到他对绍兴的感情。《阿Q正传》中被家乡人视为异类的“假洋鬼子”身上，有鲁迅自己的投影。

《呐喊》对待故乡的基本态度是疏离的，相形之下，《社戏》一篇就非常“另类”了。在《呐喊》收录的十四篇作品（除去初版收录而后来被鲁迅抽出的《不周山》）中，《社戏》具有多重的颠覆性。这篇小说的内部，即存在着绍兴乡下的社戏对北京城里的“中国戏”的颠覆，而将小说放在《呐喊》所收作品的系列中，则能看到多重结构性的颠覆。《社戏》中的“我”被称作“迅哥儿”，这个“迅哥儿”就是《故乡》中的“迅哥儿”，标志着《社戏》与《故乡》的相关性。然而，《社戏》以温暖、明亮的色彩颠覆了《故乡》的灰暗与悲凉。在《故乡》中，“深蓝的天空中挂着一轮金黄的圆月”仅仅是“迅哥儿”的想象，但是，在《社戏》中，“迅哥儿”终于置身月光下——“月还没有落，仿佛看戏也并不很久似的，而一离赵庄，月光又显得格外的皎洁”。《故乡》是“迅哥儿离故乡”的故事，《社戏》则是“迅哥儿回故乡”的故事。当然，“离”是事实上的，“回”是情感上的。《呐喊·自序》中的童年记忆是创伤性的，而《社戏》中的童年是快乐的。《呐喊》中多篇作品描绘的“故乡人”是病态的、不幸的，而《社戏》中的水乡少年是健康、淳朴、快乐、善良的。“仿佛是想走异路，逃异地，去寻求别样的人们”的“迅哥儿”，写《社戏》的时候，却在故乡的少年那里找到了认同感。《社戏》颠覆了《故乡》，颠覆了《呐喊·自序》，并且颠覆了《呐喊》中多篇小说展示的“故乡人”生活形态。

《呐喊》所收作品中，《社戏》与《兔和猫》《鸭的喜剧》均写于1922年10月。鲁迅1922年的日记已佚，无法确认这三篇在10月里哪一篇写得更早一些。不过，鲁迅是把《社戏》编为

《呐喊》的最后一篇。我推测，他这样做不是随意的，而是为了与故乡做个“了结”，重新处理与故乡的关系。在《呐喊》中，前面的《自序》《故乡》表明了鲁迅与故乡的诀别，而《社戏》，则表明了鲁迅与故乡和解、向故乡回归。从《社戏》开始，鲁迅的童年与故乡可以呈现出亮丽的玫瑰色。事实正是如此。1926年，鲁迅写了《朝花夕拾》收录的十篇散文。十篇散文中，除了《藤野先生》一篇，都是回忆童年时代在故乡的生活。尽管《〈二十四孝图〉》《父亲的病》讲述了传统思想的阴暗面、生活的艰辛，但更多的篇章是讲述童年生活中的温馨与美好。质朴、善良的长妈妈，百草园里的菜畦、石井栏、皂荚树、桑椹、蝉、黄蜂、云雀，东关镇的五猖会，都是温馨而美好的。“仁厚黑暗的地母呵，愿在你怀里永安她的魂灵！”——《阿长与〈山海经〉》中鲁迅这句深情的告白，是写给保姆长妈妈的，也是写给故乡与童年的。鲁迅在《五猖会》中写道：“要到东关看五猖会去了。这是我儿时所罕逢的一件盛事。”东关镇离绍兴很远，要大清早乘船去。从内容来看，《五猖会》是《社戏》的姊妹篇。

本质上，《呐喊》与《朝花夕拾》，都是鲁迅处理故乡记忆的作品。前者表现了离开故乡的决绝，后者表现了回归故乡的精神需求。前者向后者转换过程中的标志性作品，就是《社戏》。

鲁迅和那个时代众多从乡镇走进都市的文化人一样，也患着怀乡病。即使是对故乡的批判、厌倦或拒绝，也不过是怀乡病的一种症状罢了。批判、厌倦或拒绝，是以故乡的存在为前提，又是确认故乡存在的一种形式。而当他们真正告别故乡，故乡就会以一种新的姿态出现在他们的记忆中，使他们无法忘怀。鲁迅自己也是怀乡病患者，所以，1935年年初他在《中国新文学大系・小说二集序》中才能提出“乡土文学”“侨寓文学”的问题。关于《朝花夕拾》中十篇散文的写作情形，鲁迅在《朝花夕拾·小引》(1927年5月1日作)中说:“前两篇写于北京寓所的东壁下;中三篇是流离中所作,地方是医院和木匠房;后五篇却在厦门大学的图书馆的楼上,已经是被学者们挤出集团之后了。”可见,鲁迅是在流离的状态中回忆故乡与童年。既已离开故乡,住在“北京寓所”中的时候也是流离。而这篇“小引”本身,是写在广州,即同样写于流离状态。《朝花夕拾·小引》还说:“我有一时,曾经屡次忆起儿时在故乡所吃的蔬果:菱角,罗汉豆,茭白,香瓜。凡这些,都是极其鲜美可口的;都曾是使我思乡的蛊惑。后来,我在久别之后尝到了,也不过如此;惟独在记忆上,还有旧来的意味留存。他们也许要哄骗我一生,使我时时反顾。”写下这些文字的时候,身在广州的鲁迅,朝着故乡绍兴的方向深情地张开了双臂。但是,故乡已经遥不可及,他只能远远地拥抱故乡,保持拥抱的姿势直到生命终结。1919年12月举家北迁之后,鲁迅再也未能回到绍兴。

2017年3月30日写于寒蝉书房

(原载绍兴《故乡》第7期,2017年6月出版)

鲁迅的“反传统”与“传统”

时值五四运动一百周年，山东是孔圣人的家乡，新泰也曾出现在鲁迅笔下。所以，今天我们在新泰举办这次学术研讨会，意义特殊，意义重大。

这次会议的主题是“鲁迅与中国古代文化”，非常好的题目。好在哪里？好在使用的概念是“古代文化”而不是“传统文化”。“传统文化”与“古代文化”——这两个概念的含义是有差异的。按照我的理解，前者伴随着某种价值判断，涉及主流与支流、正统与异端、中心与边缘等话语权问题，而后者是一种客观的、整体性的描述。“传统文化”应当是指在连续的历史发展过程中形成传统，甚至占据主导地位的文化，而“古代文化”则是指历史上曾经出现过、存在过的一切文化形态——即使其中的某些“文化”并未形成“传统”甚至已经消失。在文化转型期，例如在五四时期，“传统文化”往往因其正统性、保守性与新文化发生冲突，而“古代文化”则未必。“古代文化”作为一种自在之物，自足地、客观地存在着。所以，对于“鲁迅与中国古代文化”关系的探讨，有更大的自由度。在方法论的层面上，这样能够避开文化权力、文化价值判断的复杂性，从诸种具体的“古代文化”形态出发，客观地重新认识鲁迅与中国历史、文化的关系。

我认为，对于鲁迅和五四时期的众多新文化倡导者来说，并不存在整体意义上的、均质性的、恒定的“传统文化”。对于他们来说，“传统文化”总是通过具体的文化文本、文化范畴体现出来的。因此，必须将其文化主张放到具体的语境中去认识。否则，我们的认识就会脱离实际、出现偏差。鲁迅的某些观念、言论，我们如果不结合具体语境来认识，难免会觉得幼稚。例如，著名的“弃医从文”，作为一般的文学主张来看，就是幼稚的、脱离现实的。现在，如果哪位青年人不满于现状，为了改造社会而倡导文学，将文学（诗歌、小说之类）作为改造社会的工具，那显然是选错了对象。就像鲁迅二十世纪二十年代后期多次阐述的：“改革最快的还是火与剑，孙中山奔波一世，而中国还是如此者，最大原因还在他没有党军，因此不能不迁就有武力的别人。”（《两地书·十》）“文学文学，是最不中用的，没有力量的人讲的；有实力的人并不开口，就杀人，被压迫的人讲几句话，写几个字，就要被杀；即使幸而不被杀，但天天呐喊，叫苦，鸣不平，而有实力的人仍然压迫，虐待，杀戮，没有方法对付他们，这文学于人们又有什么益处呢？”“一首诗吓不走孙传芳，一炮就把孙传芳轰走了。自然也有人以为文学于革命是有伟力的，但我个人总觉得怀疑，文学总是一种余裕的产物，可以表示一民族的文化，倒是真的。”（《革命时代的文学》）事实正是如此。在改造社会方面，快速有效的工具是火与剑、大炮。如果从非暴力的立场出发，拒绝火与剑、大炮，那么社会运动、政治、法律等等在改造社会方面都比文学更直接、更有效。但是，是否可以因此否定、蔑视鲁迅在仙台“弃医从文”时的文学观呢？当然不可以。那种功利性文学观是同时代的日本和中国普遍存在的，与中日两国“文”的传统有关，并且与两国共同面对的国家转型有关。青年鲁迅是在特定的时代、特定的环境中，基于特殊的个人体验，做出了“弃医从文”的决定，建立了自己的功利主义文学观。而且，文学在重塑“国民精神”方面确实能够发挥特殊的功能。

在认识鲁迅与中国历史、中国古代文化关系的时候，尤其需要将相关言论放在具体的语境中做具体分析。不能以偏概全、以个别为普遍，否则就难免流于简单化。这里，我结合三个大家熟知的例子，谈谈个人的看法。

第一个是《狂人日记》中的“吃人”问题。这涉及如何看待鲁迅对中国历史的认识。不久前，许多朋友在微信朋友圈里转发解志熙先生的一篇论文。论文题目是《蒙冤的“大哥”及其他——〈狂人日记〉的偏颇与新文化的问题》，认为中国传统家庭也有温暖、美好的一面，《狂人日记》“用‘吃人’二字指斥中国几千年的历史与文明”，“过甚其辞，异常粗暴”，等等。我认为，这种批评看似有道理，但脱离了鲁迅“吃人”说的脉络和语境。确实，鲁迅在《狂人日记》中借狂人之口提出了惊世骇俗的“吃人”说：“我翻开历史一查，这历史没有年代，歪歪斜斜的每叶上都写着‘仁义道德’几个字。我横竖睡不着，仔细看了半夜，才从字缝里看出字来，满本都写着两个字是‘吃人’！”结合鲁迅的思想体系看，狂人的“吃人”观点是属于鲁迅本人的。鲁迅创作《狂人日记》七年之后，在杂文《灯下漫笔》中明确阐述“吃人”思想，曰：“所谓中国的文明者，其实不过是安排给阔人享用的人肉的筵宴。所谓中国者，其实不过是安排这人肉的筵宴的厨房。”进而呼吁：“扫荡这些食人者，掀掉这筵席，毁坏这厨房，则是现在的青年的使命！”态度激烈而决绝。那么，是否可以因此说鲁迅整体性地否定了中国历史、中国文明乃至中国？不可以。修辞层面的问题不谈，从脉络和语境的角度看，鲁迅的“吃人”说是在其青年时代即怀有的“立人”“人国”思想的延长线上出现的。众所周知，1907年，鲁迅在《文化偏至论》中已经对“立人”“人国”做了充分、清晰的表述。“外之既不后于世界之思潮，内之仍弗失固有之血脉，取今复古，别立新宗，人生意义，致之深邃，则国人之自觉至，个性张，沙聚之邦，由是转为人国。”“是故将生存两间，角逐列国是务，其首在立人，人立而后凡事举；”等等。这种观念是鲁迅认识中国历史、中国社会、中国文化的立脚点、出发点。为了“立人”、建立“人国”，他势必关注、否定历史上、文化中固有的非人（“吃人”）因素。“吃人”说就是在这个脉络中提出的，基于中国历史上的阶级压迫提出的。在此意义上，鲁迅的“吃人”说与其说是对中国社会、历史、文化的整体否定，不如说是一种导向性的历史认知方法，是一种基于明确价值取向的历史认知方法。换言之，鲁迅的“吃人”主要是相对化、工具性的历史认知方法，具有历史观的成分，却并非整体性的历史观。如果用中国传统家庭或中国传统社会中的温暖面、光明面来否定鲁迅的“吃人”，那就将鲁迅的“吃人”一般化了。这是一种逻辑错位。事实上，即使是1907年鲁迅在《文化偏至论》中阐述“立人”“人国”的时候，也并未全盘否定中国历史、中国传统。强调“内之仍弗失固有之血脉，取今复古”，就是肯定中国历史与文化的价值。如果将历史与文明全部否定，“固有之血脉”将无所依附，也无“古”可“复”。

第二个是“不看中国书”的问题。1925年，鲁迅在《青年必读书——应〈京报副刊〉的征求》中说：“我以为要少——或者竟不——看中国书，多看外国书。”是否可以根据此语认为鲁迅完全否定了“中国书”？不可以。理解鲁迅此语，要回到《青年必读书——应〈京报副刊〉的征求》的语境以及具体表述。我们看看鲁迅的上下文。“要少——或者竟不——看中国书”一语之前是这样一段话：“我看中国书时，总觉得就沉静下去，与实人生离开；读外国书——但除了印度——时，往往就与人生接触，想做点事。”而紧接“要少——或者竟不——看中国书”一语的，则是这样一句话：“少看中国书，其结果不过不能作文而已。但现在的青年最要紧的是‘行’，不是‘言’。只要是活人，不能作文算什么大不了的事。”这种上下文的脉络表明，鲁迅是在书对人的影响关系之中选择阅读对象的。对于青年人，他不主张“沉静下去”，而是主张“与人生接触”“做点事”（即“行”），所以主张“要少——或者竟不——看中国书”。本质上，这里谈的并非读书问题，而是人生态度、生活方式问题。更重要的是，如果从“行”的主张出发，即使是“外国书”也不过是促使人行动的媒介。换言之，将这种逻辑推演开去，“外国书”也会被工具化，会和“中国书”一样被“行”否定、超越。所以，不能简单地把鲁迅所谓“要少——或者竟不——看中国书”看作对中国典籍、中国文化的全盘否定。

第三个问题是鲁迅的汉字否定论。诸位知道，二十世纪三十年代前期，晚年鲁迅多次发表激烈的汉字否定论。他在《中国语文的新生》（1934年9月24日作）中说：“那么，倘要生存，首先就必须除去阻碍传播智力的结核：非语文和方块字。如果不想大家来给旧文字做牺牲，就得牺牲掉旧文字。”在《关于新文字》（1934年12月9日作）中说：“汉字也是中国劳苦大众身上的一个结核，病菌都潜伏在里面，倘不首先除去它，结果只有自已死。”今天，如果把这些话作为一般的汉字改革主张来看，应当说是幼稚的、荒谬的。方块字依然在用，而中国社会已经取得了巨大发展。经济上成了世界第二大经济体，以汉字为媒介、为工具、为存在形式的诸种文化也欣欣向荣。那么，鲁迅会那样简单、幼稚地否定汉字吗？这种否定究竟意味着什么？还是回到文本自身，将鲁迅的汉字否定论置于具体的文脉、语境中来认识。

《中国语文的新生》开宗明义，曰："中国现在的所谓中国字和中国文，已经不是中国大家的东西了。""古时候，无论那一国，能用文字的原是只有少数的人的，但到现在，教育普及起来，凡是称为文明国者，文字已为大家所公有。但我们中国，识字的却大概只占全人口的十分之二，能作文的当然还要少。"这里强调的是"大家"（民众）。紧接着"牺牲掉旧文字"那段话的则是："走那一面呢？这并非如冷笑家所指摘，只是拉丁化提倡者的成败，乃是关于中国大众的存亡的。"强调的依然是"中国大众"。所以，《关于新文字》明确指出方块字与统治者"愚民政策"的关系，站在"劳苦大众"的立场发言。这种汉字否定论，与其说是一种语言学主张，不如说是一种阶级论观念，或者说是一种阶级论汉字观。在这种阶级论汉字观中，阶级意识比汉字观更重要。此种汉字否定论，起源于同一时期鲁迅的启蒙立场、阶级意识与大众化观念。即使是在纯粹语言学层面，后来汉字的简化、汉语拼音体系的建立，也在一定程度上证明了鲁迅主张的合理性。

上述三个问题，放在具体的文脉、语境中看，即可看出其特殊性。显然，不能简单地将鲁迅的这类话语作为一般性、普遍性的观念来理解，即不能将其看作鲁迅对中国历史、文化、伦理的全盘否定。而一旦全面地看鲁迅对待中国历史的态度、鲁迅与中国古代文化的关系，就会看到鲁迅的复杂性甚至两面性、二重性。就在写《中国语文的新生》的次日（1934年9月25日），鲁迅写了《中国人失掉自信力了吗》，说："我们从古以来，就有埋头苦干的人，有拼命硬干的人，有为民请命的人，有舍身求法的人，……虽是等于为帝王将相作家谱的所谓'正史'，也往往掩不住他们的光耀，这就是中国的脊梁。"这是一种历史认识，并且明确涉及历史的相对性（"正史"的潜台词是"野史"）。主张"要少——或者竟不——看中国书"的鲁迅，自己买了、看了很多“中国书”。“中国书”对鲁迅的影响有多大，看看他日记中的书账，看看他的文章，就明白了。他在大学课堂上讲授“中国小说史略”“汉文学史纲要”等课程，讲的也是“中国书”，他给挚友许寿裳的孩子开的阅读书目中也多“中国书”。鲁迅发表过否定方块字的言论，但他的书写实践是通过汉字完成的，其思想、美学是借助汉字存在、传播的，其书法实践甚至证明着汉字在鲁迅心目中的“美”。这种种“自相矛盾”，呈现了鲁迅历史认识与文化价值观的多元性、复杂性，并且呈现着社会转型期中国知识人的“文化焦虑”。今年年初出版的《鲁迅与汉画像学术研讨会论文集》，是一本非常好的书。从中我们可以看到鲁迅对汉画像的巨大热情与高度评价，看到民国初年以来“反传统”的鲁迅的“传统面”，进而重新认识鲁迅与中国古代文化的复杂关系，获得新知。

1907年鲁迅在《文化偏至论》中写下的“内之仍弗失固有之血脉，取今复古”一语，对于理解其思想观念具有结构性的意义。鲁迅后来的抄古碑，搜集汉画像，读古书，编印《北平笺谱》，拟写《中国文字变迁史》，都是在发现中国“固有之血脉，取今复古”这种观念的延长线上进行的。不言而喻，“固有之血脉”与“古”，都存在于中国古代文化之中。

在2019年9月7日山东新泰“鲁迅与中国古代文化”学术
研讨会上的主题发言。10月6日补充、改写

（原载《上海鲁迅研究》第85期，2020年4月）

孙犁的“鲁迅遗风”与《芸斋小说》

这里的“鲁迅遗风”一语来自孙郁新著《鲁迅遗风录》。[①]所谓“鲁迅遗风”，简言之，即鲁迅给同时代人或后来者的影响以及这种影响的呈现。《鲁迅遗风录》论述的“鲁迅遗风”呈现者近三十位，从许寿裳、台静农、冯雪峰、周扬，到老舍、曹聚仁、唐弢、孙犁，到日本学者丸山昇、伊藤虎丸、木山英雄，甚至到当红作家莫言。这些人物的身份、立场、修养各不相同，因此展示的“鲁迅遗风”有差异。这些差异也折射出鲁迅的丰富性与复杂性。实质上，《鲁迅遗风录》是一部厚重的“鲁迅传播/接受史”，涉及从学院到民间、从学者到文艺家、从国内到国外的传播/接受状况。就写法而言，该书是典型的“孙郁文体”：尺度大，概括性强，以博求深，理性与感性并重。因为概括性强，所以也给后来的研究者提供了很大的论述空间，该书中存在着若干本博士论文的题目。本文要谈的，是从书中的《孙犁的鲁迅遗风》一篇引申出来的问题。

《孙犁的鲁迅遗风》通过大量引证，呈现了孙犁整个文学生涯与鲁迅的关系。孙郁写道：“在相当长的时间里，孙犁对鲁迅

① 《鲁迅遗风录》，孙郁著，南京：江苏文艺出版社，2016年9月第1版。

的理解都放置在与文学、历史、现实对话的层面上，所写的专门研究文章数量可观。但大多数散在一些批评性的文字和随笔之间。直到晚年，鲁迅的话题从未中断过。鲁迅对于他，不是学术的话题，而是生命的话题。”“现代作家，忠实于鲁迅传统的，他算最有代表性的一个。”[①]这种论述使笔者对孙犁与鲁迅之关系产生了浓厚兴趣。成长于延安的革命作家孙犁，如何与富于批判性的鲁迅对接，是值得考察的问题。查孙犁研究著作，方知研究者对孙犁与鲁迅的关系早有论述。阎庆生2004年出版的《晚年孙犁研究——美学与心理学的阐释》亦曾论及孙犁的“鲁迅情结”。[②]

日前获赠新版“孙犁集”五种六册（“星汉文章”策划，海燕出版社2017年5月出版），通读一遍，切实认识到孙犁与鲁迅关系之深。没有鲁迅的影响，作家孙犁不可能出现，剔除了鲁迅元素，孙犁的许多作品难以成立，孙犁的鲁迅论也值得编一本书（可名之曰“孙犁鲁迅论系年”）。孙犁所谓的“鲁迅是真正的一代文宗”（1992年），[③]与其说是对鲁迅进行历史定位，不如说表达了孙犁本人对鲁迅的态度——以鲁迅为文宗。阅读过程中我发现，在认识孙犁鲁迅观的时候，其“周氏兄弟比较”的视角值得重视。孙犁对周作人的否定与批判，从反面凸显了其鲁迅观的本质。“文革”正在进行的1974年11月23日，孙犁就周作人的《鲁迅小说里的人物》一书写下了一段话：“今日下午偶检出此书。其他关于鲁迅的回忆书籍，都已不知下落。值病中无事，黏废纸为之包装。并想到先生一世，惟热惟光，光明照人，作烛自焚。

---

① 《鲁迅遗风录》第187页。

② 《晚年孙犁研究——美学与心理学的阐释》，阎庆生著，北京：中国社会科学出版社，2004年12月，第185—189页。

③ 《耕堂散文（续编）》，孙犁著，北京：海燕出版社，2017年5月，第260页。

而因缘日妇、投靠敌人之汗［汉］奸文士，无聊作家，竟得高龄，自署遐寿。毋乃恬不知耻，敢欺天道之不公乎！”[①]1987年1月，孙犁在评论周作人《知堂书话（上）》时又说：“知堂晚年，多读乡贤之书，偏僻之书，多读琐碎小书，与青年时志趣迥异。都说他读书多，应加分析。所写读书记，无感情，无冷暖，无是非，无批评。平铺直叙，有首无尾。说是没有烟火气则可，说对人有用处，则不尽然。淡到这种程度，对人生的滋养，就有限了。”[②]这里对于周作人“没有烟火气”的批判，反面就是对鲁迅“惟热惟光，光明照人，作烛自焚”的推崇。

孙犁的创作生涯长达六十余年，早年作品与晚年作品差异甚大。从鲁迅影响的角度看，这差异表现为“鲁迅遗风”的差异。而且，这差异包含着丰富的社会、历史内容，不仅仅属于孙犁本人。

对于孙犁不同时期的“鲁迅遗风”，孙郁有精当的归纳。延安时期孙犁这里的“鲁迅遗风”，孙郁归纳为“烛光般的温暖”“明快的思想”“现实情怀”等等。孙郁说：“战争期间，鲁迅给他以洞穴里的烛光般的温暖，他对鲁迅的读解与那时候的需求有关。而进入其世界的均为鲁迅明快的思想和现实情怀的部分。这些都抓得很准，其认识的深切，在那时候是极为难得的。”[③]确实如此。在当时的革命圣地延安，无论是孙犁本人还是广大军民，都需要“烛光般的温暖”“明快的思想”与“现实情怀”。这种现实需要，决定着孙犁会去发现、阐释鲁迅与革命的一致性。孙犁的这种鲁迅认识，在其当时的《关于鲁迅的普及工作》《人民性与战斗性——纪念鲁迅逝世十三周年》等文章中有具体体现，孙郁进行

① 《书衣文录》，孙犁著，北京：海燕出版社，2017年5月，第45—46页。
② 《书衣文录》第197页。
③ 《鲁迅遗风录》第187页。

了充分引证。就小说创作而言，孙犁成名作《荷花淀》（1945年）呈现的清纯、朴素、唯美风格，应当看作那种"鲁迅遗风"的美学显现。《女人们》《山里的春天》等早期短篇小说同样如此。直到晚年，孙犁在阐述鲁迅散文的价值，解释艺术创造之真、善、美原则的时候，还说："这三个字要求，作家站在无产阶级的和人民大众的立场，抱着对广大人民的善良愿望，抒发真实的感情，反映工农兵真实的情况；在语言艺术上严肃认真，达到优美的境界；作家的思想，代表新生的进步的力量和思潮，又和革命的具体实践相结合。"[①]但是，晚年孙犁的"鲁迅遗风"发生了巨大变化，更多沉郁的色彩、批判的精神。这在其晚年小说集《芸斋小说》（人民日报出版社1990年初版）中有鲜明的体现。孙郁论述道："《芸斋小说》是晚年孙犁审美意识的一次飞跃，其品位依然有旧时的印记，而多了鲁迅式的苦楚。鲁迅小说写了畸形的人生和失败的文人，天地是灰色的。孙犁的《芸斋小说》写'文革'悲剧，差不多也是这样的题旨。他的挫折感、失败感，以及死亡意识，那么浓烈地汇聚于此。""小说写疾病、天灾、人祸、死亡，惨烈之极。他学会了对恶人的打量，描绘了诸多畸形的人物。上至高官，下逮平民，丑恶之间，人世明暗变化，悉入笔端。"[②]

《芸斋小说》所收作品创作于"文革"结束之后的十余年间，孙犁视其为晚年代表作。作品不仅多描写生活的残酷、人性的丑陋，"死亡"也成为重要主题。关于该集中"死亡"的本质与样态，李华秀在论文《孙犁〈芸斋小说〉中的死亡叙事》中有详尽论述。[③]《芸斋小说》中的"鲁迅遗风"，可以概括为执着于现实

---

① 《关于散文（代序）》。《耕堂散文》第4页。

② 《鲁迅遗风录》第195页。

③ 《中国语言文学研究》2017年"春之卷"（总第21卷）。河北师范大学文学院编，北京：社会科学文献出版社，2017年4月。

的人生态度、怀疑主义精神、批判立场。此种“鲁迅遗风”，可以在孙郁论述的基础上做进一步的挖掘。孙犁《荷花淀》等早期作品中的“鲁迅遗风”较为抽象，是整体性、精神性的，而《芸斋小说》中的“鲁迅遗风”很具体，可以在小说主题、构思、人物等层面进行确认。

《芸斋小说》中的《三马》《心脏病》《修房》《小D》四篇，鲜明地打着鲁迅作品的印记。《三马》讲述“文革”时期邻家三兄弟发疯或自杀的悲剧故事，最后一节道：“芸斋主人曰：鲁迅先生有言，真正的勇士，能面对惨淡的人生，正视淋漓的鲜血。余可谓过来人矣，然绝非勇士，乃懦夫之苟且偷生耳。然终于得见国家拨乱反正，‘四人帮’之受审于万民。痛定思痛，乃悼亡者。终以彼等死于暗无天日，未得共享政治清明之福为恨事，此所以于昏眊之年，乃有芸斋小说之作也。”[①]这段话表明了鲁迅的人生态度对孙犁的巨大影响。所谓“绝非勇士”“苟且偷生”，乃自谦之辞，因为孙犁本人已经直面十年动乱中许多“惨淡的人生”，并将其写进自己的小说。在《心脏病》中，孙犁解释自己心脏健康之因时说：“我之所以能够活到现在，能够长寿，并不像人们常说的，是因为喝粥、旷达、乐观、好纵情大笑等等，而是因为这场‘大革命’，迫使我在无数事实面前，摒弃了只信人性善的偏颇，兼信了性恶论，对一切丑恶，采取了鲁迅式的，极其蔑视的态度的结果。”[②]此语实质上是对《三马》结尾处那段“芸斋主人口”的重复。《修房》一篇批判十年动乱中愚民政策、高压政策对人的戕害，最后写道：“芸斋主人曰：学者考证，当人类为猿猴，相率匍匐前进时，忽有一猿站起，两脚

① 《芸斋小说》第25页。北京：海燕出版社，2017年5月。
② 《芸斋小说》第167页。

运行。首领大怒，嗾使群众噬杀之。‘四人帮’之所为，殆类此矣。非只对出身不好之知识分子，施其歹毒也。”[①]这里使用的比喻应当是来自鲁迅杂文《随感录·四十一》(收入《热风》)。《随感录·四十一》曰：“我想，人猿同源的学说，大约可以毫无疑义了。但我不懂，何以从前的古猴子，不都努力变人，却到现在还留着子孙，变把戏给人看。还是那时竟没有一匹想站起来学说人话呢？还是虽然有了几匹，却终被猴子社会攻击他标新立异，都咬死了；所以终于不能进化呢？”孙犁是借用鲁迅的比喻批判“四人帮”的反历史行为。《小D》一篇，则是鲁迅《阿Q正传》的衍生品。

关于《小D》，孙郁指出：“《芸斋小说》乃‘文革’命运的再现，作者所写《小D》，令人想起《阿Q正传》，只是内涵不及后者幽深，而意蕴暗袭其风，都是对国民劣根性的思考。”[②]这里所谓的“令人想起”是必然的，读过《阿Q正传》的人都知道小D。孙犁熟读鲁迅作品，给自己的小说人物取名“小D”并以之为小说名称时，也一定会“想起”《阿Q正传》中的小D。因此，此“小D”与彼“小D”肯定有关联。将《小D》与《阿Q正传》作比较，能够发现深刻的相关性。阿Q是向往“革命”的。小说第七章《革命》，写的就是阿Q的“革命”想象与“革命”行动。阿Q把自己想象成“革命党”，大声嚷着“造反了！造反了！”在村里走，于是，“未庄人都用了惊惧的眼光对他看。这一种可怜的眼光，是阿Q从来没有见过的，一见之下，又使他舒服得如六月里喝了雪水。”而孙犁笔下的小D，正是在“文革”中通过造反从一名清洁工高升为“D司令”。在《阿Q正传》中，抢元

① 《芸斋小说》第67页。
② 《鲁迅遗风录》第195页。

宝、洋钱、洋纱衫，让小D去搬秀才娘子的宁式床或钱家的桌椅等等，仅仅是阿Q的想象，而孙犁笔下的“D司令”，则切切实实地享受着“革命”成果——有一群“牛鬼蛇神”给他捧眼镜、茶杯、笔记本，给他收拾专用的椅子。关于《阿Q正传》中的小D，鲁迅1934年11月在《寄〈戏〉周刊编者信》（收入《且介亭杂文》）中有说明，曰：“他叫‘小同’，大起来，和阿Q一样。”现在，我们从孙犁的《小D》中看到的，正是一个长大了的阿Q，一个阿Q的变种——借助“革命”和“造反”飞黄腾达的“青皮”式人物。小D最后因为老婆被另一造反派头头霸占而服安眠药自杀身亡，和幻想“革命”的阿Q被“革命党”枪毙是同一逻辑。这样看来，孙犁的《小D》是鲁迅《阿Q正传》的续作，鲁迅笔下那个小D，在阿Q被枪毙半个世纪之后，在孙犁笔下实现了阿Q的“革命”理想，并且重复了阿Q的命运。确如孙郁所说，《小D》与《阿Q正传》相比“内涵不及后者幽深”。这是因为孙犁强烈的政治意识与现实感使《小D》少有《阿Q正传》那种更具普遍性的“国民性批判”思想。但是，在对于“革命”之复杂性、悖论性的认识与展示方面，《小D》延续了鲁迅的思考并且具有鲁迅式的深刻。《芸斋小说》中《地震》一篇结尾处的“芸斋主人曰”，也是谈“革命”问题，曰：“过去之革命，为发扬人之优良品质；今日之‘革命’，乃利用人之卑劣自私。反其道而行之，宜乎其为天怒人怨矣！”

《芸斋小说》中的“鲁迅遗风”表明，晚年孙犁所受鲁迅的影响更深刻、更具本质性。这种影响的发生是基于孙犁对人、对社会认识的改变。如上文所引，孙犁面对十年动乱中的残酷现实，接受了性恶论，且以鲁迅式的蔑视抵抗之。《芸斋小说》中的《女相士》一篇，对这种残酷现实做了充分表达——此篇最后的“芸斋主人曰”直言：“‘四人帮’灭绝人性，使忠诚善良者，陷入水深火热之中，对生活前途，丧失信念；使宵小不逞之徒，天良绝灭，邪念丛生。十年动乱，较之八年抗战，人心之浮动不安，彷徨无主，更为甚矣。”孙犁因此走近直面现实的鲁迅、批判性的鲁迅、绝望的鲁迅。换言之，在孙犁人生观、世界观发生改变的过程中，特定年代的社会现实与鲁迅这两种力量是共存的、互动的。孙犁在《芸斋小说》的《谈镜花水月（代后记）》中说：“我有洁癖，真正的恶人、坏人、小人，我还不愿写进我的作品。鲁迅说，从来没有人愿意去写毛毛虫、痰和字纸篓。”[①]此语用之于《荷花淀》等早期小说恰如其分，用之于《芸斋小说》等晚年作品则有违事实。《荷花淀》描写游击队袭击日军运输船的战斗场面，却避开了鲜血与死亡。目睹日军船只被炸沉的年轻媳妇们，没有感到多少惊恐，归途依然欢声笑语。而《芸斋小说》大量展示人世间的悲剧、丑恶与死亡，与《荷花淀》等早期作品的唯美倾向截然不同。

对于晚年孙犁来说，鲁迅“直面惨淡人生”的态度不仅影响到小说内容，并且影响到小说形式。《芸斋小说》中各篇作品的叙述形式有两个基本特征。一是用第一人称“我”来叙述，二是多以议论收尾——议论采用“芸斋主人曰”（偶用“芸斋曰”）引导。第一个特征的形成，取决于作家本人对生活体验的注重。《芸斋小说》中的作品有很强的纪实性与自传性，关于该问题，海燕出版社版《芸斋小说》的编校者李建新在同书“编后记”中有详论，他引用了孙犁的原话——所谓“我这种小说，却是纪事，不是小说。强加小说之名，为的是避免无谓纠纷”。[②]可见，孙犁给这部纪实性、自传性的作品集取名“芸斋小说”，有“此

① 《芸斋小说》第182页。
② 《芸斋小说》第184—186页。

地无银三百两”的意味。所以，上文在引用《芸斋小说》的时候没有对孙犁本人与小说叙述者“我”做区分。第二个特征，形成于作家本人强烈的议论冲动。阎庆生将《芸斋小说》的杂文笔法与鲁迅《故事新编》的杂文笔法相提并论，认为《芸斋小说》中的“赞语”（即“芸斋主人曰”）“得了《史记》和《聊斋志异》的真传”，[①]实际上，如前文所引，这些“芸斋主人曰”中更多鲁迅的“真传”，是短小的杂文。从小说结构来看，“芸斋主人曰”使小说保持着“故事+议论”的形式，使小说内部包含着自我对话的性质，主题的表现更直接、更鲜明。这种结构的形成，根源性的动力还在于鲁迅式的“直面惨淡人生”的创作态度与批判精神。当年，正是这种态度与精神，促使鲁迅致力于“非文学”的杂文创作。孙犁创作于《芸斋小说》同一时期的某些散文，甚至也采用了在文章最后用独立段落发议论的结构形式。例如，《我的位置和价值》（1988年）最后有一段“论曰”，《故园的消失》（1991年）最后有一段“芸斋曰”。[②]

孙郁评论孙犁时所谓的“现代作家，忠实于鲁迅传统的，他算最有代表性的一个”，可以在多重层面上理解。孙犁继承并展示了多种“鲁迅传统”——光明的或沉郁的、赞美的或批判的、大众的或精英的、希望的或绝望的。在孙犁这里，“鲁迅传统”发挥的功能是精神性的，也是结构性的。这种“结构性”意味着前后期的转换，意味着主题与美学形态的对应，意味着小说叙述形式的创新。晚年孙犁强调《芸斋小说》在自己创作生涯中的位置，1991年8月4日在散文《文虑——文事琐谈之二》中写道：“人们常说：每个时代，有每个时代的作家。时代一变，一切都

---

① 《晚年孙犁研究——美学与心理学的阐释》第418页。
② 《耕堂散文（续编）》第70页、13页。

变。我的创作时代，可以说从抗日战争开始，到‘文化大革命’结束。所以，近年来了客人，我总是先送他一本《风云初记》，然后再送他一本《芸斋小说》。我说：‘请你看看，我的生活，全在这两本书里，从中你可以了解我的过去和现在。包括我的思想和感情。可以看到我的兴衰、成败，及其因果。’”[1]这里，《芸斋小说》被特别强调，而《荷花淀》等早年作品却未被提起。

2017年7月12日写就，于寒蝉书房

（原载《鲁迅研究月刊》2017年第8期）

① 《耕堂散文（续编）》第253—254页。

“殊途”八种，“同归”鲁迅

——评“鲁迅与20世纪中国研究丛书”

由八部专著构成的“鲁迅与20世纪中国研究丛书”，2018年5月由百花洲文艺出版社出版。宏大的整体构思，精心的专题选择，细致的文本分析——三方面完美结合，在鲁迅研究领域留下了浓墨重彩的一笔。与既往的鲁迅研究丛书不同，这套丛书的整体性与系统性已经打破了传统的“丛书”观念。八本书各自从特定的侧面阐释鲁迅，实质上是一部大书的八个分册。

八部专著是以国家社科基金重大项目“鲁迅与20世纪中国”的结项成果为基础编选而成的。项目负责人谭桂林教授实际是这套丛书的主编，却未挂“主编”之名。丛书总序《让鲁迅重新回到民族的现实生存中去》为他所作。总序批评近二十年间中国鲁迅研究中的娱乐化、边缘化、矮化鲁迅等现象，说：“这三种现象尽管对鲁迅研究的态度、对鲁迅精神的认知截然不同，但它们有一个倾向却是共同的，这就是从不同的方向把鲁迅这一民族精神的象征同当下民族的生存现实和文化建构疏离开来。正是针对鲁迅研究中的这三种现象，我们撰写了这一套丛书，目的就在于将鲁迅研究与20世纪中国社会的革命现实和民族命运重新联系起来。”此语表明了丛书的针对性与主旨。这种针对性，意味着丛书的编撰、出版体现了中国鲁迅研究的历史要求。历史要求能够变为现实，是得力于新时期以来鲁迅研究的丰厚积累。撰写或主持编写这八部专著的十二位专家，均为中国鲁研界的中坚或新锐，他们重构式地将自己近年的部分研究成果纳入了这套丛书。谭桂林在总序的题目中使用了“生存”（而非“生活”）一词，这大概是丛书的主旨决定的。“生存”包含着“奋斗”乃至“挣扎”的意味，而“生活”则呈现为日常的从容。在鲁迅活着的那个年代，鲁迅与中国确实都在努力而又悲壮地“生存”着。鲁迅首先是“生存者”。他是为了“生存”才成为文学家、思想家、革命家的。

八部专著，除了《鲁迅与20世纪中外文化交流》这一部，书名都是“鲁迅与20世纪中国……”的结构。七部专著的“……”分别是：国民信仰建构、民族国家话语、学术转型、政治文化、都市化进程、传媒发展、文学教育。这一系列问题展示了丛书策划者的“学术野心”——多维度、整体性地探讨鲁迅与现代中国的关联。丛书总序有言：“本丛书选择的八个问题均经过精心选择，其中国民信仰的重建、政治文化的变迁、民族国家话语的建构等都是我国20世纪精神文化建设中举足轻重的问题，而鲁迅与中国的都市化进程，与20世纪中国的文学教育以及鲁迅在20世纪中外文化交流史上的符号功能与象征意义等，则是本丛书提出的具有创新性的问题。”确实如此。信仰问题是中国近代以来国民培养工作的焦点之一，涉及道德、制度、文化、宗教等许多方面。梁启超在清末提出“新民说”，鲁迅在仙台为了改变国民精神而弃医从文，均涉及国民信仰。中国新文学自诞生之初即直接参与了现代国民国家的建构，甚至是工具性地参与，因此包含着先天的、丰富的政治性。这在鲁迅的话语活动中有充分体现。“政治文化”视角既能有效地阐释鲁迅与现代中国的政治内涵，又能避免曾经出现过的政治分析标签化、简单化、工具化。

丛书对于鲁迅与都市文化、与文学教育之关系的研究，确有开拓性。现代中国的各种转型，均与“乡镇—都市”的二元结构及这种结构的持续变化有关。鲁迅处于这个结构之中，感受并呈现着这个结构的内在张力与复杂性。他是在离开作为乡镇的“S城”，沿着“异路”走到南京、东京、仙台、北京、上海这种大都市之后，成长为现代中国、现代东亚的文化巨人。1935年，他在《中国新文学大系·小说二集序》中提出“侨寓文学”的问题，是因为他明确意识到了来自乡镇的现代作家（包括他本人）在那个结构中的位置，而且他当时“侨寓”上海。“侨寓”这种生命形态，意味着位置、身份、思想、情感的流动、分裂、两难。对于鲁迅来说，“都市”包含着国际元素（日本的都市）。关于“文学教育”问题，《鲁迅与20世纪中国文学教育》一书做了多方面的探索。鲁迅确曾在广大的范围内长期发挥、目前依然在发挥文学教育功能。这“文学教育”是修辞训练，是价值观培养，是精神熏陶，也曾是意识形态宣传。其短篇名作《故乡》进入日本的中学国语教科书，“文学教育”功能已经是国际性的。

八部专著八种视角、分工明确，但毕竟是针对同一鲁迅、同一现代中国，因此各视角之间存在着先天性的深层关联。“国民信仰”内在于“民族国家话语”之中，而鲁迅的、现代中国的“民族国家话语”经常呈现为“政治文化”的形态。“传媒发展”依赖于“都市化进程”，“文学教育”则经常处于“传媒发展”和“都市化进程”的过程之中。事实上，鲁迅体现着不同视角的深刻相关性。他置身“仙台”这个异国的“都市空间”中的时候，“新闻纸”与《黑奴吁天录》等图书作为“传媒”把他纳入庞大的社会话语体系之中（见鲁迅1904年10月8日写给蒋抑卮的信），“幻灯片”这种“传媒”传达的内容，则促使他弃医从文、开始建构自己的“民族国家话语”。鲁迅一生都处于这种多维度的生存状态之中。因此，这套丛书的八种视角是目的性的又是工具性的。不同视角对不同领域的阐释，最终指向相同的问题、相同的主体。于是，《鲁迅与20世纪中国民族国家话语》和《鲁迅与20世纪中国都市化进程》同样论述了鲁迅的改造国民性思想，《鲁迅与20世纪中国政治文化》和《鲁迅与20世纪中国文学教育》同样论述了鲁迅的儿童观，而在《鲁迅与20世纪中国传媒发展》中，都市、媒体、政治文化、教育问题“四位一体”。当同一问题被置于多种视角之下的时候，其内涵的丰富性、复杂性被充分阐释出来。这八部专著，在对各自的对象进行充分阐释的基础上，最终共同呈现出整体性的“鲁迅/20世纪中国”。在这里，“鲁迅”与“20世纪中国”各自呈现出崭新的形态，二者的同一性、互文性、镜像关系，鲁迅作为现代中国文化巨人、作为20世纪中国文化符号的价值，均得到全面、深刻的阐释。谭桂林在丛书总序中说：“我们希望通过这一思想史角度的采用和综合思考的方法观念，使本丛书既容纳又超越过去从文学史角度或者学术史角度进行鲁迅研究总结的局限性，在新世纪的鲁迅研究中，从理论上进一步深化思想、文化与现实融会贯通，多种学科交叉融合的鲁迅研究新思维。”事实表明他们的目的达到了。

对于鲁迅研究来说，这套丛书是里程碑，也是新起点。它的框架是研究鲁迅与20世纪中国的框架，也是梳理鲁迅研究史的框架——多部著作都梳理了所涉领域的鲁迅研究史。更重要的是，丛书的框架具有开放性，鲁迅研究者们均可通过这个框架重新进入鲁迅的话语体系。“文学教育”“国民信仰”等组合性、二重性的概念内部空间很大，均可重新阐释、为我所用。

2019年3月31日完稿于寒蝉书房

（原载2019年4月24日《光明日报》）

编后记

撄心者说，说撄心者

编定这本《撄心者说》，是在昨天上午。整理好目录，和各篇文档一起用电子邮件发出，如释重负。端起一杯茶，抬眼看窗外，蓝天白云也高远了许多。受惠于清晨的一场雷阵雨和雨后的大风，天空湛蓝。那种透明的蓝，本是秋季北方的天空常见的。置身初夏，遥望蓝天，恍若隔季。

相隔五年，完成又一本鲁迅论，有成就感。说“又一本鲁迅论”，是相对于2015年出版的那本《鲁迅形影》而言的。编《鲁迅形影》的时候，想书名费了许多心思。最后确定的“鲁迅形影”，自己很满意。这次也一样。想书名，依然费了许多心思。对于“撄心者说”这个书名，自己依然满意——满意于其符号性与歧义性。

1906年3月，青年鲁迅弃医从文，立志用文艺改变国民精神，从仙台回到东京。此时至1909年8月回国，他在东京生活了三年半，写了几篇大文章，编译了两册《域外小说集》。其所作文章中，真正的文艺论文只有一篇《摩罗诗力说》。1926年10月，鲁迅编杂文集《坟》，所选留日时期的文章共四篇，依次是《人之历史》《科学史教篇》《文化偏至论》《摩罗诗力说》。四篇文章的排序，并非按照写作、发表的时间先后。否则，1908年2、3月发表（两次连载）的《摩罗诗力说》应当排在当年8月发表的《文化偏至论》之前。鲁迅的排序显然是根据文章的内容。综合性的在前，专业性的在后。于是有了现在的这种人类史、科学史、文化、文艺的顺序。《摩罗诗力说》对文艺问题的论述，是围绕“摩罗诗力”展开的。所谓“诗力”，即文艺作品的“撄人心”之力。是否“撄人心”，也是鲁迅认识中西差异的重要视角。文章说：“中国之治，理想在不撄，而意异于前说。有人撄人，或有人得撄者，为帝大禁，其意在保位，使子孙王千万世，无有底止，故性解（Genius）之出，必竭全力死之；有人撄我，或有能撄人者，为民大禁，其意在安生，宁蜷伏堕落而恶进取，故性解之出，亦必竭全力死之。”从帝到民，皆以“不撄”为理想，皆扼杀“性解”（天才），故中国只能长期处于“蜷伏堕落”的状态。为了改变这种状态，鲁迅呼唤摩罗诗人出现，主张“撄”，声称“盖诗人者，撄人心者也”。鲁迅本人就是一位“撄人心者”，写《摩罗诗力说》就是在“撄人心”。

对于鲁迅来说，1907年在《摩罗诗力说》中倡导的“撄人心”，是个符号性、象征性的表述。“撄人心”上承仙台弃医从文时期的“改变精神”，下接五四时期的“呐喊”。“改变”即“撄”，“精神”即“人心”。为了“撄人心”，所以“呐喊”，以唤醒在“铁屋子”中沉睡的人们。鲁迅是“撄人心者”，鲁迅是执着的“撄人心者”，鲁迅始终是执着的“撄人心者”。尽管他也要休息，也有失望甚至绝望的时候。因为是“撄人心者”，所以他反对瞒和骗、针砭麻木与遗忘，所以他主张“直面惨淡的人生”“正视淋漓的鲜血”，所以他始终保持清醒的现实主义态度。在此意义上，文学不过是他“撄人心”的工具。“撄人心”的立场与态度，决定了鲁迅对小说、杂文、木刻等文艺形式的选择。这些文艺形式富于大众性、媒体性、实践性，易于发挥“撄人心”的功能。

鲁迅是“撄人心者”，因此鲁迅的作品都是“撄心者说”。这位“撄心者”，“说”出了《呐喊》《彷徨》《野草》，“说”出了《坟》《热风》《华盖集》，“说”出了《朝花夕拾》《故事新编》……

撄心者说，撄心者亦被说。“说撄心者”，即谈论鲁迅、研究鲁迅。此乃另一种“撄心者说”。近百年来，许许多多阅读鲁迅、谈论鲁迅、研究鲁迅的人，就是这种“撄心者说”的主体。己心为撄心者所撄，亦欲以撄心者之心撄人。伟大领袖毛泽东，是这类主体中甚为突出的一个。他不仅是主体，而且催生了无数主体，促成了一个“撄心者说”的时代。鲁迅写《摩罗诗力说》的时候，作为“撄心者”，对于“诗心普遍性”是充满期待的。故文中有言：“盖诗人者，撄人心者也。凡人之心，无不有诗，如诗人作诗，诗不为诗人独有，凡一读其诗，心即会解者，即无不自有诗人之诗。无之何以能解？”在众多阅读鲁迅、谈论鲁迅、研究鲁迅的人这里，在新中国，鲁迅的期待没有落空。

近百年来，两种“撄心者说”互动，形成了一部思想史，一部心灵史，一部学术史。

与《鲁迅形影》相比，这本《撄心者说》的整体性强一些，更像一本鲁迅研究专著。这是因为，本书所收论文的写作时间相对集中，选择论述对象的时候，我已经考虑到一本书的框架。本书所收十四篇文章中，最早的《浮世绘之于鲁迅》写于2016年6月，最晚的《1926年：鲁迅国民性话语的展开》今年5月底完稿，十四篇文章是四年之内写成的。我从2016年12月开始主持中国鲁迅研究会秘书处的工作，年年参与组织各种类型的鲁学会议。鲁学界的同道们参会踊跃，撰文积极。年老的老当益壮，年青的青春焕发。那对我是莫大的鞭策。大家都在努力，自己身为组织者之一，不可偷懒，不可三心二意。于是缩小研究范围，暂时放下手里的西域学、日本文学题目，把更多的时间用于研读鲁迅、撰写论文。论述的问题，有与南京求学生活相关的鲁迅的“自我”意识，有《狂人日记》的发表及鲁迅本人对《狂人日记》的持续阐释，有鲁迅二十年代前期的生活状态、中期的国民性思想、末期的美术活动，有鲁迅晚年的杂文写作与杂文观念，等等。这样，论文写完，编成一本书，就能够历时性地呈现不同时期鲁迅思想、文艺活动的不同侧面。几篇长论文的撰写，似乎是花了写几部专著的力气。书中讨论浮世绘与新兴版画的两篇文章，处于《鲁迅形影》中那篇《“文章为美术之一”——鲁迅早年的美术观与相关问题》的延长线上。研究鲁迅杂文的论文有两篇，都很长。这不仅与杂文在鲁迅创作中、在中国现代文学史上的地位有关，而且与我的阅读兴趣有关。大概是因为年龄的关系，近年越来越喜爱鲁迅杂文。那种尖锐性、现实感与修辞智慧的融合，魅力无穷。

鲁迅研究，难度很大。而且，难度越来越大。一方面，鲁迅博大、复杂，有独特的思维与修辞，本来就难以把握。百余年来，一代又一代杰出的学者投身鲁迅研究，取得了丰硕成果，留下的研究空间已经不大。另一方面，鲁迅研究也曾被工具化，鲁迅身上被附加了某些并不属于鲁迅的东西。诡异的是，即使是二十世纪八十年代以来的某些以“回到鲁迅”为旨归的鲁迅研究，现在看来，也有回到特定语境中的研究者自身之嫌。这种情况下，要想在研究方面有所突破，要想把握鲁迅的真实，方法论的自觉是必要的。我的基本方法，是以具体作品为对象，细读文本，索隐发微，以点带面，小题大做。这里所谓的“作品”，并不仅仅是指小说、诗歌、散文之类的文学创作，而是指一切出自作家之手、形诸文字的文本。这种方法的选择是基于我的一个基本观念：作品至高无上。作家因作品获得“作家”的身份，无数的作品构成了文艺思潮、文学运动与文学史。没有一部作品的诞生是偶然的，没有一部作品的存在是孤立的。作品是语言，是情感，是思想，是美的形式。只有把一个一个具体的作品读懂、说透，才能最大限度地贴近作家的真实，才能进入作家的心灵深处与思想深处，才能真正把握普遍性与整体性。

恰好是五年前的今天，写《鲁迅形影》后记的时候，五十五岁，感叹自己已经接近鲁迅先生享年的五十六岁。现在，五年居然已经过去，自己年届花甲，六十岁了！云谲波诡，世事无常，没有想到自己会在花甲之年遭遇这样一场全球性的新冠肺炎疫情。疫情来袭，生活秩序被打乱，心境亦被改变。所幸，有鲁迅的著作在。春节过后至5月末，许多时间空耗于读闲书、看电视、听音乐，能够安下心来做的工作，就是写鲁迅研究论文，编这本《撄心者说》。这本书，是我花甲之年的最好纪念，也是一个转折点。

生活会继续，学术研究会继续。但是，六十岁之后的生活与学术，应当是另一种状态。必须是。一定是。

董炳月

2020年6月1日记于寒蝉书房